Stefan Köhler

DEUTSCHLANDS RÜCKKEHR

EINE ALTERNATIVE GESCHICHTE ÜBER EINEN ANDEREN 2. WELTKRIEG

EK-2 MILITÄR

MIT ILLUSTRATIONEN VON MARKUS PREGER

»Nulla salus bello pacem te poscimus omnes.«

(Vom Krieg kommt nichts Gutes, den Frieden verlangen wir alle.)

Vergil

Druckhinweis:
Libri Plureos GmbH
Friedensallee 273
22763 Hamburg

Verpassen Sie keine Neuerscheinung mehr!

Tragen Sie sich in den Newsletter von *EK-2 Militär* ein, um über aktuelle Angebote und Neuerscheinungen informiert zu werden und an exklusiven Leser-Aktionen teilzunehmen.

Link zum Newsletter:
https://ek2-publishing.aweb.page

Über unsere Homepage:
www.ek2-publishing.com
Klick auf *Newsletter*

Oder via Google: *EK-2 Verlag*

Als besonderes Dankeschön erhalten Sie **<u>kostenlos</u>** das E-Book »Die Weltenkrieg Saga« von Tom Zola.

Klappentext: Der deutsche UN-Soldat Rick Marten kämpft in dieser rasant geschriebenen Fortsetzung zu H.G. Wells »Krieg der Welten« an vorderster Front gegen die Marsianer, als diese rund 120 Jahre nach ihrer gescheiterten Invasion erneut nach der Erde greifen.

Deutsche Panzertechnik trifft marsianischen Zorn in diesem fesselnden Action-Spektakel!

Ihre Zufriedenheit ist unser Ziel!

Liebe Leser, liebe Leserinnen,

zunächst möchten wir uns herzlich bei Ihnen dafür bedanken, dass Sie dieses Buch erworben haben. Wir sind ein kleines Familienunternehmen aus Duisburg und freuen uns riesig über jeden einzelnen Verkauf!

Mit unserem Label *EK-2 Militär* möchten wir militärische und militärgeschichtliche Themen sichtbarer machen und Leserinnen und Leser begeistern.

Vor allem aber möchten wir, dass jedes unserer Bücher **Ihnen ein einzigartiges und erfreuliches Leseerlebnis** bietet. Daher liegt uns Ihre Meinung ganz besonders am Herzen!

Wir freuen uns über Ihr Feedback zu unserem Buch. Haben Sie Anmerkungen? Kritik? Bitte lassen Sie es uns wissen. Ihre Rückmeldung ist wertvoll für uns, damit wir in Zukunft noch bessere Bücher für Sie machen können.

Schreiben Sie uns: info@ek2-publishing.com

Nun wünschen wir Ihnen ein angenehmes Leseerlebnis!

Jill & Moni
von
EK-2 Publishing

Vorgeschichte

Frühjahr 1917, über der Westfront

Der Himmel erstrahlte anmutig in einem satten Königsblau. Nur wenige Wolkenformationen durchzogen ihn. Es herrschte eine entsetzliche Kälte.

Kein Wunder, überlegte Lieutenant Alastair MacFarlane. In einer Höhe von 3.000 Metern über den Feldern Frankreichs musste es einfach verdammt kalt sein. Bisher hatte er immer geglaubt, Kälte würde ihm nicht allzu viel ausmachen, war er doch an die harten Winter in seiner Heimat gewöhnt, dem schottischen Hochland. Aber, Teufel, trotz seiner dicken Pelzjacke war es wirklich kalt hier oben!

MacFarlane löste die linke Hand vom Gashebel, griff sich an den Hals, rückte den Schal zurecht und suchte dann gewohnheitsmäßig den Luftraum ab. Der junge Pilot beherrschte sein Jagdflugzeug noch nicht mit der Routine, die er sich gewünscht hätte. Die Ausbildung war aufgrund der hohen Verluste unter den Fliegern des Royal Flying Corps dramatisch verkürzt worden. Gerade einmal sechs Wochen Unterricht waren MacFarlane und seinen Kameraden vergönnt gewesen, bevor man sie zur Front abkommandierte. Dies war erst sein dritter Einsatz, und darüber hinaus flog er an diesem Tag ohne Flügelmann, denn Evans hatte mit Motorproblemen abbrechen und umkehren müssen. MacFarlane wusste, dass er damit ein hohes Risiko einging, aber sein Stolz ließ es nicht zu, dass auch er umkehrte.

Das Wetter der vergangenen drei Tage hatte die Flieger praktisch zur Untätigkeit verdammt und es war vorherzusehen, dass die Deutschen nun wieder ihre Aufklärer losschicken würden, um die Bewegungen der französischen und britischen Truppen in diesem Frontabschnitt auszuspähen.

MacFarlanes Kommandeur hatte seine Jagdflugzeuge in Paaren ausgeschickt, um ebendiese Aufklärer in allen Winkeln des Frontabschnitts zu suchen.

Und abzuschießen, fügte MacFarlane in Gedanken hinzu.

Plötzlich überkam ihn das Bedürfnis, *Rule Britannia* zu pfeifen, obwohl das wegen des Lärms seines 150-PS-Motors von Hispano-Suiza nicht einmal für ihn selbst zu vernehmen war. Er trat ins Seitenruder und ließ die fabrikneue Royal Aircraft Factory S.E.5 etwas zur Seite gleiten.

Sein scharfes Auge erspähte etwas, das sich eben noch vor der Wolkenformation zu seiner Rechten abgezeichnet hatte. Suchend blickte er genauer hin.

Da!

Er ließ die S.E.5 auf den neuen Kurs einschwenken. Der kleine, dunkle Punkt war nun klarer zu erkennen. Bei dem Flugzeug handelte es sich um eine Albatros C.III, wie es MacFarlane erschien. Ein Aufklärer! Er kniff die Augen zusammen. Direkt daneben befand sich noch ein zweiter.

Zwei zum Preis von einem, sagte sich der Lieutenant und machte das vor seiner Kanzel liegende Vickers-Maschinengewehr schussfertig. Dann griff er nach oben, um das auf der Oberseite der Tragfläche montierte Lewis-MG ebenfalls feuerbereit zu machen. Beide Waffen verschossen 7,7-mm-Munition. Für das Vickers waren

400 Patronen verfügbar, in der großen, runden Trommel auf dem Lewis lagerten 97 weitere, und es befanden sich auch noch drei Reservemagazine an Bord. Die musste MacFarlane während des Fluges allerdings von Hand einsetzen, eine elende und gefährliche Aufgabe.

Der Lieutenant glitt näher an die Aufklärer heran wie ein Hai, der sich seiner Beute nähert. Die Deutschen hatten ihn bisher nicht ausgemacht, wie es schien.

MacFarlane blickte sich erneut um. Seine Ausbilder hatten immer wieder betont, dass sich ein Jagdpilot seiner Umgebung bewusst sein müsse. Sonst würde ihn der Feind überraschen und ihn von oben oder von hinten packen. Aber MacFarlane sah keine anderen Flugzeuge und konzentrierte sich daher wieder auf den Aufklärer, der ihm am nächsten war.

Er konnte nun sehen, wie der Beobachter im hinteren Sitz der Albatros nach vorne griff und seinem Piloten aufgeregt auf die Schulter klopfte, um ihn zu warnen.

Zu spät, Jerry!, dachte MacFarlane triumphierend und spannte den Finger am Abzug.

Da kurvte der zweite Deutsche hart nach rechts weg und beschrieb eine unglaublich eng genommene Kehre.

Voller Schrecken erkannte MacFarlane, dass er einen riesengroßen Fehler begangen hatte. Bei dem zweiten Deutschen handelte es sich zwar auch um ein Albatros-Flugzeug, jedoch nicht, wie er angenommen hatte, um einen Aufklärer, sondern um einen Jäger!

Der Albatros D.III war eines der besten Jagdflugzeuge der Deutschen, und anhand der schnellen Reaktion des Piloten fürchtete MacFarlane, dass er es hier mit einem Gegner zu tun bekam, der weit erfahrener war als er selbst.

Die Bestätigung seiner Befürchtung kam nur Sekunden später, als der Deutsche mit seinen beiden auf der Nase montierten 7,92-mm-Maschinengewehren das Feuer eröffnete. Der kurze Feuerstoß knatterte und MacFarlane konnte die Einschläge spüren und sehen, wie in seiner rechten, unteren Tragfläche plötzlich eine Handvoll Löcher klafften.

Nichts wie weg hier, brüllte die Panik in MacFarlanes Hirnwindungen. Er riss seine S.E.5 hart herum, legte die Maschine auf den Rücken und zog das Steuer zurück, um im Sturzflug nach unten zu verschwinden.

Als er über die Schulter zurückblickte, erkannte MacFarlane zu seinem Entsetzen, dass er den Deutschen mit diesem Manöver nicht hatte überraschen können. Im Gegenteil, der Jerry schien sogar aufgeholt zu haben!

Hektisch beendete der Lieutenant seinen Sturzflug und versuchte, den Deutschen im spiralförmigen Sinkflug abzuschütteln. Die Flughöhe nahm rapide ab, aber ein erneut hinter ihm knatternder Feuerstoß verriet ihm, dass sein Gegner immer noch an seinem Heck klebte.

Unter MacFarlane wurden die schachbrettartigen Felder der französischen Landschaft immer größer, und zusammen mit seiner Höhe gingen dem Lieutenant auch die Ideen aus.

Er beendete den Spiralflug und riss die S.E.5 in eine harte Linkskurve, in der Hoffnung, dass der Deutsche so an ihm vorbeirasen würde.

MacFarlane sah über die linke Schulter und blickte voller Schrecken in die Mündungen der beiden LMG 08/15 der Albatros.

Mündungsblitze flackerten auf und eine Kugel streifte MacFarlane an der linken Schulter. Er zuckte zurück und erhielt einen schweren Schlag gegen das linke Bein. Die Windschutzscheibe vor ihm zerplatzte und das ganze Flugzeug erschauderte, als der Motor getroffen wurde. Der Hispano-Suiza erstarb mit einer jähen Plötzlichkeit und sofort quoll dichter Rauch unter der Motorverkleidung hervor, die MacFarlane jede Sicht raubte und ihn zu einem würgenden Husten reizte.

Trotzdem umklammerte er verzweifelt den Steuerknüppel und bemühte sich angestrengt, die Maschine nach oben zu ziehen. Die obere Tragfläche über der Kanzel war völlig durchlöchert und das Lewis-MG aus seiner Foster-Lafette verschwunden. Aus seinem linken Bein entschwand blitzartig jedes Gefühl. Als er den Steuerknüppel zurückzog, reagierte die Maschine nur noch sehr schwerfällig auf seine Handbewegungen.

MacFarlane hustete wieder und sah seitlich am Cockpit hinaus. Er war kaum noch 300 Fuß hoch! Vielleicht konnte er seine schwer angeschlagene Maschine ja auf eine französische Weide setzten?

Der Gedanke trieb ihn zu einer enormen Kraftanstrengung und er zerrte mit aller Gewalt am Steuer, um die wenige verbliebene Energie der Maschine zu nutzen.

Als die Räder den Boden der Wiese berührten, bäumte sich die S.E.5 noch einmal auf. MacFarlane wurde mit brachialer Gewalt gegen die Instrumententafel geworfen, dann vernebelte seine Sicht.

Er wusste nicht, wie lange er ohnmächtig gewesen war. Aber nun verspürte er eine sengende Hitze, die ihm neuerlichen Schmerz bereitet.

MacFarlane zwang sich dazu, die unter seiner Fliegerbrille verborgenen Augen zu öffnen. Er saß immer noch in seiner Kanzel, aber das Wrack seines Flugzeugs brannte. Die Flammen züngelten bereits zwischen seinen Beinen nach oben!

Gott, hilf mir! Ich will nicht verbrennen!, überkam es ihn. Er versuchte, sich aus der Kanzel zu stemmen, doch er konnte nur noch den rechten Arm und das rechte Bein bewegen, sodass er schlaff wieder zurückfiel. Die Flammen loderten immer höher und wie von selbst glitt seine rechte Hand zum Pistolenkoppel.

Ich will nicht bei lebendigem Leib verbrennen!

Zwei große, kräftige Hände schoben sich unter seine Achseln und zerrten ihn aus der Kanzel. MacFarlane schrie vor Schmerzen hell auf, als sein linkes Bein über den Rand der Kanzel gezogen wurde. Es fühlte sich an, als ob jemand einen glühenden Schürhaken in sein Bein rammen und diesen nun darin drehen würde. Seine Sicht verschwamm und er bekam nur halb mit, wie ihn jemand über die Wiese schleifte. Mit zusammengebissenen Zähnen zwang sich der Lieutenant dazu, nicht mehr zu schreien. Er griff nach oben und zog sich die Brille von den Augen. Mehr schaffte er nicht mehr, bevor ihn die Kraft verließ und seine rechte Hand wieder nach unten fiel.

Schweißtropfen liefen von seiner Stirn in seine Augen und zwangen ihn zu kräftigem Blinzeln. Er sah vor sich nur ein Stück Wiese und das brennende Wrack seiner Maschine. Dann änderte sich sein Blickwinkel. Er stellte fest, dass er nun mit dem Rücken am Stamm eines krumm gewachsenen Baumes lehnte, und es kostete ihn viel Mühe, die Augen offen zu halten.

Jemand beugte sich über ihn und zog ihm den Schal vom Hals weg. Dann machte sich die Person an seinem linken Bein zu schaffen.

MacFarlane stieß ein scharfes Zischen aus, als der Mann, wie er nun erkannte, den Schal um sein linkes Bein schlang und es abband.

Allmählich klärte sich seine Sicht wieder und der Lieutenant erkannte, dass der Mann vor ihm eine Fliegerjacke aus Leder trug. Zuerst dachte er, dass es sich vielleicht um einen Franzosen handelte, aber dann erblickte er das blaue Pour le Mérite am Hals des Mannes.

Instinktiv griff MacFarlane nach seinem Pistolenholster.

»Das sollten Sie lieber lassen, Lieutenant«, sagte der Deutsche in recht gutem Englisch. »Sie sind nicht in der Verfassung, unser Duell fortzusetzen.«

Verwirrt blickte MacFarlane zu dem Deutschen auf, der neben ihm kniete, nun die Fliegerbrille nach oben schob und ihn anlächelte.

»Ich habe Ihr Bein zwar abgebunden, aber es wäre besser, wenn Sie so schnell wie möglich in ein Lazarett kämen«, fuhr der Deutsche fort. Dann griff er in seine Fliegerjacke. MacFarlane zuckte zusammen, weil er erwartete, dass der Fremde nun eine Pistole ziehen und ihn erschießen würde. Stattdessen brachte der Deutsche einen kleinen, silbernen Flachmann hervor, schraubte ihn auf und hielt ihn dem Lieutenant an die Lippen.

»Trinken Sie, das ist französischer Cognac.«

Reflexartig nahm MacFarlane einen großen Schluck zu sich und hustete dann. Aber der Alkohol ließ die Schmerzen auf ein halbwegs erträgliches Maß absinken, und so schluckte er erneut.

»Nicht zu viel, Lieutenant«, warnte der Deutsche und entzog ihm den Flachmann. Er hob die Silberflasche an die Lippen und nahm selbst einen kleinen Schluck zu sich. Dann schraubte er den Verschluss auf und steckte den Flachmann wieder ein.

MacFarlane atmete schnell und flach, zwang sich aber nun dazu, ruhiger Luft zu holen.

»Wa…«, begann er und musste sich Räuspern, bevor er sagen konnte: »Warum haben Sie mich aus meinem Flugzeug gezogen?«

»Warum sollte ich nicht?«, meinte der Deutsche lapidar.

MacFarlane sah ihn forschend an. »Warum?«, wiederholte er leise.

Der Deutsche zuckte mit den Schultern. »Sagen wir einfach, ich wollte nicht zusehen, wie Sie in ihrer Maschine verbrennen. Das ist kein schönes Ende.«

»Ich verstehe nicht …«, meinte MacFarlane. »Wir sind doch Feinde.«

»Irgendwann werden Sie es verstehen.« Der Deutsche sah sich um und erhob sich. »Aber nun sollte ich mich wieder in die Lüfte schwingen. Die Franzosen haben uns gesehen und kommen immer näher.«

»Warten Sie!«, rief MacFarlane aus. »Wie heißen Sie?«

»Leutnant Robert Jäger«, lautete die Antwort. »Und Sie?«

»Alastair MacFarlane.« Mit Mühe hob MacFarlane die rechte Hand hoch und Jäger verstand seine Absicht. Er beugte sich und griff kurz zu.

»Alles Gute, MacFarlane.«

»Für Sie auch.«

Jäger nickte ihm knapp zu, drehte sich um und lief dann auf seine Albatros zu, die vor ihm auf der Wiese stand. Hustend startete der Motor und MacFarlane konnte zusehen, wie der Deutsche startete.

Aufgeregte Rufe erklangen und Gewehrschüsse peitschten hinter der Albatros her, konnte sie aber nicht aufhalten. Die D.III stieg in die Lüfte.

Soldaten erschienen in MacFarlanes Blickfeld und er erkannte an ihren Helmen, dass es Franzosen waren.

»Hier liegt jemand!«, rief einer der Soldaten und vier oder fünf von ihnen näherten sich dem Lieutenant. »Ein Brite! Ein Offizier!«

»Schotte«, murmelte MacFarlane.

Der eine Soldat warf einen Blick auf das abgebundene Bein und zog dann sein Verbandspäckchen hervor. In holprigem Englisch sagte er: »Ich kümmere mich um Ihr Bein. Aber was wollte der Kraut von Ihnen?«

»Er hat mir das Leben gerettet«, erwiderte MacFarlane matt, den eine schier ungeheure Müdigkeit übermannte. »Hat mich aus dem Wrack gezogen.«

»Ein Kraut?« Der Franzose sah ihn mit Unglauben an.

»Ein Kraut«, bestätigte MacFarlane. »Leutnant Robert Jäger.«

Die Albatros flog über die Wiese hinweg und wackelte zum Abschied mit den Flügeln. Die Franzosen waren so verwundert, dass sie nicht einmal mehr schossen. Mit diesem Bild vor Augen schlief MacFarlane ein.

Zeitleiste der Ereignisse

9. November 1918: In Deutschland wird die Weimarer Republik ausgerufen und löst die bis dahin herrschende konstitutionelle Monarchie der Kaiserzeit ab.

11. November 1918: Waffenstillstand von Compiégne, Ende des Ersten Weltkriegs.

24. Oktober 1929: An diesem auch als »Schwarzer Donnerstag« bezeichneten Tag bricht die New Yorker Börse zusammen. Eine regelrechte Verkaufspanik wird ausgelöst, die Preise für Aktien fallen ins Bodenlose und am Ende des Tages haben die Börsen vier Milliarden US-Dollar verloren. Zahllose Menschen büßen ihr gesamtes Vermögen ein, Banken gehen bankrott, Unternehmen schließen reihenweise ihre Pforten und die Arbeitslosigkeit schnellt in die Höhe. Dies stellt das Ende des wirtschaftlichen Aufstiegs Amerikas dar und markiert den Beginn der schlimmsten globalen Weltwirtschaftskrise der Geschichte. Um sich selbst vor der Zahlungsunfähigkeit zu bewahren, fordern amerikanische Banken die Darlehen zurück, die sie nach dem Krieg in Europa vergaben. Doch das verschlimmert die Situation nur noch und weitet die Krise auf die ganze Welt aus. Immer mehr Menschen verlieren ihren Arbeitsplatz, müssen ihre Wohnung aufgeben und landen auf der Straße. In den USA werden sogenannte Hungerstreiks organisiert und es kommt in vielen Städten zu Ausschreitungen. Präsident Hoover lässt Truppen aufmarschieren, um die Proteste auseinanderzutreiben. Als Folge sinkt seine Popularität und bei den Wahlen 1932 erleidet Hoover eine beispiellose Niederlage gegen Franklin D. Roosevelt.

Deutschland wurde von der Krise besonders hart getroffen, da die amerikanischen Investoren ihre Gelder abzogen, die seit den Anfängen der Weimarer Republik ins Land geflossen waren. Die Folge waren Massenentlassungen und Insolvenzen vieler deutscher Firmen. Die zwei Jahre zuvor eingeführte Arbeitslosenversicherung war nicht ausreichend, um die Massen betroffener Menschen aufzufangen. Die deutsche Regierung zerbrach im Jahre 1930 als Folge der massiven Probleme. Deutschland war praktisch zahlungsunfähig. Mehr als sechs Millionen Menschen standen ohne Arbeit da und große Teile der Bevölkerung verelendeten. Allein über 500.000 Menschen wurden obdachlos.

6. Juli 1932: Franz von Papenburg bietet auf der Konferenz von Lausanne der französischen Regierung den gemeinsamen Aufbau Europas, eine Zollunion und eine umfassende wirtschaftliche Kooperation an, um der verheerenden Situation Herr zu werden. Zudem schlägt er eine militärische Zusammenarbeit zwischen Frankreich, Großbritannien, Italien und Deutschland vor. Im Gegenzug verlangt er die Streichung des Kriegsschuldartikels 231 des Versailler Vertrages. Jedoch lehnen die Siegermächte das Anliegen von Papenburgs strikt ab.

20. Januar 1932: Der neu gewählte US-Präsident Franklin D. Roosevelt tritt sein Amt an. Roosevelt ergreift umgehend Maßnahmen, um die Wirtschaftskrise zu beenden. Er ruft den sogenannten »New Deal« aus: wachstumsfördernde öffentliche Investitionen auf Kredit. Roosevelt versichert der US-Bevölkerung, dass die Banken wieder sicher seien und es keinen Grund mehr gebe, weiterhin Ersparnisse abzuziehen. Durch seine charismatische Ausstrahlung sorgt er wieder für Optimismus unter den Bürgern. Die Große Depression kann dennoch nicht überwunden werden.

5. März 1933: Bei den Reichstagswahlen in der Weimarer Republik kann die DPD (Demokratische Partei Deutschlands) mit 49,3 % aller Stimmen einen großen Wahlsieg erringen. Die Nationalsozialisten unter der Führung von Adolf Hitler erzielen nur 1,4 % der Stimmen und verschwinden damit in der Bedeutungslosigkeit. Von diesem Misserfolg schwer getroffen, beschließt Hitler, Deutschland zu verlassen, und emigriert in die USA.

23. März 1933: Der scheidende Reichskanzler Paul von Hindenburg übergibt die Amtsgeschäfte an seinen politischen Protegé und vom Reichspräsidenten ernannten Nachfolger Robert Jäger. Jäger, der im Krieg ein bekanntes Fliegerass war, tritt sein Amt mit dem Versprechen an, der Bevölkerung wieder »Arbeit und Brot« zu verschaffen.

4. Juli 1933: Bei den Feiern zum amerikanischen Unabhängigkeitstag hält Adolf Hitler in New York eine vielbeachtete Rede zur Lage der Vereinigten Staaten und dem Platz, den die USA in der Weltgeschichte einnehmen sollten. Alexander Davis, Vorsitzender der im Schatten Roosevelts aufstrebenden Kleinpartei National Republican Party (NRP), wird auf den begnadeten Redner aufmerksam und lädt ihn zu Gesprächen auf sein Anwesen ein. Beide Männer verstehen sich auf Anhieb und nach vielen weiteren Gesprächen tritt Hitler der National Republican Party bei.

17. August 1933: Im US-Bundesstaat Ohio kommt es zum Streik gegen die strengen Auflagen des National Recovery Acts, der die Tarifverhandlungen eingefroren hat, um die wachsende Arbeitslosigkeit zu bremsen und die Produktion wieder zu erhöhen. Da die Unternehmen über eigene bewaffnete Polizeikräfte verfügen, brechen gewalttätige Auseinandersetzungen zwischen den Streikenden und den Unternehmenskräften aus. Die Kämpfe dauern den ganzen Tag und halten auch während der folgenden Nacht an. Als Reaktion auf die chaotische Lage rücken

5.000 Mann der Nationalgarde in die betroffenen Städte ein. Es kommt zu regelrechten Schlachten, bei denen die Nationalgardisten in manchen Städten praktisch Haus für Haus von den Aufständischen säubern müssen. 382 Menschen werden getötet, darunter 16 Kinder, ferner sind hunderte von Verletzten zu beklagen. Die National Republican Party prangert das Vorgehen des US-Präsidenten lautstark an, woraufhin die NRP unerwartet viel Zulauf erfährt. Davis' mitreißende Radioansprachen erreichen ein Millionenpublikum.

6. November 1934: Nachdem Roosevelts Ansehen in den Keller gerauscht ist, erringt Davis' NRP bei den Wahlen zum Repräsentantenhaus einen erdrutschartigen Sieg. Davis und seine National Republican Party konnten diesen Erfolg auch deshalb erzielen, weil sie der Bevölkerung den öffentlichen Schwur leisteten, die Verhältnisse im Land umzukehren und die Verantwortlichen für Missstände innerhalb der Regierung zur Rechenschaft zu ziehen. Davis verkündet unter anderem, für das Präsidentenamt kandidieren zu wollen.

Mit den Stimmen abtrünniger Abgeordneter der Demokraten, die Davis im Verborgenen auf seine Seite gezogen hat, lässt er sich in einer turbulenten Sitzung zum Sprecher des Repräsentantenhauses wählen.

11. Februar 1935: Während er Urlaub mir einer Frau macht, mit der er nicht verheiratet ist, stirbt US-Präsident Franklin D. Roosevelt unerwartet als Folge seiner Erkrankung mit Kinderlähmung. Sein Tod löst eine weitere schwere Krise in den Vereinigten Staaten aus, da Roosevelt erst zwei Wochen zuvor seinen Vizepräsidenten wegen einer Korruptionsaffäre entlassen hat. Da der Posten des Vizepräsidenten unbesetzt ist, übernimmt Alexander Davis als Sprecher des Repräsentantenhauses gemäß Verfassung die Amtsgeschäfte.

28. März 1935: Präsident Davis legt dem amerikanischen Kongress ein umfassendes Paket mit Ermächtigungsgesetzen vor, welche die Macht des Präsidenten stärken und es ihm so ermöglichen sollen, endlich wirksame Maßnahmen gegen die Große Depression zu ergreifen. Das Maßnahmenpaket wird im Kongress unter den Demokraten, die im Senat die Mehrheit halten, und Republikanern mit großer Skepsis betrachtet, mancher munkelt hinter vorgehaltener Hand sogar, dass die Ermächtigungsgesetze aus der Feder des Sonderberaters Adolf Hitler stammen würden. Hinzu kommt, dass bei einer Annahme die Macht des Kongresses erheblich eingeschränkt werden würde. Davis prangert jedoch in einer Rede das zögerliche Verhalten der Kongressmitglieder an und beschuldigt sie öffentlich, nur auf den eigenen Vorteil aus zu sein, während die einfachen Menschen im Lande Hunger leiden würden. Darüber hinaus vermutet er ausländische Mächte hinter den Missständen in seinem Land.

Mehrere große Zeitungen veröffentlichen daraufhin Storys über angebliche Skandale und Korruptionsaffären von bekannten Kongressabgeordneten, was zu großem Unmut in der Bevölkerung und Protesten gegen den Kongress führt.

In Washington werden mehrere Kongressabgeordnete von einer aufgebrachten Menschenmenge angriffen und es kommt zu Plünderungen. Da die Polizei machtlos gegen den Mob ist, sieht sich Präsidenten Davis gezwungen, die Nationalgarde einzusetzen, um die Ordnung in der Hauptstadt aufrecht zu erhalten.

Der Kongress stimmt schließlich der Vorlage des Präsidenten zu und die neuen Ermächtigungsgesetze treten in Kraft. Die Folgen sind umfassend: Firmenbesitzer werden enteignet, Land wird beschlagnahmt, die Steuerabgaben für Vermögende erheblich erhöht. Ferner werden die bisher freien Medien unter staatliche Kontrolle gestellt.

Frühjahr 1935: Unsere Geschichte beginnt …

Teil I

1935

Washington D.C., im Frühjahr

Er unterschied sich nicht von den tausenden anderen Regierungsangestellten, die in einem der vielen, über die ganze Stadt verteilen Gebäuden des US-Kriegsministeriums arbeiteten. Der Angestellte ging in der Masse seiner Kollegen und Kolleginnen unter, so wenig Bemerkenswertes war an ihm zu festzustellen. Ende vierzig, mit zurückweichendem Haaransatz, Brille, hochgerollten Hemdsärmeln und kleinem Kaffeefleck auf der Krawatte, entsprach er der allgemeinen Vorstellung eines Buchhalters bis ins kleinste Detail.

Thomas Schneider seufzte, als er die Akte in die Ablage mit dem Schild »erledigt« warf. Er schob die Brille nach oben und rieb sich dann die müden Augen.

Napoleon sagte einst, eine Armee marschiere mit dem Bauch, dachte er leicht amüsiert. *Nun, die US Army hat das Problem mit dem Hunger zwar gelöst, aber dafür bewegt sie sich nun auf einem wahren Meer von Papier.*

Um sich in dieser Papierflut zurechtzufinden, wurden Experten benötigt. Diese trugen Sorge dafür, dass die Papierberge an die richtigen Leute weitergeleitet wurden und auch ihnen den Tag vermiesten. Schneider gab ein belustigtes Schnauben von sich. Sein nahezu fotografisches Gedächtnis machte ihn zu einem der besten Leute in seiner Abteilung. Leider sorgte dieser Umstand aber auch dafür, dass der Aktenstapel auf seinem Schreibtisch niemals kleiner wurde.

Es kann ein Fluch sein, wenn man nicht ganz so unfähig ist wie der Rest der Meute, sinnierte Schneider voller Bescheidenheit und griff nach der nächsten Akte. Vielleicht konnte er heute ja ausnahmsweise mal pünktlich Feierabend machen. Greta würde sich freuen, ihn zu Hause zu haben.

Es klopfte am Türrahmen und Schneider blickte auf.

Seine Kollegin Beth Cartright stand in der offenen Tür und hielt einen dicken Aktenordner in der rechten Hand.

»Oh, nicht doch, Beth«, stöhnte Schneider. »Nicht schon wieder etwas, dass die hohen Tiere unbedingt heute noch erledigt haben wollen!«

»Tut mir leid, Tom«, entgegnete die etwas rundliche Sekretärin mit einem entwaffnenden Lächeln. »Colonel Maxwell besteht darauf, dass das hier heute noch bearbeitet wird.«

»Klar, darauf wette ich!«, erwiderte Schneider etwas verkniffen. »Und ich wette ferner um einen Dollar, dass der Bastard nach Hause gefahren ist, nachdem er dich mit dem dicken Wälzer zu mir geschickt hat.«

»Darum wette ich nicht mit dir, Tom«, sagte Beth, während sie den dicken Ordner auf seinem Schreibtisch ablegte. »Du würdest nämlich gewinnen.«

Schneider schnaubte empört. Colonel Maxwell, verdammt sollte er sein! Der blöde Kerl halste ihm immer Extraarbeit auf!

»Es tut mir wirklich leid, Tom«, sagte Beth und zuckte entschuldigend mit den Schultern. »Du weißt ja, wie der Colonel ist. Da kann man nichts machen.«

»Na, vielen Dank auch!«

»Soll ich bleiben und dir damit helfen?«

»Nein, danke, Beth«, wehrte Schneider ab. Das war eine nette Geste seiner Kollegin. Aber seitdem ihre Tochter von deren Ehemann, dem Mistkerl, einfach sitzen gelassen worden war, kümmerte sich Beth abends um den Enkelsohn. Beths Tochter arbeitete derzeit als Bedienung in einem Diner und das meist durchgehend in der Mittags- und Spätschicht. Die miese Wirtschaftslage sorgte auch weiterhin dafür, dass das Geld bei den kleinen Leuten knapp war.

»Das ist wirklich lieb von dir, aber geh du lieber nach Hause«, sagte Schneider. »Ich weiß doch, wie sehr deine Tochter auf deine Hilfe angewiesen ist. Und wie sehr du in den Kleinen vernarrt bist.«

Beth lächelte ihn warm und voller Dankbarkeit an. »Dann sieh zu, dass du schnell damit fertig wirst! Greta wartet auch auf dich.«

»Ja, Ma'am.«

Beth nickte ihm noch einmal zu und eilte dann aus dem Büro.

Schneider sah ihr nach, seufzte erneut und angelte sich den neuen Aktenordner vom Stapel.

Mal sehen, was hier haben, sprach er in Gedanken zu sich selbst. *Bestimmt wieder so ein Routinekram, der auch ruhig bis morgen hätte warten können.*

Er schlug den Aktendeckel zurück. Und stutzte. Das war eindeutig kein Routinekram. Das sah viel mehr nach Befehlen für eine Mobilmachung aus. Da stand auch ein Name: *War Plan Red.* Die Bezeichnung kam ihm bekannt vor. Schneider durchforstete sein Gedächtnis nach dem Namen. War das nicht einer der Eventualpläne gewesen? *Kriegsplan Rot?* Ja, der Plan sah einen Präventivschlag vor, und zwar gegen …

Mein Gott!, durchzuckte es ihn. *Das darf doch nicht wahr sein!*

Hastig blätterte er weiter. Es war alles da. Die benötigte Truppenstärke, die neu aufzustellenden Divisionen, deren Aufmarschgebiete und vorgesehene Landezonen, die späteren Versorgungsrouten. Sogar eine Autorisierung des Kongresses über eine Summe von 57 Millionen Dollar lag vor, die benötigt wurden, um drei geheime Flugplätze zu bauen. Ferner der Vermerk, die Landebahnen mit Gras zu bedecken, um sie zu tarnen.

Schneider fuhr sich durch sein schütteres Haar, rieb sich das Gesicht und betrachtete seine auf einmal zitternden Hände. Dieses Zittern überkam ihn jedes Mal, wenn er an den Krieg zurückdachte. Sollte es eine Hölle geben, dann hatte er sie bei Verdun erlebt. Die Erinnerungen an diese Schrecken waren immer noch sehr lebendig in ihm.

Das Tackern der Schreibmaschinen im Hintergrund ähnelte entfernt MG-Feuer.

Mit einem Schlag fühlte sich Schneider zurück nach Frankreich versetzt.

Maschinengewehre ratterten, spien einen tödlichen Feuerhagel in die Reihen der grau gekleideten Soldaten.

»Vorwärts, Männer! Vorwärts!«, spornte der Leutnant die Truppe an, um sie in Bewegung zu halten. Es waren seine letzten Worte.

Schneider sah nur den Rücken des Offiziers, als dieser von einer Maschinengewehrgarbe durchbohrt wurde. Blutfontänen spritzen hinten aus dem Körper und der Mann klappte zusammen wie eine Marionette, der man die Fäden durchtrennt hatte. Und er war nicht der Einzige. Kugeln fraßen sich durch Menschenfleisch. Schmerzens- und Todesschreie hallten durch das Tosen.

Obwohl Schneider schon an mehreren Schlachten teilgenommen hatte, erlitt er einen Schock, als in wenigen Sekunden zwei Drittel seines Zuges vom gnadenlosen MG-Feuer niedergemacht wurden. Die Toten und Sterbenden lagen im Schlamm. Seine Kameraden, seine Freunde! Jetzt hingen sie in den Resten von Drahtsperren, lagen mit verrenkten Gliedern in Granattrichtern oder schrien nach Hilfe, die niemals kommen würde.

Der deutsche Vorstoß brach im Feuer der französischen Maschinengewehre zusammen.

Schneider zog den Kopf dicht an die Schultern, in der Hoffnung, der Stahlhelm würde ihn vor den giftig umherzischenden Geschossen schützen.

»Thomas … Thomas …«, rief eine schwache Stimme.

Schneider sah sich hektisch um und erblickte seinen Stubenkameraden Gustav, der die Hände auf den blutigen Bauch gepresst hielt.

»Gustav!« Schneider eilte hinüber und packte ihn am Koppel. Heftig schnaufend zerrte er den schweren Körper seines Freundes hinter sich her.

Ein weiterer Kamerad lief an ihnen vorüber. Zuerst schien es, als hielte er seinen Karabiner in der linken Hand, aber dann erkannte Schneider, dass es sich in Wirklichkeit um seinen abgerissenen rechten Arm handelte. Der Kamerad schaffte es trotz des frischen Gliedverlustes, die halbe Strecke bis zum rettenden Schützengraben zurückzulegen. Dann schleuderte er den Arm von sich und sprang in einen Granattrichter.

Schneiders Hirn war noch dabei, sich die grässliche Szene einzuprägen, als eine Artilleriegranate dicht neben ihm einschlug. Er hatte das verfluchte Ding nicht einmal kommen hören. Die heftige Detonation warf ihn in den Schlamm. Schneider schluckte, in seinem Kopf drehte sich alles, seine Ohren klingelten. Zumindest hatte er dieses Mal nicht das Gehör verloren. Schneider bewegte versuchsweise Arme und Beine, denn manchmal spürte man gar nicht, wenn es einen erwischt hatte, weil Schock und Adrenalin den Schmerz betäubten.

Kugeln schwirrten wie zornige Insekten an ihm vorbei, doch er ignorierte sie für den Moment. Er war nicht schlimm verwundet, nur einige Kratzer durch die Granatsplitter. Dichter Rauch zog über das Schlachtfeld und Dreck verklebte seine Augen. Halb blind packte er Gustav wieder am Koppel und zog ihn mit sich. Allerdings fiel Schneider sofort wieder hin, als der Körper unerwartet wenig Widerstand bot. Er wischte sich den Dreck aus den Augen und sah nach seinem Kameraden …

Gustav besaß keinen Unterleib mehr. Die Granate hatte seinen Körper unterhalb der Hüfte glatt weggerissen. Schneider sah an sich hinunter und registrierte erst jetzt, dass er von oben bis unten mit dem Blut und Fleischbrocken seines Freundes besudelt war.

Er gab ein gequältes Wimmern von sich, das man vielleicht von einem verwundeten Tier erwartet hätte, jedoch nicht von einem Menschen.

Hektisch rieb er über seine Uniform, versuchte das Blut von sich zu wischen und verteilte es doch nur noch mehr.

Etwas – jemand – prallte gegen ihn. Es war der Unteroffizier.

»Los, komm!«, schrie der Unteroffizier und packte Schneider am Kragen, zog den benommenen jungen Mann mit sich durch den zischenden Kugelhagel.

Der Graben, er war so nah. Der Unteroffizier sprang hinein, riss Schneider mit sich. Brackiges Wasser spritze auf, als sie der Länge nach auf dem rettenden Grund aufschlugen.

Der Unteroffizier hob ihn aus dem kalten Wasser und stellte ihn auf seine wackligen Beine. Schneider zitterte am ganzen Leib, seine Lunge brannte wie Feuer, die Knochen schmerzten, seine Muskeln verkrampften. Zum Angriff waren 117 Mann angetreten, jetzt befand sich nur noch eine Handvoll Soldaten im Graben.

Schneider kauerte sich zusammen, wollte dem Wahnsinn nur noch entrinnen …

Hektisches Blinzeln brachte ihn zurück ins Hier und Jetzt.

Drei Jahre hatte Thomas Schneider seinem Vaterland als Soldat gedient, zuletzt als Unteroffizier. Nie wieder, hatte er sich geschworen. Nie wieder Krieg, nie wieder Tod.

Im Herbst 1918 hatte das Deutsche Reich als Verlierer des Weltkriegs festgestanden. Die außenpolitischen Bedrängnisse führten zur Revolution im Inneren: Deutschland erlebte einen demokratischen Frühling. Doch von Beginn an stand die junge Republik unter keinem guten Stern. Die Alleinschuld am Krieg und die Bedingungen des Friedens von Versailles – die Mehrheit der Deutschen bezeichnete es als »Diktat von Versailles« – erweisen sich als schwere Bürde, sogar als zu schwere. Links- und rechtsradikale Gruppierungen bekamen immer mehr Aufwind. Wirtschaftskrisen, Inflation und Arbeitslosigkeit erschütterten das Vertrauen der Bevölkerung in die junge Demokratie. Alle Anzeichen deutete auf einen weiteren Krieg hin, diesmal auf einen Bürgerkrieg, in dem Deutsche gegen andere Deutsche kämpfen würden. Man brauchte doch nur nach Russland zu blicken, um zu ahnen, was auf Deutschland zukommen würde!

Thomas Schneider hatte genug Leichenberge gesehen, dass es ihm für mehr als zehn Leben reichte. Also verkaufte er den elterlichen Hof und ergatterte gerade genug Geld, um mit seiner Verlobten nach Amerika auswandern zu können. Dort gründeten sie eine Familie und nahmen die US-Staatsbürgerschaft an. Auch wenn der von ihm befürchtete Bürgerkrieg seiner alten Heimat erspart geblieben war, hatte Schneider seine Entscheidung nie bereut. Amerika hatte ebenfalls genug vom Krieg gehabt und sich auf sich selbst konzentriert. Das kam ihm zupass.

Schneider war sich der Ironie bewusst, dass er, der nie wieder etwas mit dem Krieg zu tun haben wollte, ausgerechnet im Kriegsministerium Arbeit gefunden hatte. Sein Sinn für Humor half ihm jedoch dabei, der Situation etwas Positives abzugewinnen. Die US Army war in einem so erbärmlichen Zustand, dass Amerika sowieso keinen Krieg führen konnte.

Aber das Essen musste ja irgendwie auf den Tisch kommen und die Rechnungen wollten auch bezahlt werden. Die Große Depression forderte schließlich ihren Tribut. Auslöser dafür war der Crash der amerikanischen Börse im Oktober 1929 gewesen. Betrügereien wie Bilanzfälschung und Kettengeschäfte, Massenentlassungen sowie der Zusammenbruch des Bankensystems, zerstörten das Vertrauen der Bevölkerung in die Regierung nachhaltig. Herbert Hoover wurde als zu schwach angesehen, um den massiven Problemen entgegenzuwirken und alle Maßnahmen, die er ergriff, brachten keinen sichtbaren Erfolg. So gewann der demokratische Kandidat Franklin D. Roosevelt die Wahlen von 1932. Adlerdings verstarb Roosevelt kurz darauf im Amt als Folge seiner Erkrankung an Kinderlähmung. Sein unerwarteter Tod bescherte den USA eine weitere Krise.

Durch den Zusammenbruch der Wirtschaft wurden rund 25 Prozent aller Amerikaner arbeitslos, also etwa 15 Millionen Menschen, und bei allen anderen fielen die Löhne um etwa die Hälfte. Verzweifelte Menschen zogen in riesigen Trecks durch das Land und suchten oftmals unter menschenunwürdigen Zuständen ein Auskommen. Die Radikalen beider Seiten erhielten immer mehr Zulauf, da sie einen Ausweg aus der Krise versprachen.

In dieser Situation trat Präsidentschaftskandidat Alexander Davis auf den Plan. Davis gehörte der National Republican Party an, einer Partei, die ursprünglich nur von 1825-1829 existiert hatte. 1922 trennte sich jedoch der extrem rechte Flügel der Republikaner vom Rest ihrer Partei und übernahm die Bezeichnung der NRP für sich.

Bei einem öffentlichen Auftritt in New York war es einem Mann namens Adolf Hitler dank seines rhetorischen Geschicks gelungen, die Aufmerksamkeit von Davis auf sich zu lenken.

Als Hitler in seiner flammenden New Yorker Rede die Lösung der amerikanischen Wirtschaftsprobleme in einer Gestaltung der Volkswirtschaft im Frieden für den Krieg unter militärischen Gesichtspunkten darlegte, war Davis' Interesse an dem Einwanderer aus Österreich geweckt. Hitler war 1933 bei den Wahlen in Deutschland als Kanzlerkandidat angetreten, erlitt jedoch eine schwere Niederlage und wanderte in der Folge in die USA aus.

Nach einigen Treffen zwischen Davis und Hitler, wurde der Österreicher zum engsten Vertrauten des NRP-Mannes. Davis legte in der folgenden Zeit einen kometenhaften Aufstieg vom politischen Außenseiter zum US-Präsidenten hin. Der frischgebackene Präsident ernannte den amerikanischen Neubürger Hitler zu seinem Sonderberater in Wirtschafts- und Propagandafragen.

Davis und Hitler leiteten zahlreiche Maßnahmen ein, um die Wirtschaft wiederzubeleben. Darunter fielen auch Hilfen für die Massen an Arbeitslosen und Armen, unter anderem die Einführung von Sozialversicherungen. Ebenso wurden Programme zum Aufbau der Infrastruktur gestartet, also der Bau von Straßen, Brücken und Staudämmen in Auftrag gegeben, um den Menschen wieder Arbeit zu verschaffen. Allerdings verschlangen all diese Maßnahmen sehr viel Geld. Geld, dass die Regierung nicht besaß. Die Staatsschulden stiegen an und das Land drohte, in die Zahlungsunfähigkeit abzurutschen. Ein Ausweg aus dieser fatalen Lage musste her, und zwar rasch, bevor die Regierung Davis zusammenbrechen würde.

Und jetzt das!

Schneider atmete tief durch. Das durfte nicht passieren. Es durfte doch nicht schon wieder einen Krieg geben!

Aber was konnte er schon dagegen unternehmen? An wen sollte er sich wenden? Wer hatte die Möglichkeit, einen erneuten Krieg zu verhindern? Normalerweise würde er sich an jemanden im Kongress oder dem Senat wenden.

Einer der Senatoren war doch immer auf einen Untersuchungsausschuss scharf, der ihn in der Presse gut dastehen ließ. Doch wie das Dokument vor ihm bewies, war der Kongress selbst in die ganze Angelegenheit verstrickt und seit Einführung der Ermächtigungsgesetze faktisch gelähmt.

Und die Presse? Nein, die wurde nun staatlich kontrolliert und war dem Präsidenten gegenüber geradezu handzahm geworden. Sie lobte ihn in den höchsten Tönen dafür, dass er endlich die Wirtschaft in Gang gesetzt hatte.

Wer nur ...?

Schneider neigte den Kopf zur Seite, als ihm plötzlich eine Eingebung kam. Seine Frau Greta hatte in sechs Wochen Geburtstag. Ihr einziger noch lebender Verwandter war ihr Bruder Georg, und der besuchte seine Schwester mindestens zweimal im Jahr, zu ihrem Geburtstag und zu Weihnachten. Schneider und sein Schwager standen sich zwar nicht gerade nahe, kamen jedoch ganz gut miteinander aus. Zudem war Georg bei der deutschen Marine. Vielleicht kannte er ja jemanden, der weiterhelfen konnte! Schneider beschloss, seine Entdeckung bei der nächsten Gelegenheit seinem Schwager anzuvertrauen. Er blätterte nun weiter durch den Ordner.

Hm, es wäre vielleicht ganz gut, Georg eine Kopie des Kriegsplans auszuhändigen.

Schneider erstarrte für einen Moment. Aber wäre das nicht Verrat?

Er überdachte alles noch einmal. Ja, er war im Begriff, Hochverrat zu begehen, da biss die Maus keinen Faden ab. In ihm arbeitete es. Er wog den Verrat an seiner Wahlheimat gegen die schrecklichen Bilder von Verdun ab.

Nie wieder!

Entschlossen machte sich Thomas Schneider ans Werk.

Kiel

Deutschland, Sommer

»Oberleutnant Hansen, Herr Admiral«, kündigte Admiral Wilhelm Canaris' Adjutant an.

Canaris forderte Hansen mit einer Geste zum Eintreten auf.

Der Oberleutnant ging sechs Schritte ins Büro, schlug die Hacken zusammen, stand still und sagte: »Guten Tag, Herr Admiral.«

»Kommen Sie her, Hansen«, forderte Canaris auf und winkte den Oberleutnant näher heran. Durch Krümmen des Zeigefingers wies er auf einen Stuhl vor seinem Schreibtisch.

»Nehmen Sie Platz.«

»Jawohl, Herr Admiral.«

Danach widmete Canaris seine Aufmerksamkeit wieder dem Bericht auf seinem Schreibtisch; er blickte fast drei Minuten lang nicht auf. Georg Hansen nutzte die Zeit, um den Admiral unauffällig zu mustern.

Wilhelm Canaris hatte es anfangs schwer gehabt, sich in der Abwehr Geltung zu verschaffen. Sein unmilitärisches Auftreten, seine zurückhaltende Art, sein leichtes Lispeln, sein müder Blick und nicht zuletzt seine Körpergröße von 1,60 Meter mochten in dieser Kombination dabei eine gewisse Rolle spielen. An der Entschlossenheit und den Fähigkeiten des Admirals gab es inzwischen jedoch keinerlei Zweifel mehr. Nachdem sein Vorgänger im April 1934 überraschend erkrankt war, übernahm der damalige Kapitän zur See Wilhelm Canaris dessen Amt. Seine Beförderung zum Konteradmiral erfolgte wenige Monate später. Bereits vom Tag seines Amtsantritts an, reorganisierte Canaris die Abwehr und begann damit, sie systematisch zu einem der größten und besten militärischen Geheimdienste der Welt auszubauen.

Als der Admiral zu Ende gelesen hatte, schaute er zur Decke. Hansen konnte förmlich sehen, wie sich die Zahnräder hinter der Stirn von Canaris drehten. Nach einer Weile nickte der Admiral, als stimmte er jemandem zu. Dann atmete er tief durch, senkte den Blick auf den Schreibtisch, nahm einen Federhalter und notierte schnell etwas auf dem Bericht.

Einen Augenblick später öffnete sein Adjutant die Tür des Büros.

Es muss eine Art Klingelknopf auf dem Boden geben, schlussfolgerte Hansen. *Der Admiral hat nichts auf seinem Schreibtisch angerührt.*

Canaris winkte seinen Adjutanten wortlos ins Büro und wies auf den Bericht, woraufhin der Adjutant hereinkam. Er ging rasch zum Schreibtisch und nahm den Bericht an sich. Canaris gestikulierte erneut und signalisierte seinem Adjutanten, die Tür hinter sich zu schließen.

Dann blickte er Hansen an, der sofort aufzustehen begann.

»Behalten Sie Platz,« sagte Canaris und unterstrich seine Worte mit einer Geste.

Hansen ließ sich auf den Stuhl zurücksinken. Der Oberleutnant konnte Canaris ansehen, dass der Admiral seine Gedanken sammelte.

»Mir ist der Umstand bewusst, dass es stets schwierig ist, Informationen zu sammeln. Insbesondere, wenn besagte Informationen nicht so recht zu den bereits vorliegenden Daten passen wollen. Ich bin überzeugt, Sie wissen das.«

»Ich verstehe, Herr Admiral«, sagte Hansen.

Das stimmte nicht ganz. Hansen bemühte sich zu verstehen, worauf Canaris hinauswollte.

Der Oberleutnant rief sich in Erinnerung, was ihm sein Onkel, Kapitän Lars Oppermann, gesagt hatte, als sein Neffe ihm eröffnet hatte, dass er sich bald zum Dienst in der Abwehr melden müsse: »Der beste Rat, den ich dir geben kann, Georg, ist folgender: Achte darauf, was Canaris nicht sagt.«

Hansen war überhaupt nicht glücklich über seine Verwendung an einem Schreibtisch in Kiel. Nach kurzer Dienstzeit an Bord des Panzerschiffs *Deutschland* war er der Abwehr zugeteilt worden. Oder genauer, der Abteilung VIII (Informationen) des Marinenachrichtendienstes.

Wie richtig der Rat seines Onkels war, wurde Oberleutnant Hansen jetzt klar.

»Ich versichere Ihnen, Herr Admiral, dass ich nicht aktiv nach diesen speziellen Informationen gesucht habe«, begann Hansen. »Mein Schwager, der im US-Kriegsministerium angestellt ist, trat im Rahmen eines rein privaten Besuches bei meiner Schwester in Amerika an mich heran. Er diente im Krieg und nahm an einigen der schlimmsten Schlachten an der Westfront teil. Ich erwähne das nur, weil dies einen Großteil seiner Motivation dafür ausgemacht hat, mir diese Informationen zukommen zu lassen.«

Canaris nickte zum Zeichen, dass er dies so weit akzeptierte. »Fahren Sie fort, Hansen.«

»Jawohl, Herr Admiral.« Hansen öffnete seine Aktentasche und entnahm ihr einen dicken Ordner.

Der Oberleutnant atmete tief durch. »Mein Schwager hat mir eine nahezu komplette Aufstellung eines amerikanischen Kriegsplans übergeben. Sie nennen ihn *War Plan Red*, also *Kriegsplan Rot*. Er sieht einen Krieg gegen das britische Empire vor.«

Canaris schien nicht beeindruckt zu sein, jedenfalls verzog er keine Miene. »Ich gehe davon aus, dass dieser Plan nur einer in einer ganzen Reihe von militärischen Eventualplänen ist.«

»Das ist korrekt, Herr Admiral. Es gibt viele weitere, nach Farben geordneter Kriegspläne gegen alle möglichen Ziele.« Hansen tippte mit dem Zeigefinger auf den Aktenordner. »Plan Grün zum Beispiel hat Mexiko als Ziel. Gelb steht für China. Schwarz für Deutschland. Und so weiter.«

Canaris nickte wieder. »So weit ist das nichts Ungewöhnliches. Fast jedes Land hat solche Notfallpläne in irgendeiner verstaubten Schublade liegen.«

»Das mag richtig sein, Herr Admiral, aber das war noch nicht der Auslöser für das Handeln meines Schwagers.« Hansen zog seinen eigenen Notizblock aus der Aktentasche und schlug ihn auf.

»Mein Schwager hat durch Zufall neben dem Kriegsplan auch noch die Befehle zur Mobilisierung des amerikanischen Generalstabs bearbeitet. Diese sind vor wenigen Monaten erteilt worden. In dem Ordner ist zudem festgehalten, dass an dem Plan bereits seit 1931 gearbeitet wird. Damals entsandte die US-Regierung den berühmten Piloten Charles A. Lindbergh zu Spionagezwecken an die kanadische Westküste von Hudson Bay, um die verschiedenen Möglichkeiten der Kriegsführung zu analysieren.«

»Hm«, brummte Canaris. »Interessant.«

Offenbar war es Hansen gelungen, das Interesse des Admirals zu wecken. Dem Oberleutnant war klar, dass es dem Leiter der Abwehr schwerfiel, die doch recht abwegige Theorie von einem Angriff der US-Amerikaner auf das britische Weltreich für bare Münze zu nehmen. Wäre der Admiral derart leichtgläubig, hätte er auf seinem Posten nichts verloren. Hansen war es ja selbst schwergefallen, die Informationen seines Schwagers zu akzeptieren. Er zog wieder seinen Notizblock zu Rate.

»Auf eigene Initiative hin, habe ich während meines Aufenthalts in den USA unser dortiges Büro aufgesucht und weitere Nachforschungen in diese Richtung angeregt«, fuhr Hansen fort.

Canaris wölbte die rechte Augenbraue. »Ich hoffe doch sehr, Sie haben diskrete Nachforschungen angeregt?«

»Selbstverständlich, Herr Admiral. Während des Gesprächs mit unserer dortigen Vertretung habe ich sogar die Worte ›vorsichtig wie mit rohen Eiern‹ verwendet.«

Der Admiral nickte knapp. Eigeninitiative war etwas, das er bei seinen Mitarbeitern sehr schätzte. Einen diplomatischen Zwischenfall hingegen schätzte er überhaupt nicht.

Wieder eine gefährliche Klippe sicher umrundet, sagte sich Hansen erleichtert und sah in seine Notizen.

»Ich bin selbstverständlich auch auf den naheliegenden Gedanken gekommen, dass es sich bei diesem Dokument um ein Täuschungsmanöver der amerikanischen Geheimdienste handeln könnte, die meinen Schwager wissentlich oder unwissentlich benutzt haben.«

Canaris neigte den Kopf etwas nach links.

Ich wünschte mir wirklich, der Admiral wäre etwas gesprächiger, dachte Hansen. *Aber gerade das macht ihn wahrscheinlich zu einem guten Leiter der Abwehr.*

»Nach reiflicher Überlegung neige ich jedoch dazu, diese These als unwahrscheinlich zu verwerfen«, sagte er.

»Begründung«, verlangte Canaris knapp.

»Erstens: Welchen Nutzen hätten die amerikanischen Geheimdienste von einer solchen Aktion? Wir sind nicht mit den Briten verbündet und es würde unsere Interessen kaum berühren, sollten sich die Amerikaner zu einem Krieg mit den Engländern entschließen. Aus US-amerikanischer Sicht hingegen würde ich sogar ein Bündnis mit Deutschland erwägen, um die Briten im Falle eines Krieges so in Europa zu binden. Sollte mir das nicht gelingen, würde ich auf jeden Fall die Beziehungen mit Deutschland so weit verbessern, das ein Bündnis zwischen Berlin und Washington für die Briten zumindest als realistisch erscheint.«

»Sie denken dabei an diese amerikanische Delegation, die zurzeit in Berlin die wirtschaftlichen Verhandlungen mit der Regierung führt?« Der Tonfall des Admirals machte klar, dass es sich hierbei nur um eine rhetorische Frage handelte.

Dennoch sah sich Hansen zu einer Antwort genötigt: »Jawohl, Herr Admiral. Der Zeitpunkt erscheint mir in diesem Zusammenhang auf jeden Fall verdächtig zu sein.«

Canaris nickte wieder. »Weiter.«

»Zweitens: Warum sollten die Amerikaner darauf zählen, dass wir diese Informationen an die Briten weitergeben? Angesichts der Bemühungen des Kanzlers, den Briten und Franzosen eine Erleichterung der Auflagen des Versailler Vertrages abzuringen, erscheint mir eine solche Vorgehensweise zwar möglich, jedoch viel zu unsicher. Wir könnten diese Informationen als Trumpf im Ärmel behalten. Wenn die Amerikaner die Briten jedoch mit falschen Informationen zu einer Überreaktion zu provozieren gedenken, um sich daraus einen Kriegsgrund zurecht zu zimmern, gäbe es dafür sehr viel einfachere Wege.«

»Eine Grundregel bei solchen Aktionen ist es, den Plan möglichst einfach zu halten«, stimmte Canaris mit einem dünnen Schmunzeln zu. »Je einfacher, desto besser. Die Komplikationen kommen ganz von alleine.«

War das gerade ein Scherz?, fragte sich Hansen. Wenn ja, dann wäre es das erste Mal, dass er so etwas bei Canaris erlebt hatte.

»Öhm, ja, Herr Admiral.«

Nun funkelten Canaris' Augen eindeutig amüsiert. »Machen Sie weiter, Hansen.«

Der Blick in seine Notizen bot dem Oberleutnant einen Ausweg aus seiner Verlegenheit.

»Drittens: Weshalb sollte den Amerikanern überhaupt daran gelegen sein, uns in irgendeiner Art mit einzubeziehen? Aus ihrer Sicht wäre es besser, uns ganz außen vor zu lassen. Wenn Sie tatsächlich vorhaben, diesen irrwitzigen Plan in die Tat umzusetzen, müssten Sie alles völlig verschleiern, wenn sie das Überraschungsmoment auf ihrer Seite haben wollen. Bisher scheint ihnen die Abschottung sehr gut gelungen zu sein, obwohl jeden Tag tausende von Kanadiern ihre nördliche Grenze passieren.«

»Sie vergessen, wer der wichtigste Berater von Präsident Davis ist«, mahnte Canaris.

»Keineswegs, Herr Admiral. Aber ich kann mir keinen vernünftigen Grund vorstellen, warum man uns auf diesem Wege informieren sollte.«

»Wie Sie schon sagten: Keinen vernünftigen Grund.« Canaris schüttelte leicht den Kopf. »Mit Vernunft ist dieser Herr wohl kaum im Übermaß gesegnet.«

Der Admiral bezog sich auf den Sonderberater von Präsident Alexander Davis, den ehemaligen Vorsitzenden der Nationalsozialisten, Adolf Hitler. Hitler, ehemaliger Weltkriegssoldat, arbeitsloser Künstler, verhinderter Revolutionär und Häftling, hatte sich zum Ziel gesetzt, mit der NSDAP zum deutschen Reichskanzler aufzusteigen. Bei den Wahlen 1933 verlor die NSDAP jedoch haushoch gegen das demokratische Bündnis von Reichskanzler Hindenburg. Nach kurzer Regierungszeit Hindenburgs, wurde im März 1933 Robert Jäger zum neuen Kanzler ernannt, der derart populär war, dass er bis heute fest im Sattel saß.

Nachdem sich Hitlers hochfliegende Träume in Deutschland zerschlagen hatten, wanderte er in die USA aus, wo er es schaffte, die Aufmerksamkeit von Alexander Davis auf sich zu ziehen. So startete Hitler eine zweite politische Karriere und war dieses Mal sogar sehr erfolgreich.

Bei seinem Besuch in Amerika hatten Hansen und dessen Verwandte einer Rede Hitlers im Radio gelauscht. Was immer man sonst von diesem Kerl aus Österreich halten mochte, er schaffte es jedenfalls, sein Publikum zu fesseln. Allerdings waren Hitlers Auslassungen über den sogenannten Lebensraum für das amerikanische Volk ein Punkt für sich. Amerika war doch nun wirklich groß genug. Es reichte vom Atlantik bis zum Pazifik und durchmaß sechs Zeitzonen. Man hätte ganz Europa mehrmals in die kontinentalen USA packen können, und da waren die weiteren amerikanischen Besitzungen noch gar nicht mitgerechnet.

Hansen, der einige Auszüge aus Hitlers Buch gelesen hatte, hielt den Österreicher für eine äußerst gefährliche Person, die man auf gar keinen Fall unterschätzen durfte. Seiner Ansicht nach hatte Davis einen Pakt mit dem Teufel geschlossen.

Leider schienen Hitlers Vorschläge zur Bekämpfung der Arbeitslosigkeit tatsächlich zu wirken, denn überall in den Vereinigten Staaten wurde Staudämme, Straßen und Kraftwerke hochgezogen und die Wirtschaft schien sich zu erholen.

»Da möchte ich Ihnen nicht widersprechen, Herr Admiral«, sagte Hansen gedehnt. »Allerdings muss man zugeben, dass dieser Herr Hitler bei all seinen Fehlern – und davon hat er eine Menge – einiges dafür getan hat, die amerikanische Wirtschaft zu beleben. Und genau darin sehe ich die große Gefahr.«

»Erläutern Sie das bitte näher«, verlangte Canaris.

»Herr Admiral, dies übersteigt jetzt meine Gehaltsstufe«, meinte Hansen. »Aber ich behaupte mal, dass Hitlers Einfluss bei Präsident Davis im gleichen Maß weiter ansteigen wird, wie seine Maßnahmen Erfolge zeitigen. Wenn ich an das denke, was Hitler in seinem Buch zum Besten gibt, könnte ich mir vorstellen, dass ihm ein Plan wie dieser *Kriegsplan Rot* doch sehr zusagen würde.«

Canaris lehnte sich in seinem Stuhl zurück. Erneut konnte Hansen verfolgen, wie der Rechenapparat im Kopf des Admirals zu arbeiten begann. Gespannt wartete der Oberleutnant darauf, dass Canaris wieder etwas sagen würde.

Nach einer Minute, die Hansen wesentlich länger erschien, beugte sich der Admiral nach vorne und stützte die Ellbogen auf den Schreibtisch.

Er betrachtete Hansen eindringlich, dann nickte er knapp und sah zur Tür.

Diese öffnete sich und der Adjutant des Admirals betrat den Raum.

Da ist eindeutig ein Klingelknopf unter dem Tisch, stellte Hansen für sich fest.

»Herr Admiral?«, fragte der Adjutant.

»Oberleutnant Hansen ist von seinen bisherigen Aufgaben entbunden«, teilte ihm Canaris knapp mit. »Erstellen Sie neue Marschbefehle für ihn. Gültig mit sofortiger Wirkung.«

Der Adjutant streifte den geschockt dasitzenden Oberleutnant mit einem kurzen Blick.

»Zu Befehl, Herr Admiral.«

Canaris sah Hansen nun fest in die Augen und ein dünnes Lächeln erschien auf seinem Gesicht.

»Ab sofort ist Oberleutnant Hansen dem Projekt *Nordamerika* zugeteilt. Er übernimmt die Leitung dieser speziellen Arbeitsgruppe.«

»Verstanden, Herr Admiral.« Der Adjutant lächelte Hansen breit an. »Da darf ich dem Herrn Oberleutnant gratulieren.«

»Warten Sie damit lieber noch, bis der Oberleutnant seinen Schrecken überwunden hat«, meinte Canaris humorvoll. Dann wurde er wieder ernst. »Ich gehe davon aus, dass Sie sich über Ihre Aufgaben im Klaren sind, Oberleutnant Hansen.«

Das war wiederum keine Frage gewesen.

»Jawohl, Herr Admiral. Völlig im Klaren.«

Canaris nickte ihm zu. »Gut. Beschaffen Sie alle Informationen, die sie kriegen können, aber gehen Sie dabei äußerst umsichtig vor. Um Ihre eigenen Worte zu zitieren: Seien Sie vorsichtig wie mit rohen Eiern, Hansen.«

Stefan Köhler

Reichskanzlei

Berlin, einige Wochen später

Admiral Wilhelm Canaris ließ den Blick über die Gruppe wandern, die sich im Besprechungsraum eingefunden hatte. Außer ihm und Oberleutnant Hansen waren Außenminister Theodor von Gallen, Wirtschaftsminister Julius Sänger, Innenminister Magnus Gruner, Finanzminister Paul Lewald, Kriegsminister Erich Wissel und Staatssekretär Oskar von Hindenburg, der Sohn des vorherigen Reichskanzlers, anwesend. Staatssekretär von Hindenburg fungierte als Berater des Kanzlers, was diesem zunächst viel Kritik eingebracht hatte, sahen gewisse Kreise den jungen Hindenburg doch als Marionette seines Vaters an. Jäger hatte seine Unabhängigkeit jedoch rasch unter Beweis gestellt, indem er nicht davor zurückgeschreckt war, auch Entscheidungen zu treffen, die der frühere Reichskanzler niemals befürwortet hätte. Die anderen Minister waren in der Politik bisher nur am Rande oder gar nicht aufgefallen, was dem Kabinett Jäger I von Links und Rechts den recht hämischen Spottnamen »Laientruppe« einbrachte.

Drei Schreiber, die Protokoll führten, rundeten die Gruppe ab.

Es war kein Geheimnis, das Robert Jäger die Führung über ein zutiefst zerrissenes Land übernommen hatte, als er im März 1933 zum Kanzler gewählt worden war. Nur die Wenigsten hatten erwartet, dass er das erste Jahr seiner Regierungszeit überstand.

Nach dem Ende des Weltkrieges hatten die Siegermächte Deutschland aufs Schafott geschickt. Der Vertrag von Versailles raubte Deutschland ein Zehntel seiner Bevölkerung und ein Achtel seines Staatsgebietes. Sein Kolonialreich, immerhin das drittgrößte der Welt, ging vollständig verloren. Aller Privatbesitz der Bewohner der deutschen Schutzgebiete wurde für null und nichtig erklärt. Japan erhielt die deutsche Konzession in Schantung und sämtliche deutschen Inseln nördlich des Äquators, während die Inseln südlich davon an Neuseeland und Australien gingen. Der deutsche Kolonialbesitz in Afrika wurde unter Großbritannien und Frankreich aufgeteilt. Die deutschen Flüsse wurden internationalisiert und Deutschland musste seine Märkte für den Import aus den Siegerstaaten öffnen, während es seine eigenen Waren nicht exportieren durfte.

Kurzum: Deutschland sollte so gebrochen werden, dass es nie wieder in der Lage sein würde, sich zu erheben.

Um das sicherzustellen, wurde Deutschland verboten, gepanzerte Fahrzeuge, Panzer, schwere Artillerie, Unterseeboote oder eine Luftwaffe zu besitzen. Die deutsche Hochseeflotte wurde als Kriegsbeute beschlagnahmt und versenkte sich im britischen Hafen Scapa Flow selbst. Die Handelsflotte ging ebenfalls an die Sieger. Der Generalstab wurde aufgelöst und die Stärke des deutschen Heeres auf 100.000 Mann begrenzt.

Deutschland, das 1914 mehr Güter als Großbritannien produziert und sich angeschickt hatte, das Empire wirtschaftlich zu überflügeln, war massiv in seinen Ressourcen beschnitten.

Canaris ließ die Sachlage noch einmal Revue passieren.

Zehn Millionen Leben hatte der Krieg gefordert, und weitere 20 Millionen Menschen waren verwundet worden. Deutschland verlor 1,8 Millionen seiner Söhne, 4,2 Millionen wurden verwundet und teils für immer verstümmelt. Acht Millionen weitere Soldaten mussten demobilisiert und wieder ins Zivilleben eingegliedert werden.

Auf den Straßen herrschte teils offener Bürgerkrieg. Hunger, Chaos und Gewalt bestimmten das Leben der Menschen. Zu der aufgewühlten Lage gesellte sich der externe Druck durch die Schadenersatzforderungen der Siegermächte sowie die aufgezwungene Bürde der alleinigen Kriegsschuld. 1921 wurde die Gesamtsumme der deutschen Entschädigungsleistungen von der alliierten Kommission auf 132 Milliarden Goldmark festgelegt, abzuleisten innerhalb von 30 Jahren. Diese schier unermessliche Summe konnte das ausgeblutete Land kaum aufbringen.

Die tiefe Spaltung der Gesellschaft ließ sich auch an der Vielzahl der unterschiedlichen Parteien verdeutlichen, die teils am extremen linken und rechten Rand positioniert waren und Deutschland entweder in eine Diktatur oder eine Räterepublik umformen wollten.

Die Unterschrift der Deutschen unter den Versailler Vertrag war nur durch die Blockade von Lebensmittellieferungen erzwungen worden, die Hunderttausenden das Leben gekostet hatte. Dies hatte dem deutschen Volk eine schwärende Wunde zugefügt. Die Nationalsozialisten hatten versucht, diesen Schmerz für sich auszunutzen. Jedoch hatte Jäger mit seinem Wahlspruch »Arbeit und Brot« die Herzen der Menschen eher erreicht als die NSDAP mit »Rache für Versailles«. Die Auflagen des Vertrages schmerzten die Bevölkerung, keine Frage, doch die Mehrheit war vernünftig genug, nicht auf die Versprechen Hitlers auf Rache an den Siegern hereinzufallen. Einen neuen Krieg, so wussten doch die meisten, würde man niemals gewinnen können, und die Vergeltung an Deutschland würde noch schlimmer ausfallen als beim letzten Mal. Nein, das deutsche Volk hatte genug vom Krieg.

Canaris hatte selbst seine Zweifel an den Fähigkeiten des Kanzlers gehabt, musste jedoch zugeben, dass er sich mit Leuten umgab, die wussten, was sie taten. Mit Ruhe und Beharrlichkeit nahmen sich die »Laien« eines Problems nach dem anderen an und beseitigten viele Missstände auf teils recht innovative Art und Weise. Die Verbesserungen, die sich daraufhin einstellten, waren zunächst zwar in ihrer Wirkung begrenzt, aber immerhin doch so weit spürbar, dass der kleine Mann auf der Straße es bemerkte und guthieß.

Jäger hatte unter anderem den Siegermächten eine Lockerung der Auflagen von Versailles abgerungen und nun durfte Deutschland wieder Güter in alle Welt exportieren. Die Wirtschaft erholte sich langsam, aber beständig, so wie Jäger es vor seiner Wahl versprochen hatte. Die Bevölkerung dankte es ihm mit wachsender Zustimmung.

Diese Stimmung ausnutzend, hatte Jäger es vollbracht, die Weimarer Republik im Sommer 1934 in »Bundesrepublik Deutschland« umzubenennen. Dies, so Jäger, sei Zeichen eines Neuanfangs. Die schwarz-rot-goldene Fahne wurde beibehalten, schließlich gingen diese Farben bereits auf das Mittelalter und die Befreiungskriege gegen Napoleon zurück. Aus dieser Zeit stammte auch der Ausspruch, den Jäger als nationales Motto der Bundesrepublik einführte: »Aus der Schwärze der Knechtschaft durch blutige Schlachten ans goldene Licht der Freiheit.«

Nach langer Diskussion wurde auch die territoriale Gliederung der Bundesrepublik zum 1. Januar 1935 geändert. Mehrere der kleineren Bundesländer gingen in größeren auf oder schlossen sich zusammen. Auf diese Weise konnte Jäger die Verwaltungskosten signifikant senken und unnötige Bürokratie abbauen. Er hatte sich mit einer Volksbefragung den Segen der Mehrheit für diese Maßnahme geholt. Dies war ein weiterer Charakterzug des Kanzlers: Er versuchte, die Bevölkerung in den Entscheidungsprozess mit einzubinden und das Interesse der Menschen an der Politik wieder neu zu entfachen.

Und Canaris musste dann zugeben: Solche »Laien« waren die jeweiligen Männer des Kabinetts Jäger I nun auch wieder nicht. Von Gallen hatte während des Krieges auf dem Balkan und bei Gallipoli als Verbindungsoffizier zu den Osmanen gedient und verfügte aus dieser Zeit immer noch über gute Kontakte. Unter von Hindenburg hatte er als Staatssekretär im Auswärtigen Amt gearbeitet.

Sänger hatte bei den Nachschubtruppen gedient und 1921 eine kleine Elektronikfirma gegründet, die sich später sogar mit Siemens messen konnte.

Wissel, der älteste aller Minister, hatte bis zu dessen Auflösung dem Generalstab angehört und sein Möglichstes getan, um den Ausbildungsstand der Truppe auf einem hohen Niveau zu erhalten.

Gruner, im Krieg bei der Militärpolizei, war dem Polizeiwesen auch danach treugeblieben und bis 1932 sogar der Polizeipräsident von Berlin gewesen.

Lewald hatte als einziger nicht im Krieg gedient. Der ehemalige Bankangestellte war in der Weimarer Republik zum stellvertretenden Leiter der Reichsbank aufgestiegen.

Und der jüngere von Hindenburg? Er war ein mit allen Wassern gewaschener Vollblutpolitiker, dem viele zutrauten, irgendwann einmal Jägers Nachfolge anzutreten.

Die Tür wurde energisch aufgestoßen und Robert Jäger, Kanzler der Bundesrepublik Deutschland, trat ein.

»Verzeihen Sie bitte, dass ich Sie warten ließ, meine Herren«, begrüßte er die Gruppe im fröhlichen Tonfall und bedeutete allen, Platz zu behalten. »Die Natur, so fürchte ich, verlangte mit Beharrlichkeit nach ihrem Recht.«

Als er daraufhin verwunderte Blicke erntete, fügte der Kanzler mit einem verschmitzten Lächeln hinzu: »Das soll bedeuten, ich musste mal die Toilette aufsuchen.«

Leises Gelächter breitete sich am Tisch aus und Canaris ertappte sich dabei, dass auch er schmunzelte.

»Verdammt, und ich hatte mit Julius gewettet, dass Sie mit einer der hübschen Sekretärinnen in einer Abstellkammer verschwunden wären«, sagte Gruner.

Canaris hob bei der Bemerkung beide Augenbrauen, doch Jäger lachte nur auf.

»Also, ich muss doch sehr bitten«, ließ sich von Hindenburg vernehmen, der etwas pikiert dreinblickte.

»Lassen Sie es gut sein, Oskar«, meinte Jäger, während er sich auf seinen Stuhl setzte. »Wir wissen doch alle, dass Magnus schon immer ein Spaßvogel gewesen ist.«

Wieder ertönte leises Lachen.

Erstaunlich, dachte Canaris. Der Kanzler und seine Minister schienen sich nicht nur sehr gut zu verstehen, sie waren offenbar auch persönlich befreundet. Nun, das war zumindest eine gute Erklärung für die erfolgreiche Zusammenarbeit innerhalb des Kabinetts und ließ auf Jägers Führungsstil schließen.

Canaris, der an diesem Tag trotz seiner Position zum ersten Mal mit Jägers Kabinett zusammentraf, rief sich kurz in Erinnerung, was er über den Kanzler wusste: Robert Jäger, geboren als Sohn eines Fabrikarbeiters. 1914 zog er als achtzehnjähriger Freiwilliger in den Krieg. Diente fast zwei Jahre mit Auszeichnung an der Westfront, wurde schwer verwundet und zum Offizier ernannt. 1917 trat er als Leutnant den Luftstreitkräften bei und wurde zur Jagdstaffel 11 versetzt. Dort entwickelte er sich unter dem Kommando von Manfred von Richthofen zu einem der erfolgreichsten Jagdflieger des Krieges. Nach Richthofens Tod am 21. April 1918 führten zunächst Wilhelm Reinhard und Hermann Göring die Jasta 11, doch kamen beide durch Abstürze ums Leben. Somit wurde der frisch beförderte Rittmeister Jäger zum letzten Kommandeur des Geschwaders.

Mit 64 Luftsiegen war Jäger der erfolgreichste überlebende Jagdflieger des Krieges und besuchte in der Nachkriegszeit ehemalige Gegner in Frankreich, England und Amerika. In den USA erlangte er eine Anstellung als Kunstflieger in Hollywood. Er spielte sogar in vier recht erfolgreichen Filmen an der Seite berühmter Filmstars. Doch Jäger blieb der Heimat nicht lange fern; Ende der 1920er Jahre kehrte er nach Deutschland zurück. Dort versuchten die Nationalsozialisten seine Popularität für ihre Zwecke auszunutzen, doch Jäger wehrte diese Versuche kategorisch ab. Der alternde Reichskanzler von Hindenburg erkannte jedoch die Chance, die sich ihm bot. Er überzeugte Jäger davon, in seine Demokratische Partei Deutschlands einzutreten. Der Reichskanzler nutzte die Popularität Jägers aus und schmiedete eine Union aus dem katholischen Zentrum, der DPD und der Deutschen Volkspartei, geduldet und unterstützt von Teilen der SPD aus Angst vor einem Erstarken Hitlers. Diesem Bündnis gelang es in den Wahlen von 1932 und 1933, der NSDAP so verheerende Niederlagen beizubringen, dass die Nationalsozialisten in der Bedeutungslosigkeit verschwanden. Von Hindenburg sprach sich öffentlich für Jäger als seinen Nachfolger aus und unterstützte dessen Kandidatur. So kam es dann, dass Jäger im Frühjahr 1933 mit überwältigender Mehrheit zum Kanzler gewählt wurde. Nach von Hindenburgs Ausscheiden übernahm Jäger auch den Vorsitz der DPD. Zum neuen Bundespräsidenten wurde der SPD-Politiker Julius Leber gewählt.

Admiral Canaris betrachtete Jäger prüfend. Der Kanzler war groß, kräftig gebaut, mit freundlichem Gesicht, und er vermittelte seiner Umgebung durch sein Auftreten eine gewisse Nähe. Von seiner linken Augenbraue zog sich eine gezackte Narbe zu seiner Schläfe hin und verschwand dort nahezu unsichtbar zwischen den hellblonden Haaren. In Wahrheit jedoch erstreckte sie sich noch ein ganzes Stück die Schädeldecke hinauf – das Ergebnis eines für Jäger beinahe tödlichen Kopftreffers.

Jäger schien zu spüren, dass Canaris ihn musterte, denn er richtete den Blick seiner strahlend blauen Augen auf den Admiral. Canaris war von der Intensität des Blickes verblüfft und versteifte sich für einen Moment. Den scharfen Augen des ehemaligen Jagdfliegers entging nicht viel, da war er sich sicher.

»Admiral Canaris«, begann Jäger und verschränkte die Hände auf dem Tisch. »Wenn der Leiter des militärischen Nachrichtendienstes um ein Treffen mit dem Kanzler bittet, dann muss es sich um ein recht großes Problem handeln. Also, was treibt Sie um?«

Canaris strich mit den Händen über die vor ihm liegende Akte. »Herr Bundeskanzler, das Problem ist recht komplex und zudem noch verworren.«

»Sagen Sie es einfach geradeheraus, Admiral«, forderte Jäger ihn auf.

»Nun, die Abwehr ist zufällig auf einen amerikanischen Kriegsplan mit dem Namen *War Plan Red* gestoßen«, begann Canaris und deutete auf den neben ihm sitzenden Hansen. »Oberleutnant Hansen hat in den vergangen fünf Monaten versucht, mehr über diesen Plan in Erfahrung zu bringen. Und die Informationen, die er zutage gefördert hat, sind äußerst beunruhigend.«

»Und was ist dieser *Kriegsplan Rot*?«, fragte Lewald.

»Der *Kriegsplan Rot* umschreibt detailliert einen Krieg der Vereinigten Staaten gegen das britische Empire«, sagte Canaris.

»Oh«, war alles, was der Finanzminister darauf hervorbrachte.

»Die Amerikaner wollen Krieg gegen England führen? Na, da möchte ich ihnen doch viel Glück bei dieser Unternehmung wünschen«, platzte es aus Wissel heraus.

»Erich«, ermahnte von Hindenburg leise.

»Nicht? Die Amerikaner haben uns 1919 ganz königlich übers Ohr gehauen! Sie haben erst große Reden über Rechtsstaatlichkeit geschwungen und dann doch nur die eigenen Interessen durchgesetzt. Sollen Sie und die Briten sich doch gegenseitig die Köpfe einschlagen!«, gab Wissel erzürnt zurück. »Ich würde mich gemütlich zurücklehnen und dabei zusehen!«

»Wir wissen, dass Sie die Amerikaner und Briten nicht sonderlich mögen, Erich«, schaltete sich Jäger mit ruhiger Stimme ein. »Aber ich würde doch gerne hören, was Admiral Canaris noch zu berichten hat.«

Wissel atmete tief ein und riss sich sichtlich zusammen. »Natürlich«, murmelte er ein wenig betreten.

Canaris beobachtete nachdenklich, wie der Kriegsminister mit leicht säuerlichem Gesichtsausdruck seine Pfeife hervorzog und sie zu stopfen begann. »Die Details würde ich gerne Oberleutnant Hansen vortragen lassen, der, wie bereits erwähnt, seit Monaten an diesem Fall arbeitet.«

»Herr Oberleutnant«, sagte Jäger und blickte Hansen freundlich an.

Der Angesprochene leckte sich nervös über die Lippen und schlug den vor ihm liegenden Aktenordner auf. Er atmete einmal tief durch, um seine Gedanken zu ordnen, und begann mit seinem Vortrag: »Herr Bundeskanzler, meine Herren, wie der Herr Admiral bereits erwähnt hat, stießen wir nur durch einen Zufall auf diese Informationen. Nachdem man uns die Ihnen vorliegende Akte zugespielt hatte, nahm die Abwehr weitere Ermittlungen auf, um zu klären, ob es sich um bewusst lancierte Fehlinformationen der amerikanischen Geheimdienste handeln könnte. Leider kamen wir zu dem Schluss, dass die Informationen authentisch sind. Im Zuge unserer Nachforschungen mussten wir feststellen, dass die US Army dabei ist, vier neue Divisionen aufzustellen: drei motorisierte Infanteriedivisionen und eine Panzerdivision. Ferner wird an der Ostküste eine neue Division der Marineinfanterie aufgestellt. Dies alles deckt sich mit der benötigen Truppenstärke für die erste Phase des uns vorliegenden *Kriegsplan Rot*.«

»Verzeihen Sie, Oberleutnant«, meldete sich Wissel zu Wort, »aber fünf Divisionen, selbst wenn sie motorisiert sein sollten … das ist viel zu wenig, um gegen die Briten anzutreten.«

»Da stimme ich Ihnen zu, Herr Minister«, erwiderte Hansen. »Diese Verbände werden nur für die erste Phase des Unternehmens benötigt. Für die jeweils folgenden Phasen sind weitaus mehr Truppen vorgesehen.«

»Verstehe.« Wissel zündete seine Pfeife an. Mochte er auch nicht sonderlich freundschaftliche Gefühle für die Briten und Amerikaner hegen, so war sein präziser militärischer Sachverstand bereits dabei, den Plan zu erfassen. »Ich nehme an, Phase 1 dieses Plans sieht die Invasion Kanadas vor sowie einen Schlag gegen die britischen Besitzungen in der Karibik?«

»Das ist richtig, Herr Minister.«

»Dachte ich mir.« Der Kriegsminister paffte einige Male und stieß dann eine Rauchwolke in von Hindenburgs Richtung aus. Der junge Staatssekretär wich zurück, was Wissel offenbar amüsierte.

»Wenn ich das recht verstanden habe, werden die für die erste Phase des Plans benötigen Truppenverbände zurzeit aufgestellt?«, vergewisserte sich Jäger.

»Jawohl, Herr Bundes…kanzler.« Hansen fiel es schwer, sich an diesen Titel zu gewöhnen.

»Gibt es Schätzungen, wann die Amerikaner einsatzbereit sein werden?«

Hansen wechselte einen Blick mit Canaris. »Da sind sich unsere Auswerter nicht ganz einig. Einige sagen, die Amerikaner werden in zwölf Monaten bereit sein, andere sind der Ansicht, dass sie noch wenigstens zwei Jahre oder länger brauchen werden. Das hängt davon ab, wie schnell sie die benötigte Ausrüstung produzieren und die Männer einziehen und ausbilden können.«

Der Kanzler wandte sich an seinen Wirtschaftsminister. »Wie schnell können die das Material herstellen? Ganz grob geschätzt.«

»Das ist schwer zu sagen«, meinte Sänger nachdenklich. »Die Wirtschaft der US-Amerikaner ist allen Krisen zum Trotz immer noch die stärkste der Welt. Wenn sie auch nur zehn Prozent ihrer Wirtschaftsleistung für militärische Zwecke nutzen würden, könnten sie nahezu alle anderen Nationen überflügeln. Na gut, die Briten, Franzosen und Sowjets vielleicht ausgenommen.«

»Finanziell könnten sie das relativ leicht bewältigen«, fügte Lewald hinzu. »Die amerikanische Zentralbank druckt einfach das Geld, das sie benötigen.«

»Und dass die Amerikaner sehr schnell große Truppenverbände aufstellen und ausrüsten können, mussten wir ja im Krieg schmerzhaft erfahren«, sagte Jäger daraufhin.

»Schon, aber die Amerikaner kämpfen immer noch, wie sie es in ihrem Bürgerkrieg getan haben«, führte Wissel an. »Soll heißen, sie werfen für gewöhnlich mehr und mehr Männer und Material in die Schlacht, bis ihnen irgendwo ein Durchbruch gelingt. Gegen das Empire werden sie auf diese Art zwar hohe Verluste in Kauf nehmen müssen, die Briten aber letzten Endes einfach mit ihrer Übermacht überrennen.«

Der Kriegsminister saugte bedächtig an seiner Pfeife. Canaris sah ihm an, dass er in Gedanken im Krieg verweilte. Die anderen Anwesenden konnten es ihm nachfühlen. Sie waren fast alle im Krieg gewesen; ihre ganze Generation war von diesem Ereignis geprägt worden.

»Die Amerikaner werden mit ihrer Flotte die Briten auf dem Atlantik abfangen und die Kanadier einfach mit ihrer Überzahl plattwalzen. Und sobald sich die kanadischen Häfen in amerikanischer Hand befinden, stehen die Briten vor einem großen Problem. Ähnlich werden die Amerikaner in der Karibik agieren. Und wenn erst einmal die erste Phase ihres Plans abgeschlossen ist, können sie den Briten entweder einen Verhandlungsfrieden anbieten oder weiter vorgehen.«

»So steht es mehr oder weniger in ihrem Plan«, merkte Hansen an. »Ob nach Phase 1 ein Friedensangebot gemacht wird, ist allerdings eine politische Entscheidung.«

»Das ist ja alles recht interessant«, merkte Sänger an. »Aber der springende Punkt ist doch: Was unternehmen wir nun?«

Der Wirtschaftsminister sah in die Runde. »Wir verhandeln seit Monaten mit einer amerikanischen Delegation hier in Berlin. Wie Sie sicherlich wissen, geht es unter anderem um den Bau einer Raffinerie bei Hamburg. Wir benötigen dringend mehr Öl für unsere Wirtschaft, aber sind nach wie vor knapp an Devisen.«

Er nickte Lewald zu. »Die Umstellung von der nahezu wertlosen Reichsmark auf die Deutsche Mark hat uns genug Luft verschafft, um zumindest einiges aus eigener

Kraft wieder zurechtzurücken. Wir können auch wieder einen Teil unserer Erzeugnisse in die ganze Welt verkaufen, aber wir sind dennoch auf Investitionen aus dem Ausland angewiesen, wenn wir unsere Wirtschaft wieder richtig in Schwung bringen wollen.«

Die Gesichter der Männer am Konferenztisch sprachen Bände. Auch wenn sich bereits viel verbessert hatte, so war die wirtschaftliche Situation ihnen allen doch ein Dorn im Auge.

»Wir halten den Zeitpunkt, zu dem die Amerikaner die Verhandlungen mit uns aufgenommen haben, nicht unbedingt für einen Zufall«, warf Canaris in die Runde.

Alle Gesichter wandten sich wieder dem Admiral zu.

»Wir gehen davon aus, dass der Zeitpunkt ganz bewusst gewählt wurde«, fuhr Canaris fort. »Nach unseren Analysen versuchen die Amerikaner, ihr Verhältnis mit uns so weit zu verbessern, dass sie gegenüber den Briten die Drohkulisse eines Abkommens zwischen unseren Ländern aufbauen können.«

»Ha, als ob wir überhaupt in der Lage wären, den Briten etwas entgegenzusetzen«, stieß Wissel hervor. Der Kriegsminister klang verbittert. Am erbärmlichen Zustand der Armee hatte auch die Umbenennung von Reichswehr in Bundeswehr nichts geändert. »Die Amis wollen uns nur als Ablenkung benutzen und unsere Männer für ihre eigenen Ziele verheizen! Wir müssen ihnen glasklar machen, dass sie das vergessen sollen!«

»Gefühlsmäßig würde ich Ihnen da zustimmen, Erich«, betonte Sänger. »Aber wie ich schon sagte, wir benötigen Investitionen aus dem Ausland. Wir können die Amerikaner nicht einfach rauskomplementieren, selbst wenn wir das wollten.«

Kanzler Jäger erhob sich, bedeutete allen anderen Platz zu behalten, und trat ans Fenster. Unten auf der Wilhelmstraße bewegten sich die Menschen durch die wenigen vom Himmel fallenden Regentropfen. Was auch immer sie hier entscheiden würden, würde das Leben der Menschen erheblich beeinflussen, ob nun zum Besseren oder zum Schlechteren.

Jäger drehte sich um. »Es kommt nicht in Frage, dass wir uns in einen Krieg gegen die Briten hineinziehen lassen. Ich denke, darin stimmen wir alle überein, oder?«

»Natürlich«, sagte von Gallen und die anderen Kabinettsmitglieder nickten bestätigend.

»Gut, das erleichtert mich.« Jägers breites Lächeln schien den Raum zu erhellen. »Dann gilt es, uns eine Strategie zurechtzulegen, mit der wir das Beste für uns aus der Situation herausschlagen können, ohne dass wir allzu viel riskieren.«

»Und was schwebt Ihnen da vor?«, fragte Gruner nach.

Jäger ging zu seinem Stuhl zurück und setzte sich. »Punkt 1: Wir verhandeln weiter mit den Amerikanern. Alle Vereinbarungen, die unserer Wirtschaft nutzen können, sollten wir annehmen. Wenn das Thema einer militärischen Zusammenarbeit zur Sprache kommt, machen wir keinerlei Zusagen, lehnen aber auch nicht gleich schroff ab.«

»So halten wir uns eine Tür für weitere Verhandlungen offen«, erkannte Sänger und lächelte gewieft. »Ich bin sicher, die Amerikaner werden uns noch mehr anbieten, sofern wir sie nur geschickt genug ködern.«

»In diese Richtung gingen auch meine Gedanken. Können Sie das hinbekommen?«

Sänger sah den Außenminister an. »Wenn Theodor und Paul mich dabei unterstützen?«

»Natürlich.« Lewald nickte bestätigend.

Von Gallen grinste nur dünn. »Ausflüchte machen und mich nicht festlegen, ist schließlich meine Aufgabe hier.«

Leises Lachen brandete auf.

Jäger nickte. »Gut. Punkt 2: Wir intensivieren unsere Verhandlungen mit den Briten. Wenn der richtige Augenblick gekommen ist, enthüllen wir ihnen gegenüber, was wir über *War Plan Red* wissen.«

»Ist das klug?«, fragte von Hindenburg. »Das könnte dazu führen, dass uns die Vettern mit noch mehr Misstrauen begegnen als bisher.«

»Außerdem würde das unsere Quellen in Amerika gefährden«, fügte Canaris an.

»Ich bin mir dessen bewusst«, erwiderte Jäger ruhig. »Sie können die Berichte doch gewiss so verändern, dass Ihre Quellen geschützt bleiben? Oder, Admiral?«

»Das ginge natürlich«, stimmte Canaris zu. »Aber was ist, wenn die Briten genauere Auskünfte verlangen?«

»Diese Brücke überqueren wir, wenn es so weit ist.« Jäger klopfte mit den Fingerknöcheln auf die Tischplatte. »Es kommt vorläufig nur darauf an, den Briten gegenüber freundschaftlich aufzutreten. Großbritannien ist die alles dominierende Macht in Europa, ja sogar der ganzen Welt. Wenn wir es schaffen, dass sie uns als Freunde, vielleicht sogar als Verbündete ansehen, ist das nur zu unserem Vorteil. Wir dürfen auch nicht außer Acht lassen, dass die Sowjets immer aggressiver auftreten. Sie unterstützen kommunistische Bewegungen in der ganzen Welt. Besonders in Frankreich, Österreich und der Tschechoslowakei haben diese in der letzten Zeit enorm an Einfluss gewonnen.«

»Eine Tatsache, die in unseren Kreisen für Beunruhigung gesorgt hat«, stimmte Canaris zu. Diese Entwicklung bereitete den Geheimdiensten sogar erhebliche Kopfschmerzen. Es lag schließlich in der Verantwortung der Abwehr, Spionage und Sabotage zu verhindern, und die immer radikaler auftretenden extremen Linken standen daher unter ständiger Beobachtung der Dienste. Viele der extremen Rechten waren hingegen dem Beispiel ihres vormaligen Anführers gefolgt und hatten das Land in Richtung Amerika, Spanien oder Italien verlassen.

»Wir sollten unseren Informationsaustausch in dieser Sache intensivieren«, meinte der Innenminister zu Canaris. Die Sorgen beider Männer hatten zum großen Teil die gleichen Gründe.

»Sehr gerne, Herr Minister.«

Gruner wandte sich wieder an Jäger: »Sie denken daran, Deutschland den Briten gegenüber sozusagen als Bollwerk gegen den kommunistischen Einfluss in Europa anzupreisen?«

»Die Briten haben sich immer mit der schwächsten kontinentalen Macht gegen die stärkste Macht verbündet. Das halten sie seit Jahrhunderten so.« Jäger sah in die Runde und grinste schief. »Noch schwächer als wir ist ja im Moment niemand. Das sollte uns zum Vorteil gereichen.«

Wieder ertönte leises Lachen.

»Es läuft also darauf hinaus, dass wir vorerst versuchen, beide Seiten gegeneinander auszuspielen, um einen Vorteil daraus zu ziehen«, fasste es Lewald zusammen.

»Nicht die feine britische Art, das gebe ich gerne zu«, sagte Jäger und rieb sich über das Kinn. »Früher oder später werden wir uns ganz klar auf der Seite Großbritanniens positionieren müssen. Aber bis es so weit ist, ziehen wir den größtmöglichen Nutzen aus den Verhandlungen mit den Amerikanern.«

»Das ist ein Drahtseilakt«, merkte von Gallen an. Dann grinste er breit. »Aber dafür gibt es ja das Außenministerium.«

»Schön, dass wenigstens Sie Spaß dabei haben«, stichelte Wissel, was wieder zur Erheiterung im Raum beitrug. Jetzt, wo die Entscheidung für das weitere Vorgehen gefallen war, löste sich die Stimmung spürbar.

Canaris bedachte Hansen mit einem kurzen Seitenblick. »Dürfte ich vorschlagen, Oberleutnant Hansen dem Bundeskanzlerbüro als Verbindungsoffizier zuzuteilen? Er könnte Sie über unsere neusten Erkenntnisse bezüglich der Vorbereitungen der US-Amerikaner auf dem Laufen halten. Das könnte sich bei den Verhandlungen als nützlich erweisen.«

»Natürlich, Admiral. Sehr gerne.« Jäger sah Canaris direkt in die Augen. Der Kanzler hatte erkannt – dies war Canaris sofort klar – dass die Abwehr mit Hansen nunmehr Augen und Ohren in seinem Büro haben würde. Aber das schien Jäger nicht weiter zu stören.

Interessant, dachte Canaris für sich. *Was sagt das über den Kanzler aus?*

»Wenn niemand mehr Einwendungen vorzubringen gedenkt, schlage ich vor, wir vertagen uns«, sagte Jäger.

Alle stimmten zu.

Wirklich, sehr interessant und aufschlussreich, diese Besprechung, sinnierte Canaris. Darüber würde er nachdenken müssen.

London

England, einige Monate später

»Ladys und Gentleman, zum Wohl!«

Premierminister Stanley Baldwin erhob sein Sektglas zum Toast und fast hundert Männer und Frauen im Saal folgten seinem Beispiel.

»Zum Wohl!«

Die Menge war in aufgeräumter Stimmung. Soeben hatten Premier Baldwin und der deutsche Bundeskanzler Jäger mit ihren Unterschriften den britisch-deutschen Flottenvertrag besiegelt. Oder den deutsch-britischen Flottenvertrag, das hing von der jeweiligen Betrachtungsweise ab.

Der Premierminister nahm sich ein volles Sektglas vom Tablett eines Bediensteten und steuerte auf die Führung der deutschen Delegation zu. Die kleine Gruppe stand am Rande der Menge beisammen und tauschte sich aus.

»Meine Herren«, sagte Baldwin.

»Herr Premierminister.«

Neben Jäger und Außenminister von Gallen stand der neue Oberbefehlshaber der Deutschen Bundesmarine, Admiral Erich Raeder. Der Admiral schien mit dem Abschluss des Vertrages sichtlich zufrieden zu sein.

Stanley Baldwin, 1. Earl Baldwin of Bewdley, war einer der einflussreichsten konservativen Politiker in Großbritannien. Bereits 1923 war er das erste Mal zum Premierminister gewählt worden. Nach einer Unterbrechung von Januar bis November 1924 durch die Amtszeit des ersten Labor-Premiers Ramsay MacDonald, war Baldwin bis 1929 Inhaber dieses hohen Amtes. Nach den Unterhauswahlen im Mai 1929 zunächst Führer der Opposition, gelang es ihm im November 1935, ein drittes Mal zum Premierminister gewählt zu werden.

Baldwin beschrieb mit seinem Sektglas einen Bogen, der den ganzen Saal einschloss. »Ein berauschendes Fest, will ich meinen. Und ein wundervoller Anlass.«

»Ich stimme Ihnen zu, Herr Premierminister«, entgegnete Jäger. »Es freut mich, dass es Ihnen gelungen ist, Ihre Vorbehalte gegen diesen Vertrag aufzugeben.«

»Nicht, dass wir eine andere Wahl gehabt hätten«, brummte Baldwin und in seinen Augen blitzte es kurz auf. »Sie wissen sehr genau, wie dieser Vertrag zustande gekommen ist.«

»Wenn Sie uns die Wahl gelassen hätten, wäre all das hier unnötig gewesen«, hielt Jäger dagegen. »Ich entschuldige mich für die Art und Weise, Herr Premierminister, jedoch nicht dafür, dass wir es getan haben. Ich glaube kaum, dass Sie an unserer Stelle anders gehandelt hätten.«

Fairerweise musste Baldwin dem deutschen Kanzler diesen Punkt zugestehen. Großbritannien hatte sich nach dem Krieg nicht gerade wie ein großmütiger Sieger verhalten. Das britische Weltreich hatte im Jahr 1914 ein Viertel des Erdballs umfasst, hatte mehr als 34 Millionen Quadratkilometer und über 25 Prozent der Weltbevölkerung sein eigen genannt. Nach Kriegsende gewann das Empire noch einmal 3,6 Millionen Quadratkilometer hinzu – das vormalige deutsche Kolonialreich. Der Verlust wichtiger deutscher Gebiete wie Elsass-Lothringen, Posen oder Westpreußen an die Siegermächte hatte die Wirtschaft des Deutschen Reichs zudem dauerhaft geschädigt und den Aufstieg der NSDAP und der Kommunisten erst möglich gemacht. Nun, Hitler und seine Bagage waren nun kein Problem mehr, die Kommunisten schon eher.

Wieder ein Punkt, bei dem wir gegenüber den Deutschen nachgeben mussten, sagte sich Baldwin verärgert. Um der Bedrohung durch den Kommunismus auf dem Kontinent wirkungsvoll entgegentreten zu können, benötigte England einen Verbündeten, der Willens und befähigt war, sich in die Bresche zu werfen. Unglücklicherweise waren die Franzosen derzeit dazu nicht in der Lage. Das Land war in sich tief gespalten, die Kommunisten erlangten mehr und mehr Einfluss im französischen Kabinett, und zahlreiche Streiks lähmten das öffentliche Leben. Mit entschlossenen Aktionen aus Paris war also nicht zu rechnen. Österreich und die Tschechoslowakei kämpften mit den gleichen Problemen.

In Italien hielten Benito Mussolini und seine Faschisten das Zepter fest in der Hand. Sie gingen zwar hart gegen den Kommunismus vor, jedoch waren die Italiener gerade erst in Abessinien einmarschiert. Dem Vernehmen nach, war der Feldzug ein einziges Gemetzel. Die Stammeskrieger von Kaiser Haile Selassie konnten den 400 italienischen Flugzeugen gerade einmal 13 eigene Maschinen entgegensetzen – von denen es nur acht geschafft hatten, überhaupt in die Luft zu kommen. Von den 250.000 Soldaten seiner Armee, hatte der äthiopische Kaiser nur ein Fünftel mit modernen Waffen ausstatten können. Die gut ausgerüstete italienische Armee hingegen schreckte nicht einmal davor zurück, Giftgas einzusetzen. Die Empörung darüber schlug in der britischen Bevölkerung derart hohe Wellen, dass eine weitere Zusammenarbeit mit Italien für die Regierung Baldwins außer Frage stand.

Die Polen waren zwar mehrheitlich gegen den Kommunismus eingestellt, aber nachdem Marschall Józef Piłsudski vor wenigen Wochen verstorben war, hatten sich zwei verfeindete politische Lager gebildet. Diese bekämpften sich nun, was die Lage im Land zunehmend verschärfte.

So blieben nur die Deutschen.

Auch wenn man es in der Presse als Flottenvertrag bezeichnete, so bedeutete dieses Schriftstück doch de facto das Ende des Versailler Vertrages. Den Deutschen wurde nicht nur der Aufbau einer schlagkräftigen Marine gestattet, nein, sie durften zudem auch wieder Panzer, Flugzeuge und schwere Artillerie unterhalten. Auch die Wiedereinführung der Wehrpflicht und die Erhöhung der Truppenstärke von 100.000 Mann auf 350.000 Mann hatten die Deutschen Baldwins Regierung in den Verhandlungen abgerungen. Schwerer wog jedoch, dass die Briten und sogar die Franzosen sich bereiterklärt hatten, die Deutschen bei der Wiederaufrüstung zu unterstützen. Und am schlimmsten war, dass der Kriegsschuldartikel 231 des Versailler Vertrages gestrichen wurde.

Verdammt sollen die Amerikaner dafür sein, dass sie uns das aufgezwungen haben, dachte Baldwin, leerte sein Sektglas und wünschte sich, es würde etwas Stärkeres enthalten.

»Herr Premierminister, Sie erlauben?« Von Gallen zauberte einen metallenen Flachmann aus seiner Anzugjacke hervor und schenkte Baldwin ein.

Der Premierminister schnupperte kurz an der bräunlichen Flüssigkeit und nahm einen kleinen Schluck. Scotch, sogar seine Lieblingsmarke. Wie aufmerksam von den Deutschen, sie hatten sich wirklich gut vorbereitet. Anerkennend nickte er dem deutschen Außenminister zu. »Vielen Dank.«

»Gern geschehen, Herr Premierminister.«

Baldwin wartete, bis die Wärme des Alkohols seinen Magen erreichte, bevor er sich knapp umsah. »Haben Ihre Leute etwas Neues herausgefunden?«

»Nichts wesentliches«, erwiderte von Gallen. »Die Amerikaner rüsten immer noch ihre neu aufgestellten Divisionen aus und veranstalten demnächst Manöver in der Nähe der kanadischen Grenze. Sie sind noch lange nicht so weit.«

»So sehen wir das auch.« Baldwin leerte sein Glas und stellte es auf einem nahen Tischchen ab.

»Herr Chancellor, würden Sie eine Zigarre mit mir rauchen?«

»Es wäre mir ein Vergnügen, Herr Premierminister.«

Baldwin und Jäger betraten den fast leeren Balkon. Der Brite zog eine seiner Zigarren aus der Brusttasche und reichte sie dem Kanzler. Dann steckte er sich eine weitere zwischen die Lippen und sah überrascht, wie Jäger ein Streichholz anriss, um ihm Feuer zu geben.

»Danke.«

»Bitte sehr.«

Schweigend pafften sie einige Minuten ihre Zigarren.

Stanley Baldwin betrachtete sich selbst als Vollblutpolitiker, und als solcher hielt er viel auf seine Menschenkenntnis. Während er den deutschen Kanzler aus dem Augenwinkel betrachtete, erinnerte er sich daran, dass er noch eine kleine Überraschung für Jäger in petto hatte.

»Entschuldigen Sie, aber ich glaube, Sie kennen unseren neuen Minister für Luftfahrt?«, sagte Baldwin und winkte jemanden heran.

Ein Mann näherte sich, der leicht humpelte.

»Luftfahrtminister Alastair MacFarlane«, kündigte Baldwin an und beobachtete Jägers Reaktion genau.

Der Kanzler trat einen Schritt vor und streckte die Hand aus. »Herr Minister.«

»Herr Kanzler«, erwiderte MacFarlane und schüttelte die angebotene Hand. »Wir haben uns lange nicht mehr gesehen.«

»Seit dem Veteranentreffen 1923, glaube ich.«

Aller Zensur zum Trotz, hatte es das Aufeinandertreffen von Jäger und dem Schotten MacFarlane an der Westfront damals in die britischen Zeitungen geschafft. Die Geschichte war einfach zu gut, um sie nicht zu erzählen. Ehrgefühl und Ritterlichkeit waren durchaus etwas, dass die Briten auch bei ihrem Gegner respektieren konnten.

Leider hätten sie damals, auf dem Höhepunkt ihres Sieges, ihr Ehrgefühl vergessen, sagte sich Baldwin. Sie hatten Deutschland erniedrigt, es gedemütigt und in Stücke gerissen. Kein Wunder, dass die Deutschen verbittert waren! Und kein Wunder, dass signifikante Teile der Bevölkerung eine Zeitlang diesem irren Österreicher nachgelaufen waren, der ihnen das süße Lied der Rache vorgesungen hatte. Gottlob war Jäger Kanzler geworden. Auch wenn die Deutschen nun die Ketten des Versailler Vertrags faktisch abgeschüttelt hatten, Hitler hätte bestimmt viel Schlimmeres angerichtet. Das konnte Baldwin nun an seinem Wirken in Amerika deutlich erkennen.

Seine Menschenkenntnis sagte dem Premierminister, dass das Empire dem deutschen Kanzler vertrauen und sich darauf verlassen konnte, dass er zu seinen Worten stehen würde. Und das, so gab er sich selbst gegenüber zu, war in der Politik doch eher die Ausnahme.

Baldwin zog erneut an seiner Zigarre und stieß den Rauch aus. »Haben Sie Ihr Parlament über das geheime Zusatzabkommen informiert?«

»Nur einige ausgewählte Vertreter der Parteien wurden informiert«, sagte Jäger und löste den Blick von MacFarlane. »Männer, bei denen wir sicher sein können, dass ihnen zu trauen ist.«

Das gleiche Gewese wie bei uns auch, dachte Baldwin, dieses Mal allerdings erheitert. *Ach, Politik ist wirklich überall gleich!*

Das geheime Zusatzabkommen, das der Premierminister erwähnt hatte, betraf die Zusammenarbeit von England und Deutschland für den Fall, dass ein Drittstaat das britische Empire angriff. Eine militärische Unterstützung durch Deutschland bestand derzeit jedoch ausschließlich auf dem Papier, denn zwei völlig veraltete Linienschiffe, drei Panzerschiffe und drei leichte Kreuzer waren zur Stunde alles, was die deutsche Flotte als schwere Einheiten aufzubieten hatte. Der Flottenvertrag sah jedoch den Bau von 24 weiteren schweren Einheiten für die Deutsche Bundesmarine vor.

Geplant waren vier mittlere Flugzeugträger mit einer Verdrängung von etwa 23.500 Tonnen, die auf dem Rumpf eines schweren Kreuzers basierten, und zwischen 48 und 60 Flugzeugen führten. Britische Ingenieure und Techniker würden bei der Konstruktion Unterstützung leisten, denn die Deutschen verfügten über keinerlei Erfahrung mit diesem Schiffstyp. Vier schnelle Schlachtkreuzer von etwa 36.000 Tonnen und bestückt mit neun 28-Zentimeter-Geschützen würden den Kern der Deutschen Marine bilden. Der Plan sah ferner den Bau von sechs schweren und zehn leichten Kreuzern sowie bis zu 36 Zerstörern, 24 Geleitzerstörern und 80 U-Booten vor.

Die meisten der schweren Einheiten würden jedoch erst zwischen 1939 und 1941 einsatzbereit sein, aber bis dahin verging noch viel Zeit. Zeit, die dem britischen Empire möglicherweise rasch davonlief, wenn die Amerikaner ihre Vorbereitungen weiter vorantrieben.

»Wie haben Sie die Franzosen zur Mitarbeit bewegen können?«, fragte der Kanzler geradeheraus.

»Nun, wir haben dem Kabinett in Paris die Lage so präsentiert, wie sich für uns darstellt, und die Franzosen haben unsere Argumente dann sehr sorgfältig abgewogen«, meinte Baldwin, wobei seine Augen amüsiert funkelten.

Jäger lachte auf. »Sie haben sie also erpresst.«

»Es soll in Paris böswillige Stimmen geben, die es so auslegen, ja.«

»Ich nehme an, dass in einigen Wochen Parlamentswahlen in Frankreich anstehen, dürfte sich ebenfalls zu unseren Gunsten ausgewirkt haben«, mutmaßte Jäger.

»Davon gehe ich auch aus.«

So bitter der Flottenvertrag den Briten auch aufstoßen mochte, die Franzosen waren gezwungen, eine noch viel größere Kröte zu schlucken.

In Übereinstimmung mit dem Vertrag von Versailles waren alle deutschen Gebiete westlich des Rheins sowie eine 50 Kilometer breite Zone östlich des großen Stroms entmilitarisiert worden. Deutsche Truppen, Waffen und Befestigungen waren im Rheinland verboten. Diese Regelung sollte Frankreich im Falle eines erneuten Krieges mit Deutschland die nötige Zeit und den Raum geben, einen Angriff abzuwehren und den Gegenschlag außerhalb der eigenen Grenzen zu führen. Somit besaß das Rheinland für Frankreich einen enormen strategischen Wert.

Der Versailler Vertrag gab Frankreich das Recht, das Rheinland bis 1935 besetzt zu halten. Jedoch hatte Paris seine Truppen bereits 1930 abgezogen; eine Geste des guten Willens an die damalige deutsche Regierung, die sich stetig wachsendem Druck seitens der Nationalsozialisten und Kommunisten ausgesetzt sah. Geholfen hatte diese Geste letztlich nicht, Deutschland stolperte von einer politischen Krise in die nächste, bis es ab 1933 endlich wieder eine zunehmende Stabilität aufweisen konnte.

Zudem war das Saarland durch den Versailler Vertrag von Deutschland abgetrennt und unter Kontrolle des Völkerbundes gestellt worden. Auch dieses sollte wieder deutscher Kontrolle unterstellt werden.

Jäger wusste, dass die westlichen Völker und ihre Politiker inzwischen Schuldgefühle wegen der strengen Auflagen des Versailler Diktats empfanden. Die Deutschen hatten den Vertrag letztlich ohnehin nur unterzeichnet, weil sonst Marschall Fochs Truppen bis nach Berlin durchmarschiert wären. Dies hatte Jäger in den langwierigen Verhandlungen geschickt auszunutzen gewusst und auf der Streichung der entsprechenden Passagen bestanden. Immerhin, so der deutsche Kanzler, verfüge Frankreich mit der Maginot-Linie über eine unüberwindliche Grenzbefestigung zu seinem Schutz.

Das traf zu. Paris hatte ein System von gewaltigen Festungsanlagen an der französischen Ostgrenze errichten lassen, die als unüberwindlich galten. Bis zu einer Tiefe von 30 Metern reichten die Befestigungen in den Boden und boten 100.000 Mann vortreffliche Deckung, während sie mit ihren weit reichenden Geschützen auf deutsches Gebiet zu feuern vermochten.

Somit konnte Baldwin den deutschen Wunsch nach Souveränität über das Rheinland – über ureigenes Gebiet! – durchaus nachvollziehen und verstehen. Jägers Schachzug war kühn, zweifellos, aber auch äußerst geschickt. Die Anfrage, französische Panzer, Fahrzeuge und Geschütze für die deutsche Bundeswehr in Lizenz nachbauen zu dürfen, trug dann doch sehr zur Beruhigung des aufgebrachten Kabinetts in Paris bei. Einem guten Geschäft konnten nicht einmal die Franzosen widerstehen.

Die Ankündigung des Flottenvertrages und der Remilitarisierung des Rheinlandes war an diesem Abend in London erfolgt, Paris und Berlin würden am folgenden Tag nachziehen.

Zum Glück stehen bei den Franzosen Frösche auf der Speisekarte, überlegte Stanley Baldwin mit zynischem Humor. *Da werden sie diese spezielle Kröte wohl auch noch herunterbekommen.*

Reichskanzlei

Berlin, Frühjahr 1936

»Vielen Dank für Ihren Besuch, Herr Krupp«, verabschiedete von Hindenburg den Industriellen an der Tür des Besprechungsraums.

Alfried Krupp von Bohlen und Halbach betrachtete von Hindenburg mit einem vernichtenden Blick und gab ein abfälliges Schnauben von sich. Wortlos und sichtlich erregt marschierte der Industrielle mit steifen Schritten davon.

Höflichkeit ist eine Zier, dachte sich der sehr auf Etikette bedachte von Hindenburg, zuckte innerlich mit den Schultern und schloss die Tür.

»Ich glaube, der gute Krupp ist ein wenig verärgert«, meinte von Gallen.

»Zum Teufel mit ihm«, sagte Wissel fröhlich. »Es juckt mich verdammt wenig, ob Krupp wütend ist, weil die französischen Geschütze besser sind als seine eigenen Kanonen.«

»Trotzdem sollten wir es uns nicht mit der Industrie verscherzen«, mahnte von Hindenburg etwas pikiert. »Nächstes Jahr sind Wahlen und das könnte sich dann bitter rächen.«

»Pah!« Sänger winkte mit der Hand ab. »Was will Krupp denn machen? Etwa die Kommunisten unterstützen? Das wäre doch sehr dumm von ihm.«

»So ganz unrecht hat Oskar ja nicht.«

Innenminister Gruner blickte in die Runde. Neben Außenminister von Gallen, Wirtschaftsminister Sänger, Finanzminister Lewald, Kriegsminister Wissel, Innenminister Gruner, Staatssekretär von Hindenburg und Oberleutnant Hansen waren fünf Schreiber und Adjutanten anwesend.

»Was soll das heißen? Dass Krupp etwa diesen Thälmann und seine Kommunisten bei den Wahlen finanziell unterstützen könnte?«, fragte Sänger verwundert nach.

»Das macht er schon längst«, versetzte Gruner.

»Wie war das, bitte?«, fragte Lewald nach.

Gruner blickte auf die Papiere, die vor ihm auf dem Tisch lagen. »Krupp und auch andere Großindustrielle finanzieren den Wahlkampf der KPD.«

Ungläubig schüttelte der Finanzminister den Kopf. »Warum sollten sie das tun? Wenn die Kommunisten an die Macht kämen, wäre das doch das Ende ihrer … ihrer Wirtschaftsimperien!«

»Tja, ich habe eine Vermutung, aber die daraus folgende Schlussfolgerung schmeckt mir gar nicht«, meinte Gruner.

»Jetzt sprechen Sie es schon aus«, verlangte Wissel ungeduldig. »Spannen Sie uns nicht so auf die Folter, Magnus.«

»Ich vermute stark, dass es dem guten Krupp und seinesgleichen lieber gewesen wäre, wenn jetzt Hitler und seine Nationalsozialisten an der Macht wären und nicht unser demokratisches Bündnis. Wir sehen ja, wie Hitler in Amerika wirkt.«

»Da ist allerdings etwas dran«, stimmte Wissel ihm zu. »Wenn ich mir die Zahlen ansehe, könnte mir ganz schwindelig werden. Es ist schier unglaublich, wie stark die Amerikaner aufrüsten. Dagegen sind unsere Bemühungen gar nichts.«

»Mehr können wir im Moment aber nicht ausrichten«, warf Lewald ein. »Wir tun, was uns möglich ist, Erich.«

»Das sollte kein Vorwurf sein«, beschwichtigte Wissel seinen Kollegen. »Verglichen mit der wirtschaftlichen Stärke der Amerikaner, stehen wir ganz bescheiden da. Für unsere Verhältnisse schreitet die Wiederbewaffnung der Armee sogar sehr gut voran, will ich meinen. Aber wenn die Amerikaner ihre Wirtschaft vollends auf Kriegsrüstung umstellen, können sie schier unglaubliche Mengen an Ausrüstung und Waffen herstellen.«

»So ist es.« Gruner schüttelte den Kopf. »Das fällt jetzt zwar nicht unbedingt in meinen Bereich, aber wie ich erfahren habe, hat Krupp in den USA eine Tochtergesellschaft gegründet. Diese stellt Geschütze für die amerikanische Armee her.«

»Sieh an.« Jäger klopfte mit seinem Bleistift gegen sein Kinn. »Mir scheint, der gute Krupp ist sehr umtriebig. Er setzt wohl auf mehrere Pferde.«

»Ich nehme an, es ist ihm völlig gleich, ob er seine Kanonen nun an Imperialisten, Kommunisten oder Nationalsozialisten verkauft. Hauptsache, er verkauft und macht dabei Gewinn. Am Krieg hat die Familie Krupp schon immer mächtig verdient. Erinnern Sie sich, vor dem Krieg haben die Krupps ihre Kanonen sogar der französischen Armee angeboten. Jetzt biedern sie sich den Amerikanern und den Kommunisten an. Und damit sind sie nicht die einzigen.« Gruner sah den Kanzler eindringlich an. »Früher oder später werden wir uns darum kümmern müssen, oder die ganze Angelegenheit fällt uns auf die Füße.«

»Ich verstehe.« Jäger drehte den Bleistift zwischen den Fingern und betrachtete ihn nachdenklich.

»Es gefällt mir zwar nicht, aber ich verstehe.«

Dabei lief es im Moment sehr gut für Deutschland und Jägers Regierung. Die Ankündigung des Flottenvertrags im vergangenen Spätsommer, die Remilitarisierung des Rheinlandes, die Integration des Saarlandes, die Wiedereinführung der Wehrpflicht und die allgemeine Aufrüstung hatten nicht nur die Wirtschaft, sondern auch das Kabinett Jäger I erheblich gestärkt. Es folgten Friedens- und Freundschaftsverträge mit Polen, den Niederlanden und Belgien. Das Vertrauen der Bevölkerung in die Regierung und die Demokratie war so stark wie seit Jahren nicht mehr. Nach langer Instabilität und dem durch das Versailler Diktat verursachte Leid, konnten die Menschen endlich wieder aufatmen und mit Zuversicht in die Zukunft blicken.

Jäger dachte daran zurück, wie er nach dem Waffenstillstand die zahlreichen Flugzeuge der Siegermächte durch die Wolken tanzen gesehen hatte. Die Piloten hatten ausgelassen ihren Triumph gefeiert. Verbittert hatte er mit geballten Fäusten am Boden gestanden und ihnen zugesehen.

Gebt mir ein Flugzeug, hatte er damals gedacht. *Gott, gebt mir ein Flugzeug!*

Er wäre, ohne zu zögern, in seinen sicheren Untergang geflogen, nur um dem Gegner eine letzte Lektion zu erteilen. Es hatte sehr lange gedauert, bis er diese Verbitterung hatte überwinden können. Die Treffen mit ehemaligen Gegnern nach dem Krieg hatten ihm sehr dabei geholfen. Die Piloten der anderen Seite hatten die gleichen Ängste durchgestanden und ebenso die Nase voll vom Krieg gehabt. Das schuf ein unsichtbares Band zwischen ihnen, aus dem später enge Freundschaften entstanden.

Und nun spekulierten die gleichen Leute, die schon damals den größten Nutzen aus dem Abschlachten von Millionenheeren gezogen hatten, auf einen weiteren Waffengang. Jäger konnte nicht nachvollziehen, was einen Menschen zu so einer zynischen Einstellung brachte.

Natürlich, sie selbst hatten die Wiederaufrüstung in Deutschland ermöglicht, aber es war eine kontrollierte Aufrüstung, die festen Vorgaben folgte. Einem Land musste die Möglichkeit zugestanden werden, seine Grenzen und seine Bevölkerung zu verteidigen, das hatten selbst die Siegermächte eingestanden. Aber zwischen der Möglichkeit zur Verteidigung und der zum Angriff lagen Welten.

Warum habe ich mich nur dazu überreden lassen, in die Politik zu gehen?, fragte sich Jäger. Aber er kannte die Antwort. Der ältere von Hindenburg hatte ganz genau gewusst, dass für Jäger die Pflichterfüllung das Wichtigste war. Und in die Pflicht hatte der ehemalige Reichskanzler den ehemaligen Jagdflieger genommen. Verantwortung sollte er übernehmen. Verantwortung für ein ganzes Land, für ein ganzes Volk. Das sei jetzt seine Pflicht, hatte von Hindenburg gesagt. Damals hatte das wesentlich leichter geklungen als heute.

Der Kanzler seufzte.

»Werfen Sie ein Auge auf diese Angelegenheit, Magnus«, ordnete Jäger dann an. »Oder besser noch: beide Augen.«

»Selbstredend.«

»Oberleutnant Hansen, sie sollten diese Information so schnell es geht an die Abwehr weiterleiten. Admiral Canaris wird wissen, wie er zu verfahren hat.«

»Jawohl, Herr Bundeskanzler.« Hansen hatte sich bisher still verhalten. Er war immer noch der Ansicht, hier fehl am Platz zu sein. Und es gefiel ihm nicht besonders, für die Abwehr im Büro des Kanzlers den Spion zu spielen. Jäger hingegen bezog den Oberleutnant bei Besprechungen immer öfters hinzu und band ihn in die Diskussion ein. Es fiel Hansen zunehmend schwer, seinen objektiven Beobachtungsposten beizubehalten, denn er mochte Jäger und seine Minister immer besser leiden.

»Gut. Haken wir das erst einmal ab.« Jägers Miene hellte sich auf. »Erich, Sie wollten einen kurzen Überblick über den Zustand der Bundeswehr liefern.«

»Sehr gerne.« Wie immer, wenn er einen Vortrag halten sollte, begann Wissel seine Pfeife zu stopfen. Das half ihm dabei, seine Gedanken zu ordnen. »Ganz allgemein gesagt, stehen wir gar nicht mal so schlecht da. Die Truppe erlernt zwar immer noch den Umgang mit den neuen Waffen und übt bis zur Erschöpfung, aber das wird gerne hingenommen. Besonders beliebt sind die französischen Waffen wie etwa die Panhard-Spähwagen, die leichten Panzer AMC 35 und natürlich die 15,5-Zentimeter-Feldkanonen GPF. Diese Geschütze sind ja schließlich auch der Grund dafür, dass Krupp so wütend ist. Die Truppe tauscht nämlich jederzeit zwei seiner K16 gegen eine GPF ein. Das ist ein sehr feines Geschütz. Man mag über die Franzosen denken, was man möchte, aber ihre Waffen und ihr Rotwein sind vortrefflich.«

Leises Gelächter erklang in der Runde.

Wissel entzündete ein Streichholz und steckte den Tabak in seiner Pfeife an. Genüsslich sog er den aromatischen Rauch ein. »Leider gibt es nicht nur gute Nachrichten. Unsere eigenen Bemühungen im Bereich des Panzerbaus laufen erst an, aber der Panzer I ist nach Ansicht meiner Leute völlig ungeeignet und bestenfalls zur Ausbildung zu gebrauchen. Der Panzer II ist wegen seiner zu schwachen Bewaffnung und Panzerung nur als Spähpanzer zu verwenden. Der Panzer III entspricht mehr oder weniger dem AMC 35 und die ersten Exemplare wurden bereits zum Test an die Truppe übergeben. Große Hoffnungen werden jedoch in den Panzer IV gesetzt, dessen Erprobung gerade angelaufen ist. Bei Krupp, übrigens«, fügte er mit einem schmalen Lächeln hinzu.

»Krupp ist nun mal die größte Rüstungsfirma, über die wir verfügen«, meinte Sänger mit einem bedauernden Schulterzucken.

Wissel nickte ihm zu. So ganz unvorbereitet war Deutschland nun auch wieder nicht in die Aufrüstung gegangen. Schon zu Zeiten der Weimarer Republik hatte die Regierung versucht, den Versailler Vertrag zu unterlaufen. Zu diesem Zweck hatte die Reichswehr etwa ab 1923 im Geheimen mit der Roten Armee zusammengearbeitet und neue Waffen, Panzer und Flugzeuge getestet sowie Soldaten ausgebildet. Die Zusammenarbeit war erst zehn Jahre später von Seiten der Sowjetunion eingestellt worden, als sich der Wahlsieg der demokratischen Kräfte in Deutschland abgezeichnet hatte. Wissel fragte sich insgeheim, ob Stalin wohl mit Hitler zusammengearbeitet hätte.

»Wie auch immer.« Der Kriegsminister zog am Stiel seiner Pfeife und stieß dann einen kleinen Rauchkringel aus. Dann blätterte er die Seite des vor ihm liegenden Berichts um. »Bei den Infanteriewaffen ist die Lage gemischt. Das MG 34 wird nun in größerer Stückzahl produziert und ersetzt das MG 08/15 bei allen Teilstreitkräften. Aber die Hauptwaffe der Infanterie ist der Karabiner 98k. Ich gehe davon aus, dass die meisten hier mit dem Gewehr 98 vertraut sind?«

Wissel sah überwiegend nickende Köpfe am Konferenztisch.

»Dann ist Ihnen allen ja auch der Nachteil des überholten Repetiersystems bekannt, und ich muss darüber kein Wort mehr verlieren. Wir benötigen dringend einen modernen Ersatz, am besten eine halbautomatische Waffe. Leider haben wir da nichts in Entwicklung.«

»Können wir nicht ein ausländisches Modell einführen oder nachbauen?«, fragte von Gallen.

»Mir ist derzeit kein solches Modell bekannt«, musste Wissel eingestehen. »Vorläufig behelfen wir uns, indem wir die MP 28 in größerer Zahl an die Truppe liefern lassen, aber auch da wird in nächster Zeit ein Ersatz nötig sein.«

Jäger notierte sich etwas auf seinem Schreibblock. »Schieben wir diesen Punkt auf, bis sich etwas Konkretes ergibt. Was ist mit der Luftwaffe?«

Wissel tarnte sein Lächeln hinter einer kleinen Rauchwolke. Als ehemaliger Jagdflieger lag dem Kanzler die Luftwaffe verständlicherweise besonders am Herzen.

»Die Doppeldecker Arado 68 und Heinkel 51 kann man getrost als veraltet ansehen. Beide Muster gehen an die Schulverbände der Luftwaffe. Derzeit läuft die Ausschreibung für ein modernes Jagdflugzeug. Beworben haben sich Arado mit der Ar 80, Messerschmitt mit der Bf 109, Focke-Wulf mit der Fw 187 und Heinkel mit der He 112. Wir müssen jedoch noch über etwas anderes sprechen.«

Wissel neigte sich vor. »Unser erster Flugzeugträger wurde auf Kiel gelegt, jedoch haben wir immer noch nicht entschieden, ob nun die Luftwaffe oder die Marine die Kontrolle über die Luftgruppe an Bord übernehmen soll.«

»Stimmt, das hatten wir ja erst einmal verschoben.« Jäger schmunzelte und sah Hansen an. »Herr Oberleutnant? Ihre Meinung?«

»Ähm.« Hansen hatte sich immer noch nicht daran gewöhnt, dass ihn der Kanzler um Rat fragte, und blinzelte verdutzt. »Um der Wahrheit die Ehre zu geben, so glaube ich doch, dass die Marine dafür besser geeignet wäre. Im Krieg spielten die Flugzeuge und Luftschiffe der Marineflieger eine bedeutende Rolle. Und wer wäre besser geeignet, um an Bord eines Flugzeugträgers der Marine die Luftgruppe zu kommandieren?«

»Das ist richtig.« Jäger grinste fröhlich in die Runde. »Dann wird es wohl höchste Zeit, dass die Marine wieder ihre eigene Fliegerabteilung erhält, nicht wahr?«

»Ist notiert.« Wissel und auch die anderen schrieben auf ihren Notizblöcken.

Wenn doch nur jede Entscheidung so einfach gefunden würde, dachte der Kriegsminister.

»Wir müssen auch noch festlegen, welche Flugzeuge an Bord zum Einsatz kommen sollen. Die Ausbildung der Besatzungen wird schließlich einige Zeit in Anspruch nehmen. Auch hier sollten wir überlegen, ausländische Muster einzusetzen. Zumindest, bis eigene Maschinen verfügbar sind. Ich schlage vor, das mit den Briten abzuklären. Die haben in dieser Hinsicht mehr Erfahrung als wir, und dafür sind die britischen Experten schließlich in unseren Werften.«

»Tun Sie das, Erich.«

»Dann werde ich noch diese Woche nach Kiel fahren und mit den Briten reden. Sie möchten bitte bemerken, dass ich ›Briten‹ gesagt habe und nicht ›Tommys‹«, sagte Wissel verschmitzt.

Die anderen am Tisch lachten.

»Sie entwickeln sich noch zu einem Diplomaten,«, stichelte Gruner. »Wer hätte so etwas es für möglich gehalten?«

»Also bitte, ja«, winkte der Kriegsminister ab. »Theodor könnte noch auf die Idee kommen, dass ich ihm Konkurrenz machen möchte.«

»Da mache ich mir keine Sorgen«, grinste von Gallen und trug so zur allgemeinen Erheiterung bei. Das manchmal aufbrausende Wesen des Kriegsministers war schließlich weithin bekannt.

»Gut, dann machen wir weiter«, meinte Jäger entspannt. »War es das von Ihrer Seite, Erich?«

»So weit ja.«

»Was kam als nächstes?«, fragte Jäger und suchte auf dem vor ihm liegenden Blatt Papier nach dem nächsten Punkt auf der Agenda.

»Die Olympischen Spiele«, erinnerte von Hindenburg den Kanzler, und Gruner nickte bekräftigend.

Vom 1. bis zum 16. August sollten die Olympischen Sommerspiele 1936, offiziell auch *Spiele der XI. Olympiade* genannt, in Berlin stattfinden.

»Richtig.« Jäger war ärgerlich auf sich selbst, dass er dieses wichtige Großereignis den Belangen der Armee untergeordnet hatte. »Wie steht es um die Vorbereitungen?«

»Wir liegen im Zeitplan«, beruhigte ihn Gruner. »Bisher haben sich 49 Nationen mit 3.961 Athleten angemeldet. Das dürften die größten Spiele der Neuzeit werden. Ganz Berlin ist schon völlig aus dem Häuschen.«

»Schön, dass sich die Leute darauf freuen.«

»Die Organisatoren haben etwas ganz Besonderes geplant«, verriet Gruner. »Sie wollen zur Eröffnung einen olympischen Fackellauf von Griechenland nach Berlin durchführen.«

»Von Griechenland nach Berlin?«, wiederholte Jäger überrascht und überschlug in Gedanken die Entfernung. »Das ist doch unmöglich! Das sind doch mehr als … 3.000 Kilometer?«

»3.075, um genau zu sein«, sagte Gruner. »Der Lauf soll durch sieben Länder führen, 3.400 Fackelläufer nehmen daran teil.«

»Wann sollen die Fackelläufer denn starten?« Wissel betrachtete seine Pfeife. »Die werden doch einige Zeit für diese Strecke brauchen.«

»Der Lauf soll am 20. Juli in Olympia starten und vor dort aus über Athen, Delphi, Sofia, Belgrad, Budapest, Wien und Prag bis nach Berlin führen. Und dort soll dann in einer großen Schale im Olympiastation das olympische Feuer entzündet werden.«

»Hm, übertreiben wir es damit nicht ein wenig?«, sorgte sich Jäger.

»Nicht im Geringsten«, sagte von Gallen mit Bestimmtheit. »Das ist die Gelegenheit, der Welt ein neues, demokratisches und aufstrebendes Deutschland zu zeigen. Das Geld, das wir in den Bau der Sportanlagen investiert haben, wird sich mehr als auszahlen.«

»Das will ich auch stark hoffen!« Lewald schüttelte leicht den Kopf. »Wir stehen bisher bei Kosten von 70 Millionen Mark!«

»Das Geld ist gut angelegt«, versicherte von Gallen. »Glauben sie mir, der gute Eindruck, den wir der Welt vermitteln, ist mit Geld nicht aufzuwiegen.«

Der Finanzminister schien immer noch nicht restlos überzeugt zu sein, wie seine verkniffene Miene verriet.

»Ich denke, wir haben dann alles besprochen, oder hat noch jemand etwas anzumerken?«, fragte Jäger.

»Leider ja, Herr Kanzler.« Oberleutnant Hansen schlug die vor ihm liegende Akte auf. »Nach unseren Informationen ist damit zu rechnen, dass es in Spanien in absehbarer Zeit zu einem Bürgerkrieg kommen wird.«

»Das sind keine guten Nachrichten«, merkte von Hindenburg an. »Sind Sie sich dessen sicher?«

»Wir wissen doch alle, dass Spanien schon lange ein Pulverfass ist«, schaltete sich Wissel ein. »Das begann schon vor Jahren, als die linke Regierung die Übergriffe gegen die Kirchen und Intellektuellen toleriert hat.«

»Ganz so einfach ist es nicht«, merkte von Gallen an. »Die Lage ist wesentlich komplizierter.«

Der Außenminister sah den Oberleutnant fragend an. »Haben Sie weitere Informationen zur Lage?«

»Leider nein, Herr Minister. Nur allgemein gehaltene Warnungen, dass es innerhalb der spanischen Bevölkerung kräftig brodelt. Das haben die verschiedenen Umsturzversuche der vergangenen Jahre ja mehr als deutlich gezeigt. Die Lage ist sehr instabil. Und wir haben Hinweise darauf gefunden, dass verschiedene ausländische Interessengruppen den Konflikt zusätzlich anheizen.«

»Also genau das, was die Spanier in dieser kritischen Lage gebrauchen können«, kommentierte Sänger trocken.

»Wir alle denken es, also spreche ich es einfach mal aus.« Der Kriegsminister sah auf seine Pfeife. »Die Kommunisten wollen die Regierungsgewalt natürlich nicht aus der Hand geben. Ebenso hat Stalin ein Interesse daran, seine Genossen in Spanien an der Macht zu halten.«

»Mag sein«, sagte Jäger und blickte Hansen an. »Behält Ihr Dienst die Lage im Blick?«

»Natürlich, Herr Bundeskanzler.«

»Dann belassen wir es vorerst dabei. Beobachten Sie, wie sich die Situation weiter entwickelt. Im Moment können wir ohnehin nicht viel unternehmen.«

Stefan Köhler

Einige Monate später

Die Einschätzung der Abwehr zur Lage in Spanien sollte sich als zutreffend erweisen. Leider.

Im Juni 1936 brachen Kämpfe zwischen der demokratisch an die Macht gewählten linken Regierung der Zweiten Spanischen Republik unter Manuel Azaña und den rechtsgerichteten Putschisten unter General Francisco Franco aus.

Spanien war schon lange von inneren Unruhen zerrissen und hatte seit Mitte des 19. Jahrhunderts zahlreiche gewalttätige Konflikte erlebt. Diese häuften sich, als 1898 mit der Niederlage im Spanisch-Amerikanischen Krieg das Vertrauen in die alten Institutionen weitgehend verlorenging. Durch die Gesellschaft Spaniens ging ein tiefer Riss. Einem großen Teil der Landbevölkerung und der Arbeiterschaft bereitete es Schwierigkeiten, die eigene Familie zu versorgen, während in anderen Teilen des Landes wie etwa Barcelona oder Madrid die weit fortgeschrittene Industrialisierung einen weit besseren Lebensstandard ermöglichte. Dies schürte natürlich Unzufriedenheit. Zudem strebten die Basken und Katalanen eine Unabhängigkeit von der Zentralregierung an. Auch die Spannungen zwischen Kirche und Staat und die Entfremdung des Militärs von der Regierung trugen nicht gerade dazu bei, die Lage zu entspannen.

Die Volksfront, ein breites Bündnis aus linken Parteien unter Manuel Azaña, wurde 1931 an die Macht gewählt und rief die Zweite Spanische Republik aus. Die Volksfront hatte versprochen, die gravierenden sozialen Missstände zu beseitigen. Jedoch war ihr dabei kein Erfolg beschieden, und so verlor sie rasch an Unterstützung in der Arbeiterschaft. Als sich herausstellte, dass sie die versprochenen Reformen nicht durchsetzen konnte, schlug die linke Regierung einen zunehmend harten Kurs gegenüber ihren Kritikern ein.

Im August 1932 erfolgte der Versuch eines Militärputsches unter General José Sanjurjo in Sevilla, der jedoch schlecht geplant war und stümperhaft ausgeführt wurde. Ein Generalstreik beendete den Umsturzversuch schließlich. Sanjurjo und seine Offiziere wurden von der Volksfront zum Tode verurteilt und hingerichtet. Dies schürte jedoch nur weiteren Hass und einige andere Offiziere schworen sich, beim nächsten Mal besser vorbereitet zu sein.

Um den Einfluss der Kirche im weitgehend katholischen Spanien einzuschränken, erließ die Regierung mehrere Gesetze, die die Geistlichen in ihrer Tätigkeit weiter einschränken sollten. Dies führte in manchen Gebieten zu zunehmendem Widerstand gegen die Regierung. Es kam zu mehreren Übergriffen gegen kirchliche Würdenträger und auch gegen Intellektuelle der spanischen Oberschicht durch linke Kampfgruppen. Aufgestachelt durch eine Rede Azañas, schlugen solche Kampfgruppen im Herbst 1934 in Asturien einen Arbeiterstreik blutig nieder. Es gab mehrere hundert Tote – ein erster Vorgeschmack auf den sich abzeichnenden Bürgerkrieg. Eine breite Verhaftungswelle und eine strenge Zensur durch die Regierung waren die Folgen.

Der Widerstand gegen die an der Macht befindlichen Linksparteien griff in weiten Teilen der Bevölkerung um sich. Am stärksten traf dies auf das Militär zu, vor allem auf die Offiziere der Kolonialarmee in Nordafrika. Dort plante man bereits einen weiteren Umsturz.

Im Februar 1936 verlor die Volksfront die Wahlen gegen die Nationale Front, ein Bündnis aus Mitte-Rechts-Parteien. Die Politiker der Volksfront weigerten sich jedoch, das Wahlergebnis anzuerkennen. Azaña beschuldigte die Gegenseite der Manipulation. Nach langer Diskussion erfolgte ein zweiter Wahlgang im März, bei dem die Nationale Front mehr als 60 Prozent der Stimmen für sich gewinnen konnte. Erneut weigerte sich die Volksfront, den Wahlsieg ihrer Gegner anzuerkennen, und sprach von Wahlbetrug.

Es kam zu spontanen Arbeitsniederlegungen, die in großen Streiks mündeten. Es folgten Straßenkämpfe zwischen Extremisten beider politischen Lager, die von den Ordnungskräften teilweise mit Waffengewalt unterdrückt werden mussten. Linke Kampfgruppen verübten gezielte Anschläge gegen Geistliche und Politiker der Nationalen Front. Diese beschworen das Gespenst einer kommunistischen Diktatur in Spanien, mit dem sich weite Teile der Bevölkerung und des Militärs nicht abfinden wollten.

Die Volksfront hatte viele ihr politisch nicht zuverlässig erscheinende Offiziere und Soldaten auf entlegene Stützpunkte auf den spanischen Inseln und nach Spanisch-Marokko verbannt, wodurch sie jedoch unwillentlich deren Putschvorbereitungen begünstigte. Die Angehörigen der dort stationierten Kolonialtruppen gehörten zu den erbittertsten Gegnern der Volksfront und waren fest entschlossen, gegen die Regierung vorzugehen.

Die Revolte begann am 5. Juni 1936 in Spanisch-Marokko. General Franco, zum Anführer der Putschisten gewählt, wandte sich über Funk an seine Truppen und gab den Befehl zum Losschlagen. Die Putschisten stützen sich vor allem auf die Kolonialtruppen und mit ihnen sympathisierende Verbände auf der Iberischen Halbinsel. Man hoffte, die Hauptstadt Madrid und weitere wichtige Städte mit diesen Truppen im Handstreich einnehmen zu können.

Azaña erfuhr am Mittag des 5. Juni von dem Aufstand und befahl sofortige Gegenmaßnahmen. Unter anderem sollten loyale Flotteneinheiten die Straße von Gibraltar blockieren. Weitere Teile der spanischen Armee stellten sich auf die Seite der Regierung, und in Madrid kam es zu blutigen Zusammenstößen zwischen beiden Seiten. Gleichzeitig riefen die Gewerkschaften zu einem Generalstreik auf.

Die Putschisten scheiterten in der Hauptstadt, gewannen jedoch Cádiz mit seiner wichtigen Marinebasis und erzielten im Nordwesten des Landes einige Erfolge. Regierungstruppen rückten gegen Cádiz vor und bedrängten die Putschisten hart, die Mühe hatten, die Stadt zu halten. Sie benötigten umgehend Verstärkungen, doch die Masse der verbündeten Truppen saß in Spanisch-Marokko fest.

Am 12. Juni landeten 20 italienische Transportflugzeuge vom Typ Savoia-Marchetti SM.81 in Nordafrika und richteten eine Luftbrücke nach Cádiz ein. In mehr als 800 Flügen wurden etwa 14.000 Legionäre und 500 Tonnen Material transportiert. Als Begleitschutz entsandte Italien sechs Jagdflugzeuge Fiat CR.42. So gelang es den Putschisten, Cádiz zu halten und in die Offensive zu gehen. Ohne das italienische Eingreifen wäre der Aufstand des Militärs wahrscheinlich sehr rasch zum Erliegen gekommen.

»Das schnelle Eingreifen der Italiener scheint zu bestätigen, dass die Putschisten bereits vor Ausbruch der Kämpfe Kontakte zu Mussolini unterhielten«, berichtete Oberleutnant Hansen in der jüngsten Lagebesprechung seinen lauschenden Zuhörern. »Allerdings scheint die Regierung um Manuel Azaña ebenfalls bereits früh Kontakt zur Sowjetunion aufgenommen zu haben, anders sind die schnellen Waffenlieferungen an die Volksfront nicht zu erklären.«

»Hervorragend«, kommentierte von Gallen bissig. »Mit anderen Worten, in Spanien entwickelt sich eine Art Stellvertreterkrieg zwischen linken und rechten Kräften aus ganz Europa, und sowohl Mussolini als auch Stalin gießen kräftig Öl ins Feuer.«

»Es kommt sogar noch schlimmer«, meldete sich Gruner zu Wort. »Ernst Thälmann von der KPD fordert seine Anhänger auf, nach Spanien zu gehen und dort auf Seiten der Volksfront gegen die ›faschistischen Aufwiegler‹ zu kämpfen.«

»Na bestens, das hat uns gerade noch gefehlt«, stöhnte von Gallen. »Können wir das nicht irgendwie verhindern?«

»Das sollten wir tunlichst unterlassen!« Von Hindenburg schüttelte den Kopf. »Thälmann würde uns sofort vorwerfen, mit den Faschisten gemeinsame Sache zu machen. Die KPD steht bei knapp 19 Prozent … Wenn wir jetzt unbedachte Schritte unternehmen, könnte sie noch mehr Zulauf erhalten. Das würde uns bei den Wahlen im kommenden Jahr erheblich schaden. Und vergessen Sie bitte nicht: Wir sind auch auf die Gunst der SPD angewiesen!«

»Zum Teufel mit Thälmann und zum Teufel mit den Kommunisten!«, polterte Wissel ungehalten. »Meckern, das können sie! Aber zur Lösung unserer Probleme einen konstruktiven Beitrag leisten, das können sie nicht!«

»Erich, beruhigen Sie sich bitte«, schaltete sich Jäger in sanftem Tonfall ein. »Wir müssen jetzt ruhig und sachlich bleiben.«

Der Kanzler beugte sich vor, verschränkte die Finger beider Hände und legte sie auf den Tisch. »Ungeachtet dessen, für welche Seite wir möglicherweise Sympathien hegen, müssen wir uns für einen Kurs entscheiden, der am besten für Deutschland und unser Volk ist. Stimmen wir so weit überein?«

Nach einigen Sekunden bedrückenden Schweigens sagte von Hindenburg: »Natürlich.«

Auch die anderen Kabinettsmitglieder drückten nacheinander ihre Zustimmung aus.

»Vielen Dank. Es erleichtert mich sehr, dass wir in diesem Punkt einer Meinung sind. Streitigkeiten nützen keinem von uns, höchsten unseren politischen Gegnern. Wenn uns die Situation in Spanien eines vor Augen führen sollte, dann wie schrecklich ein Bürgerkrieg ist. So etwas möchte ich in Deutschland unter allen Umständen vermeiden, und ich denke, auch da sind Sie meiner Ansicht.«

»Selbstverständlich!« Lewald pochte mit den Fingern bekräftigend auf die Tischplatte. »Wer würde sich schon einen Bürgerkrieg wünschen? Das würde doch alles zerstören, was wir so mühsam aufgebaut haben.«

Alle Köpfe am Tisch nickten dazu.

»Gut.« Jäger lehnte sich zurück. »Oskar hat es leider auf den Punkt gebracht: Wenn wir versuchen, die Linken daran zu hindern, nach Spanien zu gehen, schaden wir uns nur selbst. Können wir diese Leute qua Gesetz an der Ausreise hindern, Magnus?«

»Nein, da gibt es keinerlei rechtliche Handhabe. Wenn die Leute zum Beispiel angeben, sie wollen in Spanien lediglich Urlaub machen, können wir ihnen das natürlich nicht verbieten. Höchstens mit einer Notstandsverordnung wäre das zu machen und das ist ein ganz heißes Eisen, von dem wir die Finger lassen sollten.«

Der Innenminister deutete mit der Hand auf seinen Kollegen. »In diesem Punkt muss ich Oskar zustimmen. Thälmann würde uns sofort vorwerfen, eine faschistische Diktatur errichten zu wollen, und schon hätten wir unseren eigenen Bürgerkrieg am Hals. Nein, wenn die Leute gehen wollen, können wir sie nicht aufhalten.«

»Das wird den Spaniern nicht gefallen«, warnte von Gallen.

»Die Bundesrepublik ist eine Demokratie und keine Diktatur«, unterstrich Jäger. »So leid es mir für die Spanier auch tut, aber in diesem Punkt sind uns die Hände gebunden.«

»Vielleicht sollten wir es auch einfach nur rein pragmatisch sehen«, meinte Wissel. »Jeder dieser Kommunisten, der nach Spanien geht, ist einer weniger, um den wir uns hier bei uns Sorgen machen müssen.«

»Das ist eine sehr zynische Betrachtungsweise«, rügte von Hindenburg, um im nächsten Moment mit dem Kopf zu schütteln. »Aber ich neige dazu, Erich zuzustimmen.«

»Also, diesen Tag muss ich mir im Kalender markieren!« Wissel grinste schwach. »Dass ich das noch erleben darf!«

Müdes Lächeln erschien auf einigen Gesichtern.

»Hat der Völkerbund schon etwas bezüglich der Lage in Spanien verlauten lassen?«, wollte Sänger nun vom Außenminister wissen.

»Nur einen allgemein gehaltenen Aufruf zur Neutralität. Es scheint jedoch, dass die Briten und Franzosen einen Antrag für ein Waffenembargo vor den Völkerbundsrat bringen wollen.«

»Wir sollten sie dabei nach Kräften unterstützen«, befand Jäger. »Das unterstreicht unsere neutrale Haltung und sorgt vielleicht dafür, dass sich alles wieder etwas beruhigt.«

»Ich werde sofort mit den Botschaftern in Kontakt treten.« Von Gallen räusperte sich. »Nun, zumindest gibt es auch ein paar gute Nachrichten. Das Internationale Olympische Komitee hat nach reiflicher Überlegung entschieden, dass die Sommerspiele hier in Berlin trotz des Spanischen Bürgerkriegs stattfinden sollen.«

»Wenigstens etwas.« Jäger lächelte schwach. »Lassen Sie uns hoffen, dass es uns gelingt, die Spiele ganz im Sinne von Frieden und Freundschaft auszurichten.«

Stefan Köhler

Berlin

Einige Zeit später

Die Olympischen Sommerspiele von 1936 standen tatsächlich ganz im Zeichen von Frieden und Freundschaft. Den Anfang machten die 3.400 Fackelläufer, die das Olympische Feuer von Athen nach Berlin trugen. Sieben Länder mussten die Läufer durchqueren, und Abertausende von begeisterten Zuschauern säumten die Straßen, um die Athleten auf ihrem Weg anzufeuern.

Der Lauf, der am 20 Juli gestartet war, endete am 1. August im Berliner Olympiastation, wo die olympische Flamme entzündet wurde.

Die Veranstaltung war aus Sicht der noch jungen Bundesrepublik ein voller Erfolg. Der Welt wurde ein Deutschland präsentiert, dass sich zu Demokratie, Freiheit und Versöhnung bekannte. Beim Flanieren über den Kurfürstendamm oder dem Besuch des Zoologischen Gartens konnten sich die Gäste selbst ein Bild von der Bundesrepublik machen. Dies blieb natürlich nicht ohne Wirkung auf die ausländischen Besucher, denen oftmals noch die teils grässliche Kriegspropaganda im Hinterkopf herumspukte.

Bundeskanzler Jäger gratulierte dem amerikanischen Ausnahmeathleten Jesse Owens persönlich, der gleich vier Goldmedaillen errungen hatte, und bat ihn, sich am Abend zu einem Empfang in der Reichskanzlei einzufinden. Die Berliner Tageszeitung veröffentlichte am darauffolgenden Tag ein Foto, auf dem zu sehen war, wie sich Jäger und Owens angeregt unterhielten.

Die Wirkung war in der Tat nicht mit Geld aufzuwiegen.

Was spielte es da schon für eine Rolle, dass sich die gastgebende Nation mit dem zweiten Rang in der Olympischen Wertung zufriedengeben musste? Nur knapp unterlagen die deutschen Athleten den Sportlern aus den Vereinigten Staaten. Diese erlangten im Medaillenspiegel insgesamt 33-mal Gold, 26-mal Silber und 30-mal Bronze.

Direkt dahinter lag Deutschland mit 27 Gold-, 24 Silber- und 25 Bronzemedaillen.

Die von Ernst Thälmann angekündigten Störaktionen der KPD und auch der Streikaufruf vom extrem linken Flügel der SPD bleiben größtenteils ohne Auswirkungen auf die Spiele. Mit den Aktionen wollte die Linke auf die bedrängten Genossen in Spanien aufmerksam machen. Da sich jedoch die meisten der Extremisten und sonstigen Krawallmacher bereits auf dem Weg in das vom Bürgerkrieg zerrissene Land befanden, beschränkten sich die wenigen Vorfälle auf einige Dutzend Demonstranten, die lautstark ihre Parolen riefen. Die Berliner Polizei behielt die Krakeeler im Auge, musste jedoch nicht eingreifen. Einige ausländische Besucher machten Fotos von dem Aufmarsch, aber mehr geschah dann auch nicht. Nachdem die Demonstranten ihre Kehlen heiser gebrüllt hatten, war die Vorstellung recht bald vorüber. Beobachter werteten die Demonstrationen als Beweis dafür, dass die Bundesrepublik tatsächlich eine Demokratie und fortschrittliche Nation war.

Als angenehmer Nebeneffekt stellte sich ein, dass sich schon bald zahlreiche ausländische Geldgeber fanden, die Deutschland wieder für einen geeigneten Ort zum Investieren hielten. Das Gütesiegel »Made in Germany« galt schließlich wieder etwas in der Welt.

Am 16. August endeten die Spiele in einem großen Festakt.

Alles in allem hatte Kanzler Jäger also gute Gründe, ein zufriedenes Gesicht zu machen, als er an diesem Abend vor dem Palast Kino aus dem Wagen stieg.

Noch bevor der Fahrer aus dem Opel kommen und ihn umrunden konnte, öffnete der Kanzler selbst die Tür und stieg aus. Galant bot er seiner dunkelblonden Begleiterin den Arm als Stütze an.

»Danke sehr«, sagte Rebecca und lächelte ihn an.

»Gern geschehen, meine Liebe«, erwiderte Jäger höflich und mit noch breiterem Lächeln.

Rebecca Jendrusch, einer der berühmtesten Filmstars des deutschen Kinos und aufstrebende Regisseurin, trug zur Premiere ihres neusten Werks ein atemberaubendes Abendkleid. Und auch der Kanzler in seinem gut geschnittenen Smoking wirkte sehr eindrucksvoll. Das fanden auch die anwesenden Reporter und fertigten mit einem kleinen Blitzlichtgewitter ungezählte Aufnahmen von dem hübschen Paar an.

Jäger hob schützend die linke Hand vor die Augen. »Wenn Sie uns weiter so blenden, meine Herrschaften, dann werden wir noch den roten Teppich verfehlen.«

Einige der Reporter lachten, aber das Flackern der Blitzlichter erlosch.

»Herr Bundeskanzler, Simon Kalwa von der Berliner Tageszeitung«, rief einer der Reporter Jäger entgegen. »Eine kurze Nachbetrachtung der Olympischen Spiele?«

»Wir sind überglücklich, dass Berlin der Gastgeber dieser Spiele sein durfte«, entgegnete Jäger, wobei er lächelte. »Des Weiteren sind wir mit dem Ablauf und dem Ergebnis äußerst zufrieden. Meinen ausdrücklichen Dank an alle Beteiligten, die dazu beigetragen haben, dieses Erlebnis für uns unvergessen zu machen.«

»Ich darf Sie mit dieser Aussage zitieren?«, vergewisserte sich Kalwa.

»Aber natürlich, Herr Kalwa.«

»Danke, Herr Bundeskanzler.«

»Frau Jendrusch, Gudrun Waldinger von der Freien Presse«, meldete sich eine der anwesenden Reporterinnen zu Wort. »Sie und Herr Jäger sind ja seit einiger Zeit ein Paar. Hatte der verehrte Herr Kanzler gar keine Einwände, als Sie für Ihr neustes Werk eine Liebesszene mit ihrem Filmpartner, Engelbert Martini, gedreht haben?«

»Sie sollten lieber fragen, ob Herr Martini Einwände gegen die Szene gehabt hat«, gab Rebecca keck zurück.

Einige der Umstehenden lachten, darunter auch Frau Waldinger.

»Soll das heißen, Herr Martini hat gewisse … Vorbehalte gegenüber Herrn Jäger?«, hakte die Reporterin nach.

»Das sollten Sie Herrn Martini wohl besser persönlich fragen«, sagte Rebecca und deutete auf einen gutaussehenden Mann, der ein Dutzend Meter weiter von einer ganzen Traube junger und hübscher Frauen umgeben wurde.

»Das werde ich gewiss tun, Frau Jendrusch«, meinte Waldinger und zwinkerte Rebecca zu.

»Ich bin sicher, Herr Martini wird entzückt sein«, meinte Jäger aus dem Mundwinkel zu seiner Begleiterin, die daraufhin leise kicherte.

»Marvin Scholz, Völkischer Betrachter«, rief ein älterer Reporter mit Halbglatze, Brille und grauem Bart.

Jäger spürte, wie sein Lächeln zu gefrieren drohte. Scholz war einer der Chefpropagandisten der KPD und wurde nicht müde, die angeblichen Vorteile des Kommunismus anzupreisen.

»Ah, Herr Scholz«, sagte er betont fröhlich. »Sie sind noch in Berlin? Ich hatte angenommen, Sie seien längst in Spanien, um Ihren Genossen beizustehen.«

Einige der anderen Reporter feixten hinter dem Rücken von Scholz, der sich sichtlich zusammenreißen musste.

»Auch diejenigen von uns dienen, die mit Papier und Feder für die Sache kämpfen«, antwortete Scholz salbungsvoll und lächelte den Kanzler dünn an.

Der erwiderte das Lächeln im gleichen Maße. »Natürlich. Sie haben eine Frage, Herr Scholz?«

»Meine Leser verlangen zu wissen, wie lange sich die Regierung noch vor ihrer Pflicht drücken möchte, bevor sie dem notleidenden spanischen Volk und der rechtmäßig gewählten Regierung zu Hilfe eilt, die sich eines faschistischen Putsches erwehren müssen.«

»Die Bundesrepublik Deutschland hat sich Großbritannien und Frankreich angeschlossen und offiziell ihre Neutralität in diesem Konflikt verkündet«, betonte Jäger ruhig.

»Ihre Regierung macht sich also gemein mit der Sache der Faschisten!«, brach es wütend aus Scholz hervor. »Das ist eine Schande! Und hierbei spreche ich für das deutsche Volk!«

»Ist das so?«

Das Lächeln auf Jägers Mund nahm einen gefährlichen Zug an und Scholz konnte nur mit Mühe den Instinkt unterdrücken, der ihm dazu riet, einen Schritt zurückzuweichen.

Jäger breitete die Arme aus und wandte sich mit erhobener Stimme an die Menschenmenge, die mehr als hundert Personen umfasste.

»Meine Damen und Herren! Eine Frage an Sie. Wünschen Sie, dass die Regierung Ihre Söhne, Ihre Brüder und Ihre Väter in den Bürgerkrieg nach Spanien schickt?«

Nach einigen Sekunden kamen die ersten verneinenden Antworten, bis schließlich immer mehr Menschen ihre Ablehnung kundtaten. Jäger drehte sich zu Scholz um, dem die Zornesröte ins Gesicht geschossen war, und hob die Hände, wie um Bedauern auszudrücken.

»Tja, Herr Scholz«, begann der Kanzler mit einem süffisanten Gesichtsausdruck. »Eine spontan abgehaltene Volksbefragung hat ergeben, dass der Großteil der Bevölkerung kein Eingreifen in den Spanischen Bürgerkrieg wünscht. Demokratie in reinster Form, nicht wahr?«

Scholz stand stocksteif da, während einige Anwesende auflachten.

Jäger bot Rebecca seinen rechten Arm an. »Wenn Sie uns nun entschuldigen möchten, meine Herrschaften? Wir wollen doch die Vorführung nicht verpassen.«

Doch so leicht gab Scholz nicht klein bei.

»Ihnen ist schon klar, dass es sich für einen Mann in Ihrer Position nicht geziemt, eine jüdischstämmige Freundin zu haben, oder?«, rief er dem Paar giftig hinterher. »Das passt einfach nicht zusammen!«

Jäger erstarrte mitten im Schritt und fuhr auf dem Absatz herum. Die blauen Augen des Kanzlers glitzerten eisig und Scholz schien unter dem sengenden Blick regelrecht zusammenzuschrumpfen.

»Das war niveaulos«, warf Kalwa seinem Kollegen Scholz vor. »Sogar für Sie.«

Rebecca berührte den Arm ihres Begleiters, der sich daraufhin mit etwas Mühe entspannte.

»Meine Großmutter war Jüdin, Herr Scholz, stimmt. Aber lassen Sie mich Ihnen eines versichern«, sagte Rebecca mit zuckersüßem Tonfall, »als Robert und ich es das letzte Mal probiert haben, haben wir hervorragend zusammengepasst!«

Lautes Gelächter begleitete den bühnenreifen Abgang des Paares, das sich nun ins Kino begab.

Einige Reporter überhäuften den mit geballten Fäusten dastehenden Scholz noch reichlich mit Schmähungen, bevor sie sich wieder anderen Dingen zuwandten.

In den Augen von Scholz jedoch loderte ein gefährliches Feuer. Dieser verfluchte Faschist! Mochten Sie sich auch anders nennen oder tarnen, ein Marvin Scholz entlarvte Faschisten, wo er sie antraf! Faschisten waren sie, allesamt! Und dann erst diese schreckliche Frau!

Er atmete tief durch und versuchte, sich wieder zu beruhigen. Ein Gedanke kitzelte seinen Verstand, durchdrang langsam die Wolken der Wut in seinem Geist und erschien in plötzlicher, alles überstrahlender Klarheit. Ein grimmiges Lächeln breitete sich in seinem Antlitz aus. Die Lösung war so einfach! So lächerlich einfach! Darüber musste er unbedingt mit dem Genossen Thälmann sprechen. Das würde ihm gewiss gefallen!

Einige Tage später

Bundeskanzler Robert Jäger verließ die Reichskanzlei, wechselte die Aktentasche von der rechten in die linke Hand und trat auf die Straße. Der Tag war lang gewesen und hatte wieder einmal nur Schwierigkeiten gebracht. Die unterdrückten Minderheiten in der Tschechoslowakei hatten ein offizielles Hilfeersuchen an Berlin gerichtet, da sie nicht länger bereit waren, sich der Willkür von Prag widerstandslos zu beugen. Jäger hatte seinen Außenminister angewiesen, bei den Tschechen anzufragen, ob diese nicht bereit seien, den Minderheiten ein gewisses Selbstbestimmungsrecht zuzugestehen. Von Gallen war in dieser Hinsicht zwar nicht sehr optimistisch, hatte jedoch zugesagt, sein Möglichstes zu tun, um auf die Tschechen einzuwirken. Es stand jedoch zu befürchten, dass Prag so stur wie eh und je bleiben würde. Jäger wusste, dass sie in naher Zukunft etwas würden unternehmen müssen, um die Rechte der Minderheiten durchzusetzen. Sonst würden diese das selbst in die Hand nehmen und dann drohte ein weiterer Bürgerkrieg in Europa. Seufzend eilte er die Stufen hinunter.

»Einen schönen Abend noch, meine Herren«, verabschiedete er sich von den beiden Polizisten, die am Eingang standen.

»Ihnen auch, Herr Bundeskanzler«, antworteten die beiden wie aus einem Munde. Eine Hupe ertönte und lenkte die Aufmerksamkeit des Kanzlers auf ein rotes Cabrio – ein Mercedes 370 S – das ihm doch sehr vertraut vorkam. Rebecca Jendrusch saß hinterm Steuer und winkte ihm fröhlich zu.

»Walther«, wandte sich Jäger an den älteren Polizeibeamten am Eingang. »Haben Sie Frau Jendrusch darauf hingewiesen, dass Sie dort nicht parken darf?«

»Nein«, gab der Polizist gut gelaunt zu. »Und ich glaube, kein einziger Polizist in Berlin wird Frau Jendrusch jemals darauf ansprechen.«

»Hm«, brummte Jäger, nickte den beiden Beamten zum Abschied zu und ging dann zum Mercedes hinüber, der ein Dutzend Meter weiter am Straßenrand stand.

Hinter seinem Rücken tauschten die beiden Polizisten ein breites Grinsen. Robert Jäger und Rebecca Jendrusch galten als das Traumpaar Berlins und die Beamten mochten beide Personen recht gut leiden. Außerdem war es immer köstlich mitanzusehen, wie sich der Kanzler in einen verliebten Schuljungen verwandelte, sobald die Dame in seiner Nähe war.

Die beiden hätten schon längst verheiratet sein sollen, dachte Walther Schuhmann mit leichtem Bedauern. *Wenn sie nur beide nicht so verdammt stur wären!*

Jäger näherte sich dem Cabrio. Einige Passanten auf dem Bürgersteig erkannten den Bundeskanzler und grüßten ihn, während andere winkten.

Der Kanzler winkte zurück. So sehr Jäger es manchmal auch verabscheute, Bundeskanzler zu sein – die Momente, in denen er den anderen Menschen im Land nahe sein konnte, bedeuteten ihm sehr viel. Es war wichtig, nicht den Kontakt zum Volk zu verlieren. Wie sollte ein Politiker die Interessen seiner Wähler vertreten können, wenn er diesen nicht einmal auf der Straße begegnete, mit ihnen sprach und sich anhörte, was sie bewegte?

Er richtete seinen Blick auf Rebecca. Wie immer, wenn er sie sah, begann sein Herz in der Brust zu flattern wie ein kleiner Vogel. Sie trug einen Hut auf dem Kopf, dazu eine Jacke über der Bluse und einen Rock. Um ihre Schultern hatte sie einen modischen Schal gelegt.

Kennengelernt hatten sich in Berlin während einer Filmvorführung. Auf der einen Seite der ehemalige Jagdflieger, Stuntpilot und unbedeutender Nebendarsteller, auf der anderen eine der begehrtesten Regisseurinnen, Filmproduzentinnen und Schauspielerinnen des Landes. Er war nun 40 Jahre alt, Rebecca war sechs Jahre jünger, und manchmal fragte er sich, womit er ihre Zuneigung wohl verdient hatte.

Unvermittelt erschauderte er und spürte, wie sich seine Nackenhaare aufrichteten. Sinne, von denen er glaubte, er habe sie schon vor Jahren abgelegt, meldeten sich mit einem Male in ungeahnter Heftigkeit zurück. Alarmiert ließ Jäger den Blick über die Menschen in seiner Nähe huschen. Dieses untrügliche

Warnzeichen einer drohenden Gefahr hatte ihm schon mehrmals das Leben gerettet. Zuerst in den Schützengräben, dann im Luftkampf und später bei einer Kunstflugvorführung.

Dort!

Der Mann näherte sich Jäger von links. Mütze auf dem Kopf, Jacke und Hose eines Arbeiters. Er bemühte sich, ebenso unscheinbar zu wirken wie seine einfache Kleidung.

Aber es waren immer die Augen, die einen Menschen verrieten. Diesen Blick hatte Jäger seit seiner Zeit in den Schützengräben Frankreichs nicht mehr gesehen …

Mancher Soldat veränderte sich, wenn er gezwungen war, seinesgleichen zu töten. Viele zerbrachen an der schweren Last, die auf ihnen lag. Einem anderen Menschen das Leben zu nehmen, war sehr schwer, erst recht für einen Soldaten. Denn der Soldat verstand, dass auch der andere ein Mensch war, Familie hatte wie er selbst. Auch der andere fürchtete sich, wollte nicht sterben, sondern leben. Jäger hatte in den Gräben manch bittere Träne über das sinnlose Töten vergossen. Als er die Gelegenheit erhielt, zum Fliegerkorps zu wechseln, ergriff er diese Chance. Der Kampf in der Luft war verlustreich und auch dort wurde Jäger Zeuge von schrecklichen Szenen, aber es war immer noch besser, als knietief durch Schlamm und Blut zu waten.

Dann gab es jene Kameraden, die alle Menschlichkeit abgelegt hatten. Sie verkamen zu seelenlosen Maschinen, die einfach immer weiter töteten, bis sie irgendwann selbst vom Malstrom des Krieges zerrieben wurden. Diese leeren Blicke solcher Männer verfolgten Jäger noch heute. Es waren Augen, wie sie sonst nur die Toten hatten. Vielleicht stimmte das sogar und die Kameraden waren innerlich gestorben – leere Hüllen, die nur noch irgendwie funktionierten.

Andere Ausnahmefälle waren jene Kameraden, die regelrecht Gefallen am Töten fanden. Sie waren so geblendet vom Hass auf den Feind, dass es ihre Seele zerfraß. Sie waren nur noch erfüllt vom Wunsch zu vernichten. Rücksichtslos gegenüber sich selbst, den Kameraden und anderen, verfolgten sie dieses Ziel ohne Mitleid oder Bedauern. Das fanatische Glühen in ihren Augen war Jäger unvergessen.

Der Mann, der sich dem Kanzler nun rasch näherte, hatte die gleichen, vor Hass glühenden Augen. Mit einem Male blitzte in seiner rechten Hand eine Messerklinge auf.

»Tot den Faschisten!«, schrie er, stürmte gegen Jäger an; er wollte den Bundeskanzler erreichen, bevor dieser reagieren konnte.

Jäger riss den linken Arm hoch und konnte den tödlichen Stoß gerade noch mit der ledernen Aktentasche abfangen. Die Klinge kratze über die Tasche, verfing sich kurz an der Schnalle, und der Angreifer riss das Messer zurück. Er führte einen wilden Stoß nach Jägers Seite aus und dieses Mal gelang es dem Kanzler nicht, die Aktentasche rechtzeitig in Position zu bringen.

Jäger grunzte, als die Klinge durch die Ärmel von Jacke und Hemd drang, das Fleisch durchschnitt und über seinen Unterarmknochen scharrte. Der Schmerz war so heftig, dass nicht einmal der jähe, in seinen Adern pulsierende, Adrenalinstoß ihn dämpfen konnte.

Aber der Angreifer hatte sich durch seinen wilden Stoß auch eine Blöße gegeben. Jäger hämmerte ihm mit voller Wucht die rechte Faust gegen die Schläfe und der Kopf des Mannes flog zur Seite. Rebecca Jendrusch stieß einen Schrei aus.

Der Angreifer war ein großer, kräftiger Bursche; so ein Treffer setzte ihn nicht gleich außer Gefecht. Er war nur leicht benommen und schüttelte den Kopf, um seine Sicht wieder zu klären. Das kostete ihn eine Sekunde.

Mehr brauchte Jäger nicht. Er hatte den Nahkampf in den Schützengräben erlernt und kannte all die hinterhältigen Kniffe. Also holte er mit dem rechten Fuß aus und trat dem Kerl genau zwischen die Beine. Zugegeben, nicht sehr fein, nicht sehr fair, aber effektiv.

Der Mann stieß einen schrillen Schrei aus, ließ das Messer fallen, das über das Pflaster klapperte, und griff sich mit beiden Händen in den Schritt. Laut stöhnend fiel er auf die Knie.

Jäger wich zurück, um die Distanz zwischen ihm und dem Angreifer zu vergrößern.

In der nächsten Sekunde erreichten Walther Schuhmann und sein Kollege die Szene. Der jüngere Beamte stieß den Kerl zu Boden und gemeinsam zerrten sie ihm die Hände auf den Rücken. Im nächsten Moment trug der Mann bereits Handschellen.

»Um Himmels Willen, sind Sie schlimm verletzt?«, stieß Schuhmann besorgt hervor, als er sah, wie das Blut des Kanzlers auf die Pflastersteine tropfte.

Jäger besah sich die Wunde. »Scheint nicht so schlimm zu sein.«

»Sind Sie sicher?« Aus dem aufgeschnittenen Ärmel floss reichlich Blut, fand Schuhmann.

»Robert!« Rebecca Jendrusch flog in seine Arme. »Ist alles in Ordnung mit dir?«

»Nur ein Kratzer, meine Liebe«, versuchte Jäger sie zu beruhigen. »Ist halb so wild.«

»Ein Kratzer?«, wiederholte Rebecca, schob seinen Ärmel nach oben und besah sich die Wunde. »Nur ein Kratzer, von wegen! Ach Gott, Männer!«

Sie nahm den Schal ab und wickelte ihn um seinen linken Unterarm.

»Jetzt ruinierst du dir deinen hübschen Schal«, meinte Jäger leichthin.

»Verdammt, Robert, das ist nicht lustig!«, fuhr sie ihn aufgebracht an. »Der verdammte Kerl wollte dich umbringen!«

»Hat er aber nicht.« Jäger drückte sie mit dem rechten Arm an sich. »Mir geht es gut, Liebes.«

Inzwischen hatte sich eine größere Menschenmenge versammelt.

»Sie sollten lieber reingehen, Herr Bundeskanzler«, meinte Schuhmann und sah sich unbehaglich um. »Wer kann schon sagen, ob der Kerl auch wirklich alleine ist?«

»In Ordnung, wir gehen rein«, sagte Jäger.

»Bleib bei ihnen, Walther«, rief der jüngere Polizist. »Ich komme hier schon klar.«

»Bist du sicher?«

»Ich unterstütze den Schutzmann«, mischte sich ein kräftiger Mann ein. Er trug ebenfalls Arbeitskleidung und bedachte den verhinderten Attentäter mit finsterem Blick. »Keine Sorge! Der Mistkerl kommt hier nicht weg!«

Zwei weitere Männer, kleiner und schmächtiger, aber ebenso fest entschlossen, traten vor und nickten zustimmend.

»Danke für Ihre Hilfe, Herr …«, sagte Jäger zu dem Mann.

»Helmut Dräger«, stellte sich der Mann vor.

»Nun, dann Danke für Ihre Hilfe, Herr Dräger.«

»Sehr gerne, Herr Bundeskanzler!«

Schuhmann geleitete das Paar in die Reichskanzlei.

Den älteren Mann mit Halbglatze, Brille und grauem Bart, der den ganzen Vorfall von der anderen Straßenseite aus beobachtet hatte, bemerkte in dem ganzen Durcheinander niemand.

Im Eingangsbereich der Reichskanzlei standen mehrere Bänke, um Besuchern eine bequeme Sitzmöglichkeit zu bieten. Rebecca führte Jäger zu einer dieser Bänke und setzte sich neben ihn. Bewaffnete Beamte stürmten an ihnen vorbei nach draußen. Pfiffe erklangen auf der Straße.

»Ist wirklich alles in Ordnung?«, fragte Schuhmann erneut.

»Sicher.« Jäger winkte mit dem unversehrten Arm ab.

»Nein, ganz und gar nicht«, merkte Rebecca scharf an. »Ist ein Arzt im Hause?«

»Ich glaube, ein Sanitäter ist noch da.«

»Holen Sie ihn bitte, Herr …«

»Ich darf vorstellen«, sekundierte Jäger. »Rebecca Jendrusch, das ist Wachtmeister Walther Schumann.«

»Frau Jendrusch.« Schuhmann neigte kurz den Kopf.

Rebecca nickte ihm zu. »Herr Schumann, würden Sie bitte den Sanitäter holen? Die Wunde ist sehr tief und blutet immer noch.«

Der Beamte sah zuerst Jäger an, der knapp nickte.

»Ich hole ihn.«

Schuhmann eilte los, um den Sanitäter zu suchen.

Besorgt zog Rebecca den Schal fester um den verletzten Arm. »Das hört einfach nicht auf zu bluten!«

»Ist halb so wild, Rebecca«, versuchte er erneut, sie zu beruhigen. »Da habe ich schon weit Schlimmeres überstanden.«

»Tu das nicht einfach so ab!« Tränen glitzerten in ihren Augen. »Mein Gott, der Kerl hat versucht, dich umzubringen!«

Betreten sah er sie an. »Rebecca, ich …« Er stockte, wusste nicht, was er sagen und wie er ihr die Sorgen nehmen sollte.

Was, wenn diese Scheißkerle versuchen werden, auch an sie heranzukommen?

Allein der Gedanke drohte ihm die Luft abzuschnüren. Damit, dass sein eigenes Leben bedroht war, konnte er umgehen. Aber Rebecca …

»Ich liebe dich, Rebecca«, sagte er leise. »Ich liebe dich mehr als mein Leben.«

Er atmete tief durch und schluckte den Kloß in seinem Hals hinunter. »Aber allein die Vorstellung, dich zu verlieren, ist mehr, als ich ertragen kann. Unter diesen

Umständen darf ich nicht von dir verlangen, auch weiterhin an meiner Seite zu bleiben.«

»Wage es ja nicht, mich auszuschließen, Robert«, sagte Rebecca scharf. »Ich liebe dich ebenfalls, du dummer Klotz!«

Sie legte die Arme um seinen Hals und hob den Kopf. »Und ich will an deiner Seite bleiben. Für immer.«

Ihre Lippen fühlten sich ganz warm und weich auf seinen an.

Er wusste nicht, wie lange ihr Kuss andauerte. Das Blut rauschte in seinen Ohren und sein Herz klopfte so wild, als wollte es aus seiner Brust springen.

Irgendwann lösten sie sich voneinander.

Er hob die rechte Hand und wischte ihr eine Träne von der Wange.

»Viel…« Er musste sich räuspern, bevor er wieder einen Ton hervorbringen konnte. »Nun, vielleicht sollten wir unsere Beziehung dann ändern, sie … amtlich machen.«

Rebecca musste lächeln. »Robert Jäger, versuchst du auf deine ganz eigene und unnachahmliche Art und Weise zu sagen, dass du mich heiraten willst?«

»Tja, ich dachte, das machen Männer und Frauen für gewöhnlich, wenn sie sich lieben und für immer zusammen sein wollen.«

»Ja, das machen sie. Für gewöhnlich«, schränkte sie ein. »Denkst du wirklich, dass unser Leben so gewöhnlich verlaufen wird?«

»Ich weiß es nicht, aber ich würde es gerne herausfinden.« Er lächelte sie liebevoll an. »Und ich wüsste auch noch einen zweiten Grund, der für unsere Heirat spricht.«

»Und der wäre?«

»Ich weiß ja nicht, ob es dir bereits aufgefallen ist, aber unsere Initialen gleichen sich«, meinte er mit breitem Grinsen. »Da musst du dir nicht einmal neue auf deine Taschentücher sticken lassen.«

Rebecca gab einen Laut von sich, der aus einem halben Schluchzen und einem halben Lachen bestand. »Du bist ein …«

»Ja? Sag es«, verlangte er. »Was bin ich?«

»Du bist mein! Für immer und ewig«, sagte sie bestimmt.

»Heißt das, du willst mich heiraten?«, fragte er rasch nach.

»Ja, das heißt es, du dummer Kerl!«

»Sie will mich heiraten!«, rief Jäger überglücklich aus.

Erst jetzt bemerkte er, dass Schuhmann hinter ihnen stand und den unruhig zappelnden Sanitäter an der Schulter festhielt. »Walther, Sie will mich heiraten!«

»Gratuliere.«

Schuhmann gab den Sanitäter frei, der sofort zu Jäger eilte.

Warum, so grübelte der Wachtmeister, *muss immer erst etwas Schlimmes passieren, bevor die Menschen vernünftig werden?*

Teil II

Truppenübungsplatz Sennelager

Frühjahr 1938

Auf dem breiten Gesicht von Generalmajor Erwin Rommel zeigte sich ein verschmitztes Lächeln.

Sein Adjutant, Oberleutnant Joachim Lenz, und Unteroffizier Frank Wichert, der ältere Fahrer, mühten sich mit dem feststeckenden BMW 325 ab. Zwei junge Soldaten, die Lenz herbeigepfiffen hatte, mühten sich hinter dem Fahrzeug ab. Die Männer schnauften und ächzten, schoben und drückten. Wichert legte den Gang ein, der Motor heulte auf, die durchdrehenden Räder bespritzten die Soldaten mit Dreck, aber alle Bemühungen waren umsonst. Der BMW steckte fest und der Schlamm schien ihn nicht wieder hergeben zu wollen.

Rommel beschloss, ein paar Schritte zu laufen. Als ehemaliger Gebirgsjäger und Infanterist war ihm dieses ewige im-Wagen-Sitzen sowieso zuwider. Er sah sich um.

Der Truppenübungsplatz Sennelager war 1851 als Kavallerieübungsplatz für die Kavallerieeinheiten der Garnisonen Paderborn und Neuhaus angelegt worden. Er lag im östlichen Teil der Münsterschen Bucht und war dem Höhenzug des Teutoburger Waldes nach Südwesten vorgelagert.

Während der Kaiserzeit waren 1905 und 1908 auf dem Übungsplatz die berühmten Kaisermanöver abgehalten worden. Im Ersten Weltkrieg war der Übungsplatz nicht nur zur Ausbildung junger Rekruten verwendet worden, er hatte auch als Kriegsgefangenenlager gedient. Seit Kurzem wurden hier jedoch die neu aufgestellten Panzerverbände der Bundeswehr gedrillt.

Rommel schob die Hände in die Taschen seines Militärmantels. Es war erstaunlich, was die Reichswehr ... ah, Bundeswehr – verbesserte sich der Generalmajor schnell – in der kurzen Zeit alles erreicht hatte. Jäger war ein guter Mann, fand Rommel. Und das nicht nur, weil er dank des Bundeskanzlers endlich in den Generalsrang befördert worden war. Zudem hatte man ihm das Kommando über die 7. Panzer-Division übertragen. Der neue Verband befand sich im frühen Stadium seiner Aufstellung, und Rommel besuchte an diesem Tag ein Bataillon der 2. Panzer-Division, das vor Ort ein Manöver absolvierte. Die 2. Panzer wurde seit ihrer Aufstellung im Oktober 1935 von Generalmajor Heinz Guderian kommandiert. Guderian galt als Wegbereiter der deutschen Panzertruppe und war maßgeblich an der Entwicklung der taktischen Konzepte beteiligt. 1937 hatte er zu diesem Thema sogar sein Buch »Achtung Panzer!« veröffentlicht. Die Panzer waren ein noch relativ neues Betätigungsfeld für Rommel, und so viel er in den vergangenen Wochen auch über sie in Erfahrung gebracht hatte, erhoffte er sich doch einige Ratschläge von Guderian, der über mehr Erfahrung mit den Kampffahrzeugen verfügte.

Rommel hörte zuerst den Motor des BMW anspringen, dann das Schalten der Gänge und gleich darauf das gleichmäßige, zufriedene Brummen des Antriebs. Er wandte sich um und sah Lenz auf sich zu kommen. »Na, Achim? Haben Sie's geschafft?«

»Jawohl, Herr Generalmajor. Der Wagen ist wieder flott«, bestätigte der Oberleutnant.

»Na, dann wollen wir mal weiter.« Rommel stiefelte zurück zum BMW. Die beiden Landser, die sein Adjutant zum Schieben verpflichtet hatte, waren bis zu den Schultern mit Schlamm und Dreck bespritzt worden, und standen nun ziemlich belämmert neben dem Fahrzeug.

Rommel trat auf die beiden Soldaten zu und streckte die Hand aus. »Danke für Ihre Hilfe.«

»Gern geschehen, Herr Generalmajor«, brachten die Männer heraus.

»Lenz! Geben Sie den beiden zehn Mark, damit sie heute Abend in der Kneipe ein Bier trinken können. Oder auch zwei oder drei.«

Die schmutzigen Gesichter der beiden Landser hellten sich sichtlich auf, als sie Rommels Worte vernahmen.

»Jawohl, Herr Generalmajor.«

Der Oberleutnant fischte einen Geldschein aus seiner Tasche und drückte ihn einem der Soldaten in die Hand.

»Vielen Dank, Herr Generalmajor! Herr Oberleutnant!«

Rommel nickte ihnen zu und stieg hinten in den BMW ein, während Lenz auf dem Beifahrersitz Platz nahm.

»Dann mal los, Wichert! Aber fahren Sie dies Mal lieber, soweit es geht, am Rand des Weges.«

»Ich werde mich bemühen, Herr Generalmajor.« Mit größter Sorgfalt steuerte Wichert den BMW den schlammigen Weg entlang.

Rommel versuchte derweil im Kopf zu überschlagen, wie viele Kettenfahrzeuge den Weg entlanggefahren waren und ihn in eine Schlammpiste verwandelt hatten. Es mussten wohl mehrere Dutzend gewesen sein, schätzte er. Wenig später erreichten sie das Manövergebiet.

Auf einem kleinen Hügel war ein vorgeschobener Kommandoposten errichtet worden. Ein Gewusel aus Stabsoffizieren und untergeordneten Offizieren, Unteroffizieren und Mannschaften bedeckte zusammen mit mehreren Kommandofahrzeugen die ganze Hügelkuppe.

»Sieht aus wie bei einer chinesischen Feuerwehrübung«, merkte Wichert an.

Rommel musste ein Auflachen unterdrücken. »Das ist aber nicht sehr nett, Wichert.«

»Ich weiß, Herr Generalmajor.« Der Fahrer stoppte den BMW und sprang schnell heraus, um Rommel die Tür zu öffnen, doch der Generalmajor war schneller.

Er stieg den kleinen Hügel hinauf, wobei seine Stiefel im nassen Untergrund schmatzende Geräusch erzeugten.

»Herr Generalmajor!«

Ein Hauptmann baute sein Männchen und Rommel erwiderte den Gruß mit einer lässigen Geste.

»Generalmajor Guderian erwartet Sie bereits«, fuhr der Hauptmann fort. »Wenn der Herr General mich bitte begleiten würden?«

»Natürlich, Hauptmann.«

Rommel folgte dem Offizier durch das Gewusel. Dabei wurde ihm schnell klar, dass Wichert mit seiner Einschätzung danebengelegen hatte. Es wirkte nur wie Chaos, aber jeder einzelne schien eine Aufgabe zu erfüllen. Die Funker sprachen in ihre Mikrofone, Offiziere verfolgten durch Ferngläser das Manöver, andere schrieben Notizen oder trugen etwas auf Karten ein.

Hinter einem Sonderkraftfahrzeug 232, an der Rahmenantenne für Eingeweihte sofort als Funk- und Kommandofahrzeug zu erkennen, war ein Klapptisch aufgestellt worden. Generalmajor Heinz Guderian stand vor dem Tischchen, die Hände darauf gestützt, und betrachtete mit gerunzelter Stirn eine Karte.

Der Hauptmann näherte sich ihm, grüßte und meldete Rommel an.

Mit einem Lächeln wandte sich Guderian um.

»Erwin! Schön, dass Sie es doch noch geschafft haben.«

»Wir wurden aufgehalten. Jemand hat den Weg in eine Schlammpiste verwandelt, und wir haben uns festgefahren.«

Guderian lachte und streckte die Hand aus. »Das können Sie uns ankreiden. Tut gut, Sie zu sehen.«

Rommel erwiderte den Händedruck. »Freut mich ebenfalls. Was haben wir verpasst?«

Guderian deutete mit der Hand vom Hügel hinunter. »Heute Morgen war da unten noch eine Wiese mit jungen Bäumen. Jetzt ist es eine Schlammwüste. Die Fahrzeuge haben schwer mit dem nassen Untergrund zu kämpfen, aber das werden Sie gleich selbst sehen. Das Bataillon nimmt erneut seine Ausgangsstellung ein, um den dritten Angriff durchzuführen.«

»Dann kommen wir ja gerade noch rechtzeitig.«

Wenige Minuten später war es so weit. Das Signal wurde gegeben. Leuchtkugeln stiegen auf.

30 Geschütze und die gleiche Anzahl an Granatwerfern boten dem Bataillon Feuerunterstützung, während die Panzer und Spähwagen in weiter Formation vorrückten. Dutzende der Stahlkolosse arbeiteten sich durch den Schlamm, wobei sie einen Höllenlärm produzierten. Motoren donnerten, Ketten quietschten. Die ersten Lagen der Artillerie gingen zwischen den aufgestellten Zielattrappen nieder, die ohnehin schon schwer in Mitleidenschaft gezogen worden waren.

Dann donnerten die Panzerkanonen los, trugen ihren Teil zum Geräuschchaos bei, welches die Ohren der Zuschauer malträtierte. Die Ziele verschwanden in aufspritzenden Dreckfontänen. Maschinengewehre feuerten, Leuchtspurgeschosse flitzten über das umgewühlte Feld und jagten in die Attrappen.

Als die Panzerfahrzeuge etwa die Hälfte des Feldes überwunden hatten, stellte die Artillerie das Feuer ein. Nun musste das Bataillon für seinen eigenen Feuerschutz sorgen.

Rommel bezweifelte jedoch, dass bei einem echten Angriff noch viele Gegner in ihren Stellungen am Leben gewesen wären. Das Feuer der französischen 15,5-Zentimeter-GPF-Geschütze und der 8-Zentimeter-Granatwerfer hatte sehr genau im Ziel gelegen. Er wusste aus eigener Erfahrung, dass das nicht immer so gewesen war.

Das Bataillon feuerte immer noch auf die fast völlig zerfetzten Zielattrappen und stand bereits dicht vor ihrem Angriffsziel. Die begleitende Infanterie hing jedoch weit hinter den Fahrzeugen zurück, die Bodenverhältnisse machten ihr zu schaffen. Sie rückte vor und passierte dabei ein Dutzend Panzer und Spähwagen, die sich festgefahren hatten.

Die anderen Fahrzeuge des Bataillons stoppten vor den Gräben und bestrichen die Feindstellungen mit ihren MG, bis die Infanterie sie endlich erreichte und die Gräben aufrollen konnte.

Eine grüne Leuchtkugel stieg auf.

»Angriff abgeschlossen!«

»Das war sehr beeindruckend«, meinte Rommel.

»Leider nicht beeindruckend genug«, brummte Guderian. »Die Infanterie hätte unnötige Verluste erlitten, weil sie nicht schnell genug zu den Fahrzeugen aufschließen konnte. Wir benötigen ein spezielles Fahrzeug, das in der Lage ist, Infanteristen über das Gefechtsfeld zu transportieren. Dabei muss es schnell genug sein, um mit den Panzern mithalten zu können, und den Männern ausreichend Schutz vor MG-Feuer und Granatsplittern bieten.«

»Klingt kompliziert.«

»Oh, es ist weniger kompliziert, als Sie vielleicht denken«, sagte Guderian. »Wir haben bereits eine Ausschreibung gestartet. Zuerst wollten wir einen Panzer umbauen, den Turm weglassen, und ihn so als Truppentransporter einsetzen, aber das wäre nicht praktikabel gewesen. Nun konzentrieren wir uns auf ein Halbkettenfahrzeug. Feldmarschall Beck macht den Entwicklern persönlich Feuer unter dem Hintern, um sie anzutreiben.«

»Hm.« Rommel betrachtete das unter ihm liegende Feld. Die Männer und Vehikel kehrten zurück zu ihrer Ausgangsstellung, die liegengebliebenen Fahrzeuge wurden mühsam flott gemacht.

»Sagen Sie, was sind das für Panzer dort vorne?«, fragte Oberleutnant Lenz.

Guderian sah hin. »Das sind unsere neuen Panzer IV.«

»Die sehen aber anders aus als auf den Zeichnungen, die mir zu Händen gekommen sind.«

»Das stimmt. Wir haben Änderungswünsche vorgetragen und die wurden bei den neuen Modellen berücksichtigt. Kommen Sie, wir sehen es uns mal an.«

Gemeinsam gingen die beiden Männer mit ihren Adjutanten den Hang hinab, weitere Helfer im Gefolge. Guderian streckte die Hand aus.

»Die französischen AMC 35 sind gut durchdachte und exzellente Fahrzeuge. Sie sind mit einer Kopie der 4,7-Zentimeter-Panzerabwehrkanone bewaffnet, der Kampfwagenkanone 37. Sie durchschlägt auf 500 Meter immer noch 50 Millimeter Panzerstahl. Hinzu kommen zwei 7,92-Millimeter-MG 34. Beachten Sie die abgeschrägte Panzerung, die feindliche Geschosse sehr oft abprallen lässt. Wir haben Beschussversuche mit unserem eigenen Panzer III durchgeführt und dabei festgestellt, dass wir bei der Konstruktion einen schweren Fehler begangen haben.«

»Ich nehme an, da Sie die schräge Panzerung der AMC angesprochen haben, hat es etwas damit zu tun?«, mutmaßte Lenz.

»Ganz recht. Die Panzer III haben eine senkrechte Panzerung. Diese ist wie ein Kugelfang. Ein Treffer wird nahezu mit Sicherheit durchschlagen.« Guderian schüttelte den Kopf. »Ich habe empfohlen, den Panzer III zu streichen. Mit dem AMC 35 verfügen wir bereits über ein geeignetes Fahrzeug dieser Klasse, da brauchen wir kein zweites. Das bindet nur unnötige Ressourcen, die wir anderenorts besser verwenden können. Die bereits vorhandenen Panzer III bauen wir zu Sturmgeschützen um. Die ersten Modelle haben sich im Manöver sehr bewährt, wir sollten sie also weiterhin produzieren. Nein, bei den Kampfwagen konzentrieren wir uns ganz auf den Panzer IV. Ich bin zuversichtlich, dass dieses Modell das Rückgrat unserer Panzerdivisionen wird.«

»Die Panzerung ist angeschrägt, das gibt dem Fahrzeug gleich ein ganz anderes Aussehen«, meinte Rommel und neigte den Kopf. »Ist das die 7,5-Zentimeter-Kanone?«

»Ja. Sie bietet recht gute Schusswerte, aber auch da sind bereits Verbesserungen geplant.«

»Mir ist aufgefallen, dass die Panzer II immer noch im Einsatz sind.«

»Sie haben sich als Spähpanzer sehr gut bewährt. Wir nutzen sie als Ergänzung zum Panhard 178. Die wurden ebenfalls verbessert. Die ursprünglichen Modelle waren noch genietet. Bei einem Treffer platzen die Nieten ab und wummern im Inneren hin und her.«

»Was natürlich gar nicht gut für die Besatzung ist.« Lenz erschauderte allein bei der Vorstellung.

»Eben! Die neue Version ist geschweißt. Mit der 2,5-Zentimeter-Kanone und zwei MG 34 sind die Panhard auch sehr gut bewaffnet. Die Besatzungen ziehen die Radpanzer der Franzosen übrigens unseren eigenen leichten Spähwagen 222 und den schweren Spähwagen 232 vor.« Guderian grinste. »Aber das ist nur dem Ruf der französischen Fahrzeuge zuzuschreiben. Unsere Spähwagen können sich auch sehen lassen. Beide sind mit unserer Version der französischen 2,5-Zentimeter-Kanone und einem MG 34 bestückt. Der Panzer II verfügt über die gleiche Bewaffnung, was die Versorgung mit Munition natürlich sehr erleichtert.«

»So können auch Ersatzteile untereinander ausgetauscht werden.«

»Genau.« Guderian runzelte mit einem Male die Stirn. »Was noch erheblich verbessert werden muss, ist die Verbindung zwischen den einzelnen Truppführern und deren Unterführern. Am besten wäre es, wenn jeder Panzer über ein eigenes Funkgerät verfügen würde. Dann könnten unsere Leute ihre Stärken voll ausspielen und jeden Gegner schlagen!«

Rommel lächelte angesichts des Enthusiasmus von Guderian. »Das ist eine ausgezeichnete Idee. Sie haben mir auf jeden Fall bereits so einiges zum Nachdenken gegeben.«

Reichskanzlei

Berlin, einige Wochen später

Oskar von Hindenburg eilte forschen Schrittes durch die Gänge der Reichskanzlei. Überall arbeiteten Handwerker, denn das Gebäude wurde vergrößert, ein schon längst überfälliger Schritt.

Die Papiere in seiner Hand fühlten sich heiß an. Eine Täuschung, wie er sehr wohl wusste, aber der Inhalt war so brisant, dass es ihm vorkam, als würden die geschriebenen Wörter eine große Wärme abstrahlen.

Wirklich erstaunlich, wie sich manchmal alles aneinanderreiht, dachte von Hindenburg, während er die Tür zum Kanzlerbüro ansteuerte. Er klopfte und öffnete die Tür, ohne auf die Aufforderung zum Eintreten zu warten.

»Entschuldigen Sie mein Eindringen, Robert«, begann von Hindenburg. »Aber das hier ist wichtig.«

»Ist Ihnen schon mal aufgefallen, dass immer alles wichtig ist?«, entgegnete Bundeskanzler Jäger mit einem schrägen Grinsen. Dann entdeckte er die Papiere in von Hindenburgs Hand.

»Nein, Oskar, nicht noch mehr Papierkram! Ich bekomme Rebecca und den Kleinen ja kaum noch zu sehen. Haben Sie doch ein Herz.«

Von Hindenburg musste über den gespielt bekümmerten Tonfall des Kanzlers lachen, rief sich jedoch sofort selbst zur Ordnung. Die Nachrichten waren alles andere als erfreulich. Wieder einmal.

Die Wahlen im vergangenen Jahr hatte Jäger mit Leichtigkeit gewonnen. Nach dem missglückten Anschlag vor den Türen der Reichskanzlei war eine Welle der Empörung durch das ganze Land geschwappt. Der Täter, ein linker Extremist, saß immer noch in Moabit ein. Ernst Thälmann, Chef der Kommunistischen Partei Deutschlands, leugnete erwartungsgemäß, irgendetwas mit dem Anschlag zu tun zu haben.

Nur einen Tag nach der Tat hatte die Polizei die Leiche von Marvin Scholz aus der Spree gezogen. Irgendjemand hatte dem bekannten Propagandisten der KPD den Schädel eingeschlagen und ihn dann in den Fluss geworfen. Leider konnte die Polizei den oder die Täter nicht ermitteln, aber es gab hinreichende Verdachtsmomente, die auf Streitigkeiten innerhalb der KPD hindeuteten.

Thälmann reagierte empört und verkündete vehement, faschistische Extremisten seien für die schändliche Tat verantwortlich. Zudem deutete er bei seiner Rede im Reichstag an, Kanzler Jäger könne mehr über die Hintergründe wissen, als er zugebe.

Wer auch immer hinter dem misslungenen Attentat auf Jäger steckte, hatte sich beim Abwägen der möglichen Folgen ganz böse verrechnet.

Sollten die Linken wirklich darauf spekuliert haben, dass sich die Menschen nach der Ermordung von Jäger um die rote Fahne scharen und fröhlich die Internationale singen würden, so sahen sie sich enttäuscht. Das genaue Gegenteil trat ein. Mehr und mehr Wähler der KPD wanderten zu Jägers DPD ab. Dies zeigte sich zuletzt bei der Wahl von Carl Goerdeler von der DPD zum neuen Bundespräsidenten.

Die Hochzeit von Robert und Rebecca im Herbst 1936 hatte zu einem äußerst günstigen Zeitpunkt stattgefunden, wie von Hindenburg fand. Durch die Hochzeit blieb der Kanzler in den Medien präsent und natürlich trug die große Beliebtheit von Rebecca Jäger, geborene Jendrusch, ihren Teil dazu bei. Ein Reporter schoss dann fünf Wochen vor den Wahlen von 1937 ein Foto von Robert Jäger, als dieser unmittelbar nach der Geburt ihres ersten Kindes, eines Jungen, strahlend wie ein Honigkuchenpferd das Krankenhaus verließ. Allein dieses glückliche Strahlen hatte dem Kanzler vermutlich rund weitere fünf Prozentpunkte eingebracht. Nicht, dass von Hindenburg bereit gewesen wäre, dies mit seinem Kanzler zu besprechen. Selbst unter der Androhung von körperlicher Gewalt würde er eisern schweigen. Jäger würde ihm sonst gehörig den Kopf waschen.

Manchmal fragte sich Oskar von Hindenburg allerdings, ob er nicht schon zu lange in der Politik war. Er ertappte sich zunehmend bei zynischen Gedanken.

»Ich kann sehen, wie es hinter ihrer hohen Stirn arbeitet, Oskar«, sagte Jäger bedächtig. »Und was ich da sehe, gefällt mir überhaupt nicht.«

Erwischt, dachte von Hindenburg. »Sie kennen mich eben mittlerweile zu gut.«

Dem Kabinett Jäger II gehörten fast alle vorherigen Minister an. Der engste Kreis des Kanzlers war derselbe geblieben.

Jäger kniff misstrauisch die Augen zusammen. »Also, Oskar, was steht jetzt wieder an?«

»Premierminister Chamberlain will nach Washington reisen, um mit Präsident Davis über *War Plan Red* zu sprechen.«

Jäger starrte von Hindenburg verblüfft an. Dann schüttelte der Kanzler leicht den Kopf, als konnte er nicht so recht glauben, was er da gerade vernommen hatte. »Wie war das?«

»Premier Chamberlain will Präsident Davis mit unseren Erkenntnissen über den bevorstehenden Angriff auf das Empire konfrontieren«, erläuterte von Hindenburg. »So, wie der britische Botschafter es andeutete, trägt sich Chamberlain offenbar mit dem Gedanken, er könne Davis bei einem persönlichen Gespräch von dem Angriff abbringen.«

Jäger rieb sich mit den Fingern nachdenklich über das Kinn. »Glauben die Briten wirklich, dass da eine Aussicht auf Erfolg besteht?«

»Ich kann es nicht sagen«, gab von Hindenburg zu. »Aber ich vermute, dass der letzte Bericht Chamberlain so sehr in Sorge versetzt hat, dass er denkt, er müsse persönlich etwas unternehmen, um den Krieg zu verhindern.«

Das konnte Jäger natürlich nachvollziehen. Nach den neusten Erkenntnissen, die von der Abwehr und dem britischen Secret Intelligence Service zusammengetragen worden waren, lagen die amerikanischen Divisionen in ihren Ausgangsstellungen nahe der kanadischen Grenze. An der Ostküste der Vereinigten Staaten bereitete sich die für den Angriff auf die karibischen Besitzungen des Empire vorgesehene amphibische Kampfgruppe auf ihren Einsatz vor.

Derweil nutzten die Amerikaner den Spanischen Bürgerkrieg als Truppenausbildungsplatz und erprobten dort neue Waffen und Taktiken. Bereits Ende 1936 hatte Washington eine sogenannte Freiwilligentruppe, die Eagle-Legion, nach Spanien entsandt. Fast 10.000 Mann kämpften auf der Seite der Nationalen Front. Neben Amerika hatte auch Italien Truppen nach Spanien geschickt. Diese waren noch vor den US-Amerikanern eingetroffen – ein weiteres Indiz dafür, dass die Putschisten bereits vor Ausbruch des Bürgerkriegs Kontakt mit Mussolini aufgenommen hatten.

Die Volksfront hingegen erhielt Unterstützung aus der Sowjetunion. Moskau hatte etwa zum selben Zeitpunkt damit begonnen, offen die spanischen Kommunisten zu unterstützen, als auch der militärische Beistand der USA für die Gegenseite bekannt geworden war. Die Komintern organisierte die Aufstellung der internationalen Brigaden. In den verschiedensten Ländern riefen die kommunistischen Parteien zur Unterstützung der bedrängten Genossen in Spanien auf. Mehr als 120.000 Menschen folgten diesem Aufruf, etwa ein Viertel davon stammte aus Deutschland und gehörte zum extremistischen Flügel der KPD. Dieser harte Kern fehlte Thälmann, als er vor den Wahlen versuchte, den politischen Kampf auf den Straßen Deutschlands zu forcieren.

Die Kämpfe in Spanien hielten indessen nach wie vor an. Mal errang die eine, dann wieder die andere Seite einen Vorteil. Ein Ende der Kämpfe war nicht in Sicht und die Zahl der Opfer stieg mit jedem Tag.

Großbritannien startete vor dem Völkerbund eine Initiative, um wenigstens die Waffenlieferungen an die Konfliktparteien zu minimieren. Eine internationale Marinemission wurde ins Leben gerufen, welche die Küsten der iberischen

Halbinsel patrouillierte und verdächtige Schiffe stoppte und nach Waffen durchsuchte. Neben England beteiligten sich auch Frankreich und Deutschland an dieser Mission. Der Beitrag der Bundesmarine war mehr symbolischer Natur: Ein Panzerschiff, die *Admiral Graf Spee*, lag derzeit in Gibraltar, von wo aus sie ihre Einsätze entlang der spanischen Küste fuhr. Die Patrouillen waren überraschend effektiv und es förderte auch die Zusammenarbeit mit den Briten und Franzosen. Gerade dieser Punkt würde in Zukunft noch sehr wichtig werden.

Vor diesem Hintergrund war es nur zu verständlich, dass Chamberlain etwas unternehmen wollte, um das Empire vor einem Krieg zu bewahren.

Arthur Neville Chamberlain war von 1931 an Schatzkanzler in Premierminister Baldwins Kabinett gewesen und bestens über die Bedrohung informiert, der sich England gegenübersah. Im Mai 1937 war Chamberlain dann zum neuen Premierminister gewählt worden.

»Glauben Sie, Premier Chamberlain erreicht etwas in Washington?«, fragte von Hindenburg.

Jäger blickte auf die Papiere vor sich.

»Ich würde es mir wünschen«, sagte er dann, »aber ich glaube nicht daran. Wenn man erst einmal so weit gegangen ist wie die Amerikaner, stoppt man nicht auf einmal alles, nur weil das auserwählte Opfer die Gefahr erkannt hat. Ich fürchte, dass Chamberlain mit seinem Versuch, die Amis zu konfrontieren, genau den Krieg auslösen könnte, den er so verzweifelt verhindern möchte.«

Im Stillen war von Hindenburg der gleichen Ansicht. Aber vielleicht täuschten sie sich ja auch. Jedenfalls hoffte er das.

Erprobungsstelle Rechlin

Zur selben Zeit

Da hat sich jemand wirklich Gedanken gemacht, dachte Hauptmann Leopold Osten. Eigentlich war er zu alt für seinen Dienstgrad. Aber als ehemaliger Lufthansa-Pilot mit mehr als 2.000 Flugstunden auf mehrmotorigen Mustern, war Osten in dieser Hinsicht sowieso nicht besonders ehrgeizig. Er flog lieber Flugzeuge, als sich mit dem militärischen Firlefanz zu beschäftigen. Oberst Bänfer, der Kommandant der Erprobungsstelle, hatte Osten zu Beginn seiner Abkommandierung mehrfach gerügt, konnte aber auf den erfahrenen Piloten einfach nicht verzichten. Irgendwann war Bänfer einfach dazu übergegangen, das unmilitärische Auftreten des Hauptmanns zu ignorieren. Solange Osten dafür sorgte, dass die Erprobung weiterhin so gut verlief, übersah der Oberst einfach Dinge wie zu lange Haare und unordentliche Uniformen. Nun, an Osten sollte diese unausgesprochene Übereinkunft nicht scheitern.

Die Geschichte der Erprobungsstelle Rechlin, am Südostufer der Müritz nahe der gleichnamigen Gemeinde gelegen, begann bereits 1916. Damals war an diesem

Standort eine Fliegerversuchs- und Lehranstalt eingerichtet worden. Im Oktober 1918 fanden hier die letzten Versuche mit Jagdflugzeugen vom Typ Fokker D.VII statt. Nach Ende des Krieges wurden die Anlagen demontiert, denn der Versailler Vertrag verbot der Weimarer Republik jegliche Entwicklung und Produktion von Flugzeugen. Dies änderte sich erst, als Bundeskanzler Jäger und der britische Premierminister Baldwin 1935 den sogenannten Flottenvertrag unterzeichneten. Von diesem Zeitpunkt an ging es steil aufwärts, und in nur drei Jahren entwickelte sich Rechlin zu der zentralen Erprobungsstelle für Luftfahrzeuge aller Art. An diesem Ort fand das Vergleichsfliegen für die Auswahl des neuen Jagdflugzeugs der Luftwaffe statt. So wie Osten vernommen hatten, waren die Arado Ar 80 und die Messerschmitt Bf 109 bereits ausgeschieden. Momentan lagen die Fw 187 von Focke-Wulf und die neu entwickelte He 100 von Heinkel wohl gleichauf. Osten hatte eine Flasche Cognac darauf verwettet, dass die schnittige Heinkel die Auswahl gewinnen würde.

Weiter wurden die Ju 87 und die Ju 88 in Rechlin erprobt, beide von Junkers. Die Ju 88 war ein mittlerer Bomber, auf dem Osten schon einen Mitflug ergattert hatte. Natürlich nur, um Vergleiche mit der größeren und schwereren Condor ziehen zu können. Jedenfalls hatte er das so gegenüber Oberst Bänfer angegeben. Die Maschine jedenfalls lag so stabil wie ein Brett in der Luft und dem Hauptmann gefiel, dass sich die vier Besatzungsmitglieder gegenseitig im Blick hatten. Bei Beschuss war diese Nähe vermutlich ein Nachteil, aber das musste sich erst noch herausstellen.

Der Sturzkampfbomber Ju 87 hingegen war nach Ansicht des Hauptmanns nur etwas für Piloten mit Selbstmordtendenzen, und dazu zählte sich Osten nicht. Diese Verrückten kippten im Sturzflug so steil nach unten weg, dass es ihnen das Blut in den Kopf presste. Und dann diese Abfangautomatik, die nach dem Auslösen der Bombe die Maschine wieder nach oben riss. Die Piloten konnten dabei sogar kurzzeitig bewusstlos werden! Irgendwann würde sich eine ganze Kette dieser Irren senkrecht in den Boden rammen, da war sich Osten sicher. Er selbst machte einen großen Bogen um diese Maschinen und ihre Besatzungen. Seiner Ansicht nach gab es alte Piloten und es gab wagemutige Piloten, nur eben keine alten und wagemutigen Piloten. Aber diese Verrückten mit ihren Stukas waren das Problem von Major Marquard. Osten hatte andere Dinge, um die er sich kümmern musste.

Dann wollen wir uns diese Schönheit mal näher ansehen!

Osten öffnete die Bodenluke, schwang die Füße hindurch und zog sich in den Bomber. Begonnen hatte die Focke-Wulf Fw 200 Condor ihre Karriere als Verkehrsflugzeug bei der Lufthansa, und zwar im Jahre 1937. Der Hauptmann hatte selbst fast 150 Stunden auf diesem Muster erflogen. Die Fw 200 war grundsolide, ein Traum von einem Flugzeug, aber eben doch nur eine Verkehrsmaschine. Die neue C-Version jedoch war für militärische Belange praktisch von Grund auf neu entworfen worden, und Osten sollte im Auftrag der Luftwaffe nun herausfinden, ob dieses Muster als schwerer Bomber geeignet war oder nicht.

Focke-Wulf pries die Condor als das sicherste Verkehrsflugzeug seiner Zeit an, ausgestattet mit selbstabdichtenden Treibstofftanks und Einrichtungen zur Brandbekämpfung in den Triebwerken. Diese Dinge waren für einen Bomber natürlich ebenfalls sehr wichtig, aber als Verkehrsmaschine war die Fw 200 nie für die Massenfertigung ausgelegt gewesen. Dies hatte man jedoch mit der militärischen Version der Condor geändert. Die neue Maschine war modular aufgebaut, was bedeutete, dass man die Tragflächen, die Zelle und das Leitwerk ohne größere Probleme austauschen konnte.

Der zusätzliche »Stauraum«, den die Konstrukteure in den Tragflächen eingerichtet hatten, konnte nun mit weiteren Treibstofftanks ausgefüllt werden, was die ohnehin schon beeindruckende Reichweite noch weiter steigerte. Oder aber, man installierte Aufhängungen für bis zu vier Bomben von jeweils 250 Kilogramm. Osten hielt das für eine gute Idee, denn intern mitgeführte Bomben verursachten keinen zusätzlichen Luftwiderstand, was die Leistungen der Maschine vermindert hätte. Den gleichen Gedanken hatte man auch mit der große »Frachtgondel« verfolgt, die bei der Zivilmaschine Raum für zusätzliches Gepäck der Fluggäste bot. In der Bomberversion hatte man diese Frachtgondel so angepasst, dass dort vier weitere Bomben von 250 Kilogramm Platz fanden. Alternativ war es auch möglich, bis zu 20 kleinere 50-Kilogramm-Bomben mitzuführen. Mit einer Bombenlast von insgesamt 2.000 Kilo konnte man schon einigen Schaden anrichten, fand Osten. Und das bei einer Reichweite von rund 4.500 Kilometer. Beachtlich!

Andere Umbauten waren wesentlich einfacher; die große Plexiglaskuppel auf dem Rumpfrücken, ursprünglich für den Navigator vorgesehen, und die beiden Sichtfenster in den Seiten, hatte man mit Drehringlafetten bestückt. Die Frachtluke im Rumpf war ebenfalls ausgebaut und in einen Schützenstand verwandelt worden. In der Rumpfwanne hatten man Raum für zwei weitere Bordschützen geschaffen. Ein 2-Zentimeter-MG vom Typ FF befand sich in der Rumpfwanne, ausgerichtet zum Bug und vorgesehen für den Beschuss von See- und Bodenzielen. Dies war der einzige Punkt, den Osten als unsinnig empfand. Mit einem so großen Vogel wie der Condor im Tiefflug Bodenziele anzugreifen, war eine Schnapsidee. Die Maschine war nicht wendig genug für solche Mätzchen. Und die feindliche Flak würde da auch noch ein Wörtchen mitreden wollen. Nein, für den Tiefflug waren kleine Maschinen besser geeignet. Aber die restliche Abwehrbewaffnung konnte sich durchaus sehen lassen.

Ein zweites MG FF befand sich im Rückenturm und bot guten Schutz nach vorne, oben und hinten. Zwei 7,92-Millimeter-MG 17 waren in den seitlichen Schützenständen montiert, und ein drittes war für den Schützen in der ehemaligen Frachtluke bestimmt. Nach hinten und unten bot zudem ein 7,92-Millimeter-Zwilling-MG 81Z hinreichenden Schutz, das in der Rumpfwanne eingebaut war. Ja, damit konnte man schon was ausrichten.

Aber die Veränderungen gingen noch weiter. Anstelle der vier Doppelsternmotoren BMW-Bramo 323 mit jeweils 1.000 PS hatte man die gleichen Triebwerke wie in der Junkers Ju 88 installiert. Die lieferten satte 1.420 PS, was die Höchstgeschwindigkeit auf 460 Stundenkilometer steigerte. Hinzu kamen die militärischen Funkanlagen, das Bombenzielgerät und einige weitere Installationen, aus denen Osten bisher noch nicht ganz schlau geworden war. Aber die Techniker waren ganz aufgeregt gewesen, als sie ihre Zauberkästen eingebaut hatten. Man würde sehen, wie es damit weiterging.

Nicht ganz so elegant wie meine Verkehrsmaschine, sagte sich Osten, während er in den Pilotensitz stieg. *Aber für einen schweren Bomber immer noch eine Schönheit.*

Vorausgesetzt, die Tests verliefen auch weiterhin so ermutigend wie bisher, plante die Luftwaffe, bis zu 600 Bomber zu ordern.

Leopold Osten streichelte das Steuerhorn und lächelte verträumt. Wenn wirklich so viele Maschinen in Dienst gestellt werden würden, ließe sich doch bestimmt auch ein netter Posten für einen alten Hauptmann finden. Vielleicht sogar als Stabsoffizier. Er seufzte. Möglicherweise war er doch ehrgeiziger als angenommen.

Downing Street No. 10

London, zwei Wochen später

Hinter dem großen, eindrucksvollen Schreibtisch zu sitzen, bereitete Premierminister Chamberlain nicht mehr das Vergnügen, das es ihm bei seinem Amtsantritt beschert hatte. Im Gegenteil.

Dieser verdammte Amerikaner hat mich vorgeführt wie einen dummen Schuljungen, dachte Chamberlain verbittert.

Diese Erkenntnis lastete schwer auf dem Premierminister und er strich mit den Fingern über das glatte Holz des Schreibtisches. Bisher hatte ihm das immer etwas Trost verschafft, denn dieses alte Stück hatte bereits vielen anderen Premierministern vor ihm als Schreibtisch gedient. Für Chamberlain stellte es so etwas wie eine Verbindung zu seinen Vorgängern dar, die sich ebenfalls so mancher Krise hatten stellen müssen.

Aber ich bezweifle, dass sich jemals einer von ihnen mit einer solchen Bedrohung für das Empire befassten musste.

Vor ihm lag das Blatt Papier und er zog es näher an sich heran, um den Text erneut zu lesen. Es handelte sich um die formelle Kriegserklärung der Vereinigen Staaten von Amerika an das britische Empire. Der US-Botschafter war vor weniger als einer Stunde vorstellig geworden und hatte das Schreiben überreicht. Und das nicht einmal mit Bedauern.

Wenn der Premierminister ehrlich darüber nachdachte, dann musste er vor sich selbst zugeben, dass es sein Stolz gewesen war, der ihn nach Washington geführt hatte. Chamberlain war wirklich und aufrichtig der Überzeugung gewesen, dass er diesen Krieg durch ein persönliches Gespräch mit dem 1936 durch die Wahl im Amt bestätigten Präsidenten Alexander Davis doch noch in letzter Minute hätte verhindern können. Man hatte den Premier überaus freundlich empfangen und die Gespräche waren auch sehr gut verlaufen, bis Chamberlain Davis mit den gesammelten Erkenntnissen über *War Plan Red* konfrontiert hatte.

Dabei hatten ihm seine Geheimdienstoffiziere in aller Dringlichkeit davon abgeraten, den Amerikanern gegenüber alle Karten aufzudecken. Ebenso hatten sie ihm geraten, Truppen nach Kanada und in die Karibik zu verlegen, welches die ersten Ziele des amerikanischen Angriffs sein sollten.

Aber all das hatte Chamberlain strikt abgelehnt, er hatte Washington auf gar keinen Fall provozieren wollen. Es waren letztlich die Deutschen gewesen, die ihn endgültig von der vermeintlichen Richtigkeit seines Vorhabens überzeugt hatten, als sie die gleiche Position vertreten hatten wie seine Geheimdienste. Wie kooperativ auch immer sie sich in letzter Zeit verhalten mochten, er hegte ein tiefes Misstrauen gegenüber den Deutschen. Chamberlain war sich durchaus bewusst, dass dies noch ein Überbleibsel aus dem vergangenen Krieg war, kam jedoch nicht gegen seine Empfindungen an. Und so war er nach Amerika gefahren, stilvoll an Bord eines Kreuzers der Royal Navy, was gleichzeitig eine Demonstration der Stärke sein sollte. Doch selbst diese Geste war ihm nicht vergönnt gewesen. Die Häfen an der amerikanischen Ostküste waren voller Kriegsschiffe. Dicht an dicht lagen die Schlachtschiffe, Kreuzer, Zerstörer, U-Boote und Flugzeugträger, sodass kaum Platz für das einsame britische Schiff blieb. Auch auf der Fahrt nach Washington fielen ihm unverhältnismäßig viele Soldaten auf. Jeder vierte Mann in der Hauptstadt schien eine Uniform zu tragen. Ein Teil seines Selbst wollte das, was er zu sehen bekam, immer noch als Täuschung abtun, so als hätten die Amerikaner die Hälfte ihrer Flotte und Armee extra hierher verlegt, um ihm mehr Stärke vorzugaukeln, als sie in Wirklichkeit besaßen. Sein Stolz ließ keinen Zweifel an seiner Mission zu, und so sprach er gegenüber Davis direkt *Kriegsplan Rot* an.

Der amerikanische Präsident stritt die Existenz dieses Plans nicht ab, wies jedoch sofort daraufhin, dass es sich lediglich um einen von vielen Eventualpläne handele, wie sie alle Streitkräfte für den Fall der Fälle in ihren Aktenschränken liegen hätten.

Im Nachhinein betrachtet, hätte die Tatsache, dass Davis sofort wusste, worum es sich handelte, Chamberlain eine Warnung sein sollen. Aber die Welle der Erleichterung, die sich damals in ihm ausgebreitet hatte, hatte alle Warmsignale verdrängt, die sein Verstand ihm hatte vermitteln wollen. Davis ließ sich sogar davon überzeugen, einen Nichtangriffspakt zu unterschreiben.

Überglücklich, den drohenden Krieg verhindert zu haben, kehrte Chamberlain nach London zurück. Er hatte letztlich doch recht behalten und die ganzen Schwarzseher, die ihm ständig in den Ohren gelegen hatten, waren in ihre Schranken verwiesen worden!

Als er vor der Downing Street No. 10 aus dem Wagen stieg, hielt er den Nichtangriffspakt triumphierend in die Höhe und rief: »Das ist es! Das ist das Papier, das uns den Frieden sichert!«

Die Menschen vor seinem Amtssitz brachen in Jubel aus. Ein Reporter schoss ein Foto von Chamberlain, wie er das Dokument in die Höhe hielt. Es wurde das Titelbild des nächsten Tages.

Doch sein großer Erfolg hielt nur für 36 Stunden. So lange dauerte es, bis der amerikanische Botschafter ihm die Kriegserklärung übergab. Der süße Geschmack seines Triumphs, der wie ein erlesener Wein auf seiner Zunge lag, verwandelte sich binnen einer Sekunde in bittere Asche. Die Demütigung hatte sich tief in Chamberlain eingebrannt. Allein die Vorstellung, dass Davis nun hämisch über ihn lachen würde, trieb dem Premier die Zornesröte auf die Wangen.

Jähe Wut überkam ihn und in einem explosiven Energieausbruch fegte Chamberlain Papiere, Tintenfässchen, Füller und zwei Bilderrahmen von der Tischplatte. Glas klirrte leise, als eines der Bilder unglücklich auf dem Boden landete.

Chamberlain atmete schwer. So rasch, wie ihn der Zorn übermannt hatte, flaute er auch wieder ab. Ermattet sank der Premier in den großen Sessel. Es schien, als habe der kurze Wutausbruch alle Kraft in seinem Körper aufgebraucht.

Er legte die Ellbogen auf den Tisch und verbarg das Gesicht in den Handflächen. Haltung! Er durfte jetzt nicht die Haltung verlieren! Die Nation, das ganze Empire, verließ sich nun auf ihn. Er musste Entschlossenheit zeigen und dabei die Haltung bewahren.

Chamberlain massierte sich mit den Fingern kurz das Gesicht. Sein verdammter Magen meldete sich wieder. Die Schmerzen kamen und gingen. Die Ärzte wussten nicht weiter.

Es stand außer Frage, die amerikanischen Forderungen einfach anzunehmen. Chamberlain kannte bereits jedes Wort der Kriegserklärung auswendig.

Washington verlangte, dass Kanada und die karibischen Besitzungen Britanniens umgehend unter US-Kontrolle gestellt und in die Staaten integriert werden sollten. Komme London diesen mehr als gerechtfertigten Ansprüchen nicht umgehend nach, behalte sich die US-Regierung weitere Schritte gegen das Empire vor. Des Weiteren stehe der Status Britisch-Malaysias zur Disposition. Ferner werde man auch über die Zukunft von Australien und Neuseeland verhandeln müssen.

London habe diese Aktion als Folge des Unabhängigkeitskrieges von 1812 zu sehen, als das Empire einen erbarmungslosen Krieg gegen die Vereinigten Staaten geführt habe. Washington hoffe jedoch, so hieß es weiter in dem Schreiben, dass sich Britannien seiner historischen Schuld stellen und im Interesse des Friedens den mehr als moderaten Forderungen nachkommen werde. Sobald dies geschehen sei, würde Washington die »Polizeiaktionen« gegen das Empire einstellen.

Chamberlain hatte noch nie ein Dokument in den Händen gehalten, das so voller infamer Lügen und Tatsachenverdrehungen war. Aber er war nach dem vorangegangenen Wutausbruch dergestalt ausgelaugt, dass sich sein Zorn in Grenzen hielt.

Sie würden kämpfen müssen. England und mit ihm das ganze Empire würde kämpfen müssen. Eine tiefe Traurigkeit erfüllte den Premierminister. Ausgerechnet er, der den Krieg so sehr verabscheute, würde nun einen führen müssen!

Chamberlain raffte sich auf und griff zum Telefonhörer.

Am darauffolgenden Tag erklärte Großbritannien den Vereinigten Staaten den Krieg.

Hamilton

Kanada, zur selben Zeit

»Hierher! Bewegt euch endlich, verdammt nochmal!«

Es hieß, Indianer vom Stamm der Mohawk seien die ersten Einwohner dieses Gebiets gewesen. Der erste Europäer war erst 1616 gekommen. Die Landschaft war atemberaubend, erlaubte einem das Segeln, Fischen und Jagen. All das hatte Corporal Hugh Callura seit seiner frühsten Kindheit getan. Und nun drohte seiner Heimat …

»Callura! Schwing deinen Arsch endlich hier rüber!«

Sergeant Martin Kain packte den Corporal am Koppel und zerrte ihn mit sich. »Hör auf zu träumen, du Idiot, und geh in Deckung!«

Der Sergeant stieß ihn hinter die improvisierte Straßensperre. Allerlei Gerümpel, Kisten, Fässer, ein umgekippter Anhänger und einige wenige Sandsäcke waren auf der Straße angehäuft worden. Die Gruppe um Sergeant Kain hatte nur wenige Minuten gehabt, um die Sperre zu improvisieren.

Munro, Dryden und Hartwell hatten ihr schweres Vickers-Maschinengewehr schon in Stellung gebracht. Munro, der Schütze, fädelte zusammen mit Dryden gerade hektisch den Gurt in die Waffe ein. Endlich schafften sie es und Munro lud die Waffe durch.

Callura duckte sich hinter eine Kiste und stützte sein Lee-Enfield No. 1 Mark III darauf. Sein Atem ging schwer, Schweiß stand auf seiner Stirn.

»Das ist doch der nackte Wahnsinn«, stieß Hartwell hervor. »Ich meine, das darf doch alles nicht wahr sein!«

»Klappe halten, Hartwell!«, rief Kain herüber.

»Gott der Gerechte«, jammerte Hartwell leise.

»Da kommen Sie!«, schrie jemand.

Zwei amerikanische M3-Spähwagen rollten die Straße herauf und näherten sich der Straßensperre. Waffen und Helme waren in den beiden offenen Radfahrzeugen zu erkennen.

»Feuer frei!«, bellte Sergeant Kain.

Munro drückte ab und das Vickers rasselte los. Gleichzeitig feuerte auch der Rest des Zuges, was das Zeug hielt. Ein Kugelhagel überschüttete die beiden Fahrzeuge. An einigen Stellen, wo die Geschosse von Kaliber .303 British aufschlugen, sprühten Funken.

Callura gab einen Schuss ab, verfehlte sein Ziel und repetierte eine neue Patrone ins Lager.

Der feindliche MG-Schütze oben auf dem ersten Spähwagen ließ mit seiner Antwort auf den Beschuss nicht lange warten. Mächtige Mündungsblitze flackerten auf und großkalibrige Geschosse schlugen in die Sperre ein. Die schweren Projektile vom Kaliber .50 rissen Sandsäcke auf, durchdrangen mühelos Kisten und Fässer aus Holz sowie menschliche Körper.

Callura vernahm den entsetzten Aufschrei von Hartwell und drehte den Kopf. Private Quinn lag regungslos auf dem Boden; aus seinem aufgerissenen Leib sprudelte das Blut hervor. Hartwell starrte mit vor Entsetzen geweiteten Augen auf die faustgroßen Löcher in seinem Kameraden.

»Weiter feuern, Jungs!«, ermunterte Kain seine Gruppe. »Haltet drauf! Treibt sie zurück!«

Callura umklammerte das Gewehr so fest, dass seine Fingerknöchel weiß hervortraten. Er nahm den MG-Schützen des ersten Spähwagens ins Visier, zielte und krümmte den Zeigefinger. Das Enfield schlug brutal gegen seine Schulter, als der Schuss brach. Der Amerikaner, der eben noch geduckt hinter seinem Maschinengewehr hing, schien in Calluras Visier auf einmal länger zu werden. Der Kopf des Schützen hob sich nach oben, immer weiter, bis er dann jäh nach hinten kippte. Eine rote Wolke hing hinter ihm in der Luft. Die Hände des Mannes schienen noch nach etwas greifen zu wollen, als der Körper in dem offenen Fahrzeug verschwand.

Gott, ich hab' ihn erwischt!, durchzuckte es den Corporal. Er hatte in seinem jungen Leben bereits zahlreiche Hirsche geschossen, aber noch nie einen anderen Menschen getötet. Doch ihm blieb keine Zeit, weiter darüber nachzudenken, denn der MG-Schütze des anderen M3 ließ sein Feuer über die Sperre wandern.

Ein Fass neben Callura löste sich in einer Wolke aus Holzsplittern auf, von denen einige die Wange des Corporals aufrissen. Callura schrie vor Schmerz und Schrecken auf, griff sich an die Wunde und kugelte sich hinter der Kiste zusammen. Als er sich auf die Seite rollte, entdeckte er hoch über sich dutzende von Flugzeugen. Große, mehrmotorige Maschinen in enger Formation dröhnten nach Norden, umschwärmt von Schwärmen kleinerer, einmotoriger Flieger.

Immer noch feuerte das kanadische Vickers, überschüttete die Amerikaner mit einem wütenden Geschosshagel.

Das Hämmern des MG riss Callura aus seiner Starre. Er wischte sich über die Wange. Die Wunde schien nicht weiter schlimm zu sein.

Wo ist mein Gewehr?

Seine Waffe lag neben ihm. Er packte sie, überprüfte sie kurz und hebelte eine neue Patrone ins Lager. Er spähte vorsichtig um die Kiste herum.

Einige Infanteristen waren hinter den Spähwagen aufgetaucht. Zu seiner Freude sah er, wie weißer Rauch aus dem Motor des ersten Fahrzeugs aufstieg. Offenbar war ihr Beschuss doch nicht ganz wirkungslos geblieben.

Callura nahm einen der Infanteristen ins Visier. Der Mann hielt eine Maschinenpistole in den Händen und gab kurze Feuerstöße ab, während er und seine Kameraden sich näher an die Sperre heranarbeiteten. Er drückte den Zeigefinger durch und fing den Rückstoß seiner Waffe mit der Schulter ab. Der Amerikaner wurde in die Brust getroffen. Er kippte vornüber, knallte auf den Boden und blieb regungslos liegen.

Ihr wollt gegen uns kämpfen, ja? Das könnt ihr haben!

Wut stieg in Callura hoch. Er repetierte und suchte sich ein neues Ziel. Ein Schütze mit einem leichten Maschinengewehr deckte das Vorrücken der US-Infanteristen. Callura zielte und schoss. Die 7,7-Millimeter-Kugel traf den Schützen am rechten Handgelenk und zerschmetterte es. Der Mann schrie so laut auf, dass es Callura sogar über das Tosen der Schlacht hinweg zu hören glaubte. Der Amerikaner umklammerte seinen getroffenen Unterarm und wurde von einem Kameraden in Deckung gezogen. Sofort nahm ein anderer Mann den Platz am leichten MG ein.

So nicht!

Callura hatte bereits eine neue Patrone bereit, zielte und feuerte. Das Geschoss fuhr durch den Hals des Amerikaners. In einer Blutwolke kippte der Getroffene zur Seite.

»Ddd… da!«, stammelte Hartwell mit überschnappender Stimme. »Pa… Pa… Panzer! Panzer!«

Wie gelähmt starrten die Kanadier auf die drei monströsen Ungeheuer, die hinter den Spähwagen auftauchten. Die Armeeführung hatte Datenblätter mit amerikanischen Fahrzeugen herausgegebenen, und so erkannte Callura, dass es sich um leichte Panzer vom Typ M2 handelte. Der Kampfwagen war mit einer 3,7-Zentimeter-Kanone und fünf Maschinengewehren bewaffnet.

Callura spürte, wie sich mit einem Male seine Kehle zuschnürte.

»Wir müssen hier weg!«, stieß Hartwell voller Schrecken hervor. Allein die Vorstellung, diese Stahlmonster würden ihn in Stücke schießen und dann mit ihren Ketten über seinen zerfetzten Leib walzen, versetzte den Private in blinde Panik. Seine Augen nahmen einen irren Glanz an, wurden so starr, als würden sie den neben ihm hockenden Callura gar nicht mehr wahrnehmen.

»Hartwell?«

Der Private stand einfach auf, ignorierte das Krachen der Schüsse und die Kugeln, die knapp an ihm vorbei jaulten.

»Hartwell! Lass den Scheiß und geh in Deckung!«

Und dann begann der Private zu rennen. Hartwell schrie nicht, er rannte nur davon.

»Hartwell!«, brüllte ihm Sergeant Kain hinterher, doch der Gerufene hörte ihn in seiner Panik nicht einmal.

Die Panzer richteten ihre Wanne aus und rollten auf die Kanadier zu. In ihrem Bug befanden sich jeweils drei MG, und mit diesen strichen sie nun jeden Winkel der Straßensperre ab. Holz- und Metallsplitter verwundeten zwei Männer.

»Ah, verdammt! Rückzug, Männer! Rückzug!«, bellte Sergeant Kain. »Alles zurück!«

Die Männer sprangen auf und rannten so schnell sie konnten die Straße hinunter. Kugeln folgten ihnen und Callura bemerkte, wie Private Weir neben ihm getroffen wurde.

»Dryden! Pack mit an!«

Sie nahmen den Verwundeten zwischen sich, als eine Panzerkanone donnerte. Callura hatte diesen Klang erst einige wenige Male im Manöver vernommen, erkannte ihn jedoch sofort wieder. Ein Teil der Straßensperre löste sich in einer Wolke aus Splittern auf, die giftig durch die Luft rasten.

Dryden klappte unvermittelt zusammen, Callura konnte den Verwundeten nicht mehr alleine stützen und schlug der Länge nach hin. Er blickte auf und sah entsetzt, dass die Hälfte von Drydens Kopf fehlte. Weir schien aus tausend Löchern in seinem Rücken zu bluten.

Sergeant Kain zog ihn am Uniformhemd auf die Füße. »Los doch, Corporal! Weiter! Weiter!«

Mechanisch bewegten sich Calluras Beine, sie stampften im wilden Takt vor sich hin. Seine Lunge brannte wie verrückt. Eine Mischung aus Schweiß und Blut lief in seine Augen und er wischte sich mit dem Ärmel über das Gesicht. Doch plötzlich hatte er das Gefühl, dass ihm alles gleichgültig war. Sie konnten die Amerikaner nicht aufhalten. Nicht mit so wenigen Männern. Es war alles so sinnlos. Bevor sie um die Ecke eines Gebäudes bogen und zumindest vorläufig in Sicherheit waren, erhaschte Callura noch einen letzten Blick auf ihre Sperre.

Das Blut gefror förmlich in seinen Adern. Munro hockte immer noch hinter dem Vickers, jagte Schuss und Schuss im Dauerfeuer aus dem Lauf, bis der M2-Panzer sich über ihm auftürmte und die Waffe und ihren Schützen unter sich zerquetschte.

Sie waren verloren, erkannte Callura. Ganz Kanada war verloren …

Südlich von Island

Drei Tage später

Der Admiral beugte sich über die Brückennock der *HMS Repulse*, um einen besseren Blick auf die lange Kolonne von Kriegsschiffen werfen zu können. Admiral Ian Ramsey, ein schlanker Mann um die 60, ließ das Fernglas umherwandern.

In der Flotte waren alle Schiffe zusammengefasst worden, die die Führung in der kurzen Zeit freistellen konnte. Sechs Schlachtschiffe, 14 schwere und leichte Kreuzer, knapp 30 Zerstörer und drei Flugzeugträger. Hinter dieser Armada fuhren die Transportschiffe, die Verstärkungen nach Kanada bringen sollten, bewacht von nur drei Kreuzern und einem Dutzend Zerstörer.

Nachdenklich rieb sich der Admiral über das Kinn. Für heutige Verhältnisse war diese Ansammlung von Feuerkraft durchaus beeindruckend, aber kein Vergleich zu früheren Zeiten. Als junger Offizier hatte Ramsey an der Skagerrak-Schlacht teilgenommen. In dieser einen Schlacht waren auf britischer Seite 28 Schlachtschiffe, neun Schlachtkreuzer, acht Panzerkreuzer, 26 leichte Kreuzer und 78 Zerstörer angetreten. Und heute? Die einst so mächtige Royal Navy verfügte gerade einmal über halb so viele Schlachtschiffe, wie allein die Skagerrak-Flotte in ihren Reihen gezählt hatte. Die heutige Flotte war nicht einmal in der Lage, die heimischen Gewässer und die wichtigsten Seewege ausreichend zu schützen. Ramsey war verärgert über die Politiker, welche die Mittel der Royal Navy zuerst beschnitten hatten und nun erwarteten, dass die Marine mit den wenigen ihr verbliebenen Schiffen die Kastanien aus dem Feuer holte.

Zugleich war er erfüllt von tiefer Sorge, denn die Zahlen, die der Marinenachrichtendienst über die US-Flotte gesammelt hatte, waren alles andere als ermutigend.

Die Amerikaner hatten die Royal Navy zahlenmäßig überflügelt, eine Entwicklung, die niemals hätte geschehen dürfen. Allein 19 Schlachtschiffe standen im Dienst der amerikanischen Navy und mindestens elf weitere befanden sich im Bau. Dabei waren nicht nur die absoluten Zahlen erschreckend, auch bestand ein großer Teil der britischen Schlachtflotte aus alten Schiffen, gebaut während oder unmittelbar nach dem letzten Krieg, während die Amerikaner über zahlreiche Neubauten verfügten.

Das Einzige, worauf sich Ramsey wirklich verlassen konnte, waren seine Männer. Der britische Seemann war sehr gut ausgebildet und erfahren. Zahlreiche neue Schiffe bedeuteten auch viele grüne Besatzungen, die erst noch gedrillt werden und ihr Handwerk erlernen mussten. Der Admiral hoffte darauf, dass ihm wenigstens dieser Vorteil gewährt wurde.

Drei Jagdflugzeuge brausten in großer Höhe über die *Repulse* hinweg und rissen Ramsey aus seinen düsteren Gedanken. Er schauderte im kühlen Wind und kehrte auf die Brücke zurück.

Ein Ausguck, zehn Meter über der Brücke, war der Erste, der sie entdeckte.

»Zahlreiche Flugzeuge! Zahlreiche Flugzeuge aus West-Nord-West!«

»Alle Mann auf Gefechtsstation!«

Die Alarmklingel schrillte durch die Decks der *Repulse* und scheuchte die Besatzung auf ihre Stationen. Der Admiral konnte durch die Brückenfenster verfolgen, wie die Männer in Windeseile die Flugabwehrgeschütze ein Deck tiefer besetzten.

»Sind das wirklich alles Flugzeuge?« Der junge Fähnrich ließ sein Fernglas sinken. Sein Gesicht zeigte schockierten Unglauben.

Ramsey hob das eigene Glas an die Augen. Zuerst erschien es ihm, als sei dort am Horizont ein großer Vogelschwarm aufgetaucht. Aber dann konnte er erste Details ausmachen. Es waren dutzende, nein, hunderte Flugzeuge! Große, viermotorige Bomber, die in engen Formationen flogen, umgeben von kleineren Jagdmaschinen. Und alle hielten auf seine Flotte zu.

Die drei Jäger über ihnen drehten auf den Pulk der Feindmaschinen zu. Ramsey war klar, dass sie gegen eine solche Übermacht kaum etwas ausrichten konnten. Innerhalb von wenigen Sekunden trudelten die drei britischen Jagdflugzeuge brennend vom Himmel und klatschten ins Meer.

Der Admiral spürte, wie sich ein unangenehmes Ziehen in seinem Magen ausbreitete. Nein, heute würde kein guter Tag für die Royal Navy werden …

Die Bomber röhrten heran, scheinbar unaufhaltsam und unbeeindruckt von der schweren Flak der Flotte, die nun das Feuer eröffnete.

Der Kapitän der *Repulse* ratterte seine Befehle herunter: »Verband auflösen! Ausweichmanöver einleiten! Ausführung von Plan 7! Und lassen Sie alle verfügbaren Jäger starten!«

Die feindlichen Flugzeuge näherten sich weiter und die leichte Flak der Kriegsschiffe beteiligte sich nun ebenfalls am Abwehrfeuer. Obwohl unzählige schwarze Sprengwolken am Himmel erschienen, flogen die Amerikaner stur weiter auf die britischen Schiffe zu.

Die ersten Bombenrotten stürzten vom Himmel und zwangen die Kriegsschiffe zu wilden Ausweichbewegungen. Lange Explosionsreihen stiegen überall um die Schiffe herum auf, rissen unglaubliche Mengen an Wasser in die Luft und reduzierten die Sicht auf wenige hundert Meter. Zwei Zerstörer streiften einander, während ihre Besatzungen sich verzweifelt bemühten, dem tödlichen Regen aus Bomben zu entgehen.

Dann zog die *Repulse* die Aufmerksamkeit des Feindes auf sich. Naheinschläge überschütteten die Brücke des Schlachtkreuzers mit einem Splitterhagel und einem Sprühregen aus Wasser. Daraufhin wurde das ganze Schiff von einer Detonation erschüttert. Ramseys Erfahrung sagte ihm, dass die *Repulse* nicht getroffen worden war und blickte nach draußen. Steuerbord querab war gerade noch der leichte Kreuzer *Southampton* durch die Wellen gepflügt. Nun war er in einer Wolke aus schwarzem Rauch verschwunden. Der Kreuzer musste von einer ganzen Bombenreihe getroffen worden und explodiert sein. Einige Trümmer trieben noch auf den Wellen und eine brennende Öllache war erkennbar, aber sonst deutete nichts mehr auf das Schiff hin.

Ramseys Lippen bildeten einen blutleeren Strich. Unvermittelt ließ der Bombenregen nach.

Der Admiral hob das Glas an die Augen und versuchte, etwas zu erkennen. Die ganze Flotte war durch den Luftangriff zerstreut worden. Das war schlecht, denn so konnten sich die Schiffe nicht mehr gegenseitig mit ihren Flugabwehrgeschützen Deckung geben. Aber soweit der Admiral das sehen konnte, stieg nur von drei Schiffen dunkler Rauch auf. Offenbar waren sie noch einmal relativ glimpflich davongekommen.

Ramsey wollte gerade den Befehl zum Sammeln der Flotte erteilen, als ein Ausguck laut aufschrie: »Torpedobomber! Torpedobomber an Backbord!«

Kaum hatte sich der Admiral umgewandt, entdeckte er auch schon die trägergestützten Devastator-Torpedobomber, die dicht über den Wellen heranbrausten.

»Flugabwehr Backbord! Holt die Kerle runter!«

Geschossbahnen schlugen den Flugzeugen entgegen und einer der Torpedoflieger platzte in einer Wolke aus Rauch und Trümmern auseinander. Die anderen Piloten ließen sich vom Verlust ihres Kameraden jedoch nicht beirren und setzten ihren Zielanflug fort.

»Ruder hart Steuerbord!«, bellte der Kapitän der *Repulse*, aber es war bereits zu spät.

Acht Devastator klinkten ihre Torpedos aus und drehten rasch ab. Drei der Aale zogen am Bug der *Repulse* vorbei, aber niemand bemerkte es. Die fünf anderen Torpedos trafen den Bug des herumschwingenden Schlachtkreuzers. Die *Repulse* entstammte einer Zeit, als die Hauptbedrohung noch von feindlichen Geschützen ausgegangen war. Zwar hatte man später einen Torpedoschutzgürtel nachgerüstet, aber der reichte gegen die modernen amerikanischen Aale nicht aus. Die Explosionen zerfetzten die Panzerung der Munitionslager und der Aufzüge, durch die die 381-Millimeter-Geschosse in die Türme gelangten. Die Munition flog in die Luft, jagte die über hundert Tonnen schweren Geschütztürme in den Himmel und schlitzte den Rumpf bis zu den Aufbauten auf.

Admiral Ramsey und die anderen Personen auf der Brücke wurden von der Wucht der Detonationen erfasst und gegen den hinteren Schott geschmettert.

Die *Repulse* hob sich teilweise aus dem Wasser, als ihr kompletter Bug wegbrach. Ohne Vorschiff und getrieben von ihren 42 ölbefeuerten Dampfkesseln und der Trägheit von 36.800 Tonnen Verdrängung, bohrte sich der Schlachtkreuzer in die See.

Wassermassen schossen wie Schmiedehämmer ins Innere, zerquetschten Besatzungsmitglieder und drückten Schotts ein, als bestünden sie aus Pappe. Das Ende kam, als das Wasser den Maschinenraum erreichte. Unter dem Brüllen von hochschießendem Dampf und austretender Luft fuhr die *Repulse* im wahrsten Sinne des Wortes in die Tiefe. Ihre vier Schrauben drehten sich immer noch, als sich ihr Heck leicht in die Höhe hob und sie in den Abgrund glitt. Zwischen dem ersten Torpedotreffer und dem Zeitpunkt, als die Wellen über der *Repulse* zusammenschlugen, waren keine sechs Minuten vergangen. Von den 1.205 Männern an Bord waren nicht mehr als 100 davongekommen.

Wien

»Ich frage mal rundheraus«, sagte Vizekanzler Ernst Starhemberg, wobei seiner Stimme ein leichtes Zittern anzumerken war, »was sollen wir jetzt tun?«

Egon Berger-Waldenegg, der mit den auswärtigen Angelegenheiten Österreichs betraut war, zuckte zusammen, als eine Detonation die Fenster des Besprechungsraums erzittern ließ. Rauch stieg vor dem Gebäude in die Höhe.

»Alleine werden wir mit der Situation nicht mehr fertig«, stellte er ebenso sachlich wie widerwillig fest. »Wir brauchen Hilfe, wenn Österreich die kommende Woche überstehen soll.«

Die anderen im Raum versammelten Minister und Berater nickten zu diesen Worten.

Draußen auf dem Platz knallten drei oder vier Schüsse.

»Und zwar schnell«, fügte Berger-Waldenegg hinzu.

Bereits 1936 hatte das Land kurz vor einem Bürgerkrieg gestanden, als Kanzler Engelbert Dollfuß von einem Nationalisten ermordet worden war. Nationalisten und Kommunisten lieferten sich daraufhin mehrere Tage lang Straßenschlachten, bevor es Polizei und Armee gelang, die Lage wieder unter Kontrolle zu bringen. Dabei mussten sogar Panzer und Artillerie eingesetzt werden. Seit dieser Zeit hatte sich die Regierung seines Nachfolgers Kurt Schuschnigg mehr schlecht als recht mit Notstandverordnungen an der Macht gehalten, aber auch ein Verbot der nationalsozialistischen Partei entschärfte die Lage nicht. Nun waren es die Kommunisten, die das Feuer nach besten Kräften schürten. Streiks und Arbeitsniederlegungen schwächten die ohnehin angeschlagene Wirtschaft des Landes noch weiter. Immer wieder kam es zu Übergriffen auf Angehörige von Polizei und Armee. Diese Angriffe waren, wie sich zeigte, gut organisiert und nur selten wurden die Täter gefasst, die allesamt dem linken Spektrum zugeordnet werden konnten. Darunter befanden sich auch kampferprobte Veteranen aus dem immer noch anhaltenden Spanischen Bürgerkrieg.

Am Morgen des Vortages war dann Kanzler Schuschnigg auf der Straße vor dem Parlament erschossen worden. Neben dem Kanzler starben im Kreuzfeuer aus vier Maschinenpistolen noch sein Fahrer, zwei Polizisten und drei unbeteiligte Zivilisten. Neun weitere Personen wurden verwundet.

In derselben Stunde begannen die Kommunisten mit ihrem Aufstand. Überall kam es zu Überfällen auf Polizeistationen, Regierungsgebäude und Einrichtungen der Armee. Die Ordnungskräfte taten ihr Möglichstes, aber es gab einfach zu viele Brandherde im Land, um sie mit den vorhandenen Mitteln zu löschen.

»Mussolini hat eine Division an der Grenze aufmarschieren lassen«, erinnerte Starhemberg. »Er hat uns seine Unterstützung angeboten.«

»Ja, aber als Gegenleistung wird er Südtirol beanspruchen«, grollte Berger-Waldenegg verbittert. »Das möchte ich nicht einmal in Betracht ziehen!«

»Vielleicht haben wir gar keine andere Wahl.« Der Vizekanzler deutete mit dem Daumen auf den Platz. »Oder haben Sie schon vergessen, was dort draußen los ist?«

»Natürlich nicht!« Berger-Waldeneggs Erwiderung fiel schärfer aus, als dieser es beabsichtigt hatte, und er schüttelte den Kopf. »Ich entschuldige mich. Mein Tonfall war unangemessen.«

Starhemberg winkte ab. »Bei uns allen liegen die Nerven blank. Die Vorstellung, dass demnächst entweder ein Kommunist oder ein Italiener hier hereinmarschiert und sein Gewehr auf uns richtet, behagt mir ebenfalls nicht.«

Eine kurze MG-Salve hämmert über den Platz und das Grollen eines Panzermotors übertönte für einige Sekunden alles andere.

»Das ist die Armee«, meldete einer der Berater vom Fenster aus. »Sie haben den Platz wieder unter Kontrolle.«

»Fragt sich nur, für wie lange.« Der Vizekanzler atmete tief durch. »Wie sehen Sie die Lage, meine Herren? Sollen wir Mussolinis Angebot annehmen und uns damit seinen Faschisten ausliefern? Oder hoffen wir darauf, dass es Polizei und Armee wie '36 gelingt, die Situation wieder unter Kontrolle zu bringen?«

»Ich glaube, wir haben den Punkt längst hinter uns gelassen, am dem wir noch darauf hoffen können«, meinte Berger-Waldenegg und dieses Mal war die Verbitterung in seiner Stimme noch stärker zu vernehmen.

»Wahrscheinlich haben Sie recht, Egon.« Der Vizekanzler hob kapitulierend die Hände in die Höhe. »Also bleibt uns nur noch Mussolini?«

»Nicht unbedingt.« Berger-Waldenegg neigte den Kopf. »Was ist mit den Deutschen? Wie mir scheint, ist Bundeskanzler Jäger ein sehr vernünftiger Mann. Er würde uns sicherlich anhören, wenn wir um Hilfe bitten.«

»Ich weiß nicht so recht.« Starhemberg rieb sich nachdenklich am Kinn. »Die Siegermächte haben uns seinerzeit die Zollallianz mit Deutschland verboten, was unserer Wirtschaft sehr geschadet und letztendlich mit zu unserer derzeitigen Lage beigetragen hat. Ob sie jetzt ein militärisches Eingreifen durch Deutschland gestatten, halte ich für mehr als fraglich.«

»Jäger kann doch gut mit den Briten«, hielt Berger-Waldenegg dagegen. »Auf London können wir im Moment sowieso nicht zählen, die sind voll und ganz mit den Amerikanern beschäftigt. Und die Franzosen haben ihre eigenen Probleme. Ersuchen wir Berlin um Hilfe. Zumindest Fragen können wir. Oder?«

Starhemberg atmete tief durch, dann nickte er.

Reichskanzlei

Berlin, am nächsten Tag

Seitdem der lange befürchtete Krieg zwischen Amerika und Großbritannien ausgebrochen war, hatten nur wenige im Kanzleramt viel Schlaf gefunden. Deutschland stand natürlich zu seinen Verpflichtungen aus den geheimen Zusatzprotokollen des Flottenvertrags, das stand fest. Nur an der Ausführung haperte es, denn die Dickschiffe der Deutschen Marine befanden sich immer noch im Bau. Und daran würde sich auch so schnell nichts ändern, obwohl auf den Werften bereits drei Schichten gefahren wurden.

»Sagen Sie es geradewegs heraus, Herr Admiral: Wie haben die Briten bei der Schlacht vor Island abgeschnitten?«, richtete Bundeskanzler Jäger die Frage an Admiral Raeder.

Der Oberkommandierende der Bundesmarine machte ein säuerliches Gesicht. »Nicht sehr gut, fürchte ich. Sowohl uns als auch den Briten ist entgangen, dass die Amerikaner Grönland besetzt haben. Offenbar konnten sie dort im geheimen mehrere Flugfelder errichten. Dies war beim Schlag gegen die Royal Navy entscheidend, weil sich die Amerikaner so die Lufthoheit sichern konnten. Die Briten haben sträflich unterschätzt, was Flugzeuge bei Schiffen für Schäden verursachen können. Offenbar ist die Zeit der Schlachtschiffe endgültig abgelaufen.«

Raeder sah Admiral Canaris an. »Vielleicht möchten Sie das übernehmen?«

»Natürlich, Herr Admiral.« Canaris sammelte kurz seine Gedanken, bevor er wieder zu sprechen begann: »Die Amerikaner haben zwei Drittel ihrer Flotte im Atlantik versammelt, um sich dem britischen Flottenverband zu stellen. Laut unseren Aufklärungsberichten kamen dabei neben sechs Flugzeugträgern noch zehn Schlachtschiffe, zwölf schwere und zwölf leichte Kreuzer sowie eine große Anzahl Zerstörer und U-Boote zum Einsatz. Wie Admiral Raeder schon ausführte, konnten sich die Amerikaner während des Gefechts die Luftüberlegenheit sichern. Von Grönland aus starteten Langstreckenbomber und Begleitjäger mit großer Reichweite, die im Zusammenwirken mit den US-Trägerflugzeugen die britische Luftabwehr überwältigt haben. Nach ersten Meldungen wurden dabei von den Amerikanern mehr als 300 schwere Bomber und 200 Begleitjäger eingesetzt. Die Briten verloren durch die heftigen Luftangriffe zwei ihrer Träger sowie zwei Schlachtschiffe und einen Kreuzer.«

Betroffenes Schweigen herrschte im Konferenzraum.

»Sowohl technisch als auch zahlenmäßig waren die Amerikaner den Briten zu jedem Zeitpunkt der Schlacht weit überlegen«, fuhr Canaris fort. »Viele der veralteten britischen Schiffe waren ihren amerikanischen Pendants nicht gewachsen. Im direkten Aufeinandertreffen der beiden Flotten verloren die Briten zwei weitere Schlachtschiffe, darunter auch den Schlachtkreuzer *Hood*, das Aushängeschild der Royal Navy.«

Die *HMS Hood* war fast allen Anwesenden ein Begriff, hatte sie doch seit Jahren überall in der Welt Flagge gezeigt und galt als Symbol der britischen Marine.

»Den Berichten nach erhielt die *Hood* einen unglücklichen Treffer in ihre Munitionskammern und explodierte. Es gab wohl nur drei Überlende. Die amerikanische Schlachtflotte hingegen verlor die *USS New Mexiko*. Vier weitere Schlachtschiffe wurden zum Teil erheblich beschädigt und fallen auf Monate aus. Die Seeschlacht ging aber noch weiter, nachdem die Kreuzer- und Zerstörerverbände aufeinander eingeprügelt hatten. Dabei schnitten die Amerikaner weniger gut ab: Sie verloren fünf Kreuzer und fast zwei Dutzend Zerstörer, während die Briten zwei Kreuzer und vier Zerstörer einbüßten.«

Canaris ließ diese Worte bei seinen Zuhörern für einem Moment wirken.

»Diese Zahlen können jedoch nicht darüber hinwegtäuschen, dass die Briten die Schlacht verloren haben. Es gelang ihnen nicht, zur kanadischen Küste vorzustoßen und dort ihre Verstärkungen anzulanden. Damit ist Kanada verloren. Die Transportflotte blieb gottlob verschont, weil die Briten sie weit hinter ihrer Schlachtflotte fahren ließen.«

»Ich möchte mir lieber nicht ausmalen, was es für ein Massaker bedeutet hätte, wenn es den Amerikaner gelungen wäre, bis zu den Truppentransportern vorzudringen«, meinte Kriegsminister Wissel.

»Das möchte keiner von uns.« Canaris sah kurz auf die vor sich liegenden Papiere. »Im karibischen Raum machen die Amerikaner ebenfalls mächtig Druck. Die leichten Sicherungskräfte, die die Briten dort stationiert hatten, sind vom ersten Schlag der Amerikaner so gut wie ausgelöscht worden. Diese Offensive hat die Amerikaner zwar mehr gekostet, als sie wahrscheinlich erwartet haben; teilweise sogar erheblich mehr. So hat allein ein britisches U-Boot zwei US-Truppentransporter versenkt. Aber am Ergebnis ändert das nichts. In fast allen britischen Besitzungen der Karibik sind amerikanische Marineinfanteristen gelandet und kämpfen die Verteidiger langsam, aber sicher nieder.«

»Die Briten ziehen sich mit ihrer zusammengeschossenen Flotte zurück«, fuhr Raeder fort. »Sie haben an Überlebenden gerettet, was ihnen in der kurzen Zeit möglich war, aber ihre Verluste, besonders unter den ausgebildeten Besatzungen, sind sehr hoch. Viele ihrer Schiffe sind beschädigt und fallen für die nächsten Wochen und Monate aus.

Zusammengefasst lässt sich sagen, dass die Amerikaner all ihre Ziele erreicht haben. Die Royal Navy wurde geschlagen, die britischen Verstärkungen zurückgezogen, die Karibik größtenteils erobert und die dortigen Nachschubwege der Vereinigten Staaten dürften sicher sein.«

»Mit anderen Worten, bereits der Eröffnungszug der Amerikaner war ein Desaster für die Briten«, fasste Jäger zusammen.

»So ist es, Herr Kanzler. Die US-Amerikaner haben sich gut vorbereitet.«

»Vor zwei Jahren hätte es mich noch gefreut, wenn die Briten so Prügel beziehen«, meldete sich Wissel erneut zu Wort. »Heute tut es das nicht mehr.«

»Normalerweise würde ich jetzt eine witzige Bemerkung zum Besten geben«, meinte Innenminister Gruner, »aber dafür bin ich nicht in Stimmung.«

»Das ist wohl keiner von uns, Magnus«, sagte Lewald, der Innenminister.

»Admiral Raeder«, wandte sich Kanzler Jäger nach einigen Sekunden an seinen ranghöchsten Marineoffizier, »nach den Statuten des geheimen Zusatzabkommens zum Flottenvertrag sind wir dazu verpflichtet, den Briten jede nur erdenklich Unterstützung zukommen zu lassen. Was genau können wir also tun, um den Briten zu helfen?«

»Zunächst einmal könnten wir anbieten, jene beschädigten Schiffe der Royal Navy in unseren Werften zu reparieren, für die in den britischen Einrichtungen kein Platz mehr ist«, schlug Raeder vor. »Allerdings würde das dann unsere eigenen Pläne zurückwerfen und uns für die Amerikaner möglicherweise zu einem aktiven Teilnehmer werden lassen. Aber das ist eine politische Frage.«

»Theodor?«

»Der Admiral hat recht, wir würden damit in eine Zwickmühle geraten. Aber zunächst einmal sollten wir abklären, ob wir überhaupt Schiffe aufnehmen müssen. Die Briten verfügen über zahlreiche Werftanlagen und sollten – vor allem nach diesen Verlusten – in der Lage sein, all ihre verbliebenen Schiffe selbst unterzubringen«, erläuterte Außenminister von Gallen.

»Klären Sie das bitte und bieten Sie London dennoch unsere Hilfe an«, sagte Jäger. »Admiral, welche unserer Zerstörer und Torpedoboote können wir den Briten sofort überlassen?«

»Nun, zunächst einmal die älteren Flottentorpedoboote der Raubtier- und Raubvogel-Klasse«, erwiderte Raeder. »Diese würden die britische Flotte zwar nicht wirklich verstärken, aber es ist besser als nichts.«

»Was ist mit Zerstörern?«

»Wir verfügen derzeit über acht Zerstörer der Klasse 1934 und acht weitere der leicht verbesserten Klasse 1934A. Im Bau befindet sich momentan die überarbeitete Klasse 1936. Nach Plan sind die acht älteren Modelle für eine Übergabe vorgesehen.«

»Geben Sie alle 16 1934-Zerstörer an die Briten, Admiral. Und ich möchte Sie bitten, auch die drei leichten Kreuzer der Königsberg-Klasse für eine Übergabe in Erwägung zu ziehen.«

»Herr Bundeskanzler, ich muss darauf hinweisen …«

»Entschuldigen Sie, Admiral«, unterbrach Jäger und hob die Hand. »Ich weiß, was Sie sagen möchten. Sehr gut sogar. Aber ich bitte Sie, Folgendes zu bedenken: Wir haben nicht nur einen Vertrag unterzeichnet, wir haben auch unser Wort gegeben. Unser Wort, Admiral!«

Jäger sprang auf und begann, unruhig im Raum umherzuwandern. »Wir können unser Wort nicht brechen. Wir müssen dazu stehen, auch wenn das für uns Unannehmlichkeiten bedeutet. Und im Vergleich zu dem, was die Briten gerade durchmachen, ist es wirklich nur eine Unannehmlichkeit.« Der Kanzler schüttelte den Kopf. »Ja, wir verlieren Zeit. Ja, wir verlieren Geld, und das nicht zu knapp. Aber wir sind immerhin nicht gezwungen, das Leben unserer Soldaten zu opfern.« Ein schiefes Lächeln erschien auf dem Gesicht von Jäger. »Entschuldigen Sie, ich wollte keinen Vortrag halten.«

Der Kanzler nahm wieder Platz.

Außenminister von Gallen grinste breit. »Ach, ich denke, Sie haben sehr gut dargelegt, was Ihnen durch den Kopf geht, Robert. Und zumindest ich finde, dass Sie recht haben. Ein Wort ist ein Wort, und ein Vertrag ist ein Vertrag.«

»Auch ich kann Ihre Gedanken nachvollziehen, Herr Bundeskanzler«, sagte Raeder und deutete ein dünnes Feixen an. »Und auch, wenn es mir widerstrebt, so muss ich Ihrer Argumentationslinie doch zustimmen. Allerdings wird ein großes Loch in unsere Planungen gerissen, wenn wir die drei Kreuzer der Königsberg-Klasse abgeben.«

»Wir könnten neben der *Emden* auch noch die *Deutschland* als Schulschiff abstellen«, merkte Wissel an. »Acht Kreuzer der Leipzig-Klasse befinden sich in verschiedenen Bauphasen. Wann soll der erste der neuen Kreuzer in Dienst gestellt werden?«

»In weniger als zwei Wochen.« Raeder nickte. »Gut, die drei älteren Kreuzer können wir ebenfalls an die Briten übergeben. Aber weitere Schiffe können wir nicht abstellen, das möchte ich an dieser Stelle ausdrücklich betonen.«

»Verstanden, Admiral.«

Die Tür zum Konferenzraum wurde aufgerissen und Oskar von Hindenburg betrat mit strammem Schritt den Raum.

»Oskar! Sie sind aber spät dran …«, begann Gruner, doch dann sah er den Gesichtsausdruck des Staatssekretärs. »Ist etwas passiert?«

Von Hindenburg eilte an die Seite des Kanzlers und überreichte ihm eine Depesche.

»Ach du lieber Himmel«, stieß Jäger hervor, während er rasch die ersten Absätze des Schreibens überflog.

»Was ist los?«, wollte von Gallen wissen.

Jäger las die Depesche ein zweites Mal. »Ich glaube, Sie wissen alle, dass der österreichische Kanzler Schuschnigg vorgestern Morgen erschossen wurde. Vizekanzler Starhemberg schreibt, dass es gleichzeitig zu einem kommunistischen Aufstand in Österreich gekommen ist. Polizei und Militär sind hoffnungslos überfordert. Er erbittet militärische Hilfe von uns, um die Ordnung im Land wiederherzustellen.«

»Das ist doch wohl hoffentlich ein Scherz von Oskar, oder?« Lewald schüttelte ungläubig den Kopf.

»Wohl kaum«, meinte von Gallen. »Ich kenne Starhemberg. Wenn er schreibt, dass die Lage außer Kontrolle geraten ist, dann tun wir gut daran, ihm Glauben zu schenken.«

»Was machen wir nun? Mein Bauchgefühl rät mir dasselbe wie mein Verstand, nämlich Beistand zu leisten.« Jäger überflog das Schreiben ein drittes Mal, dann sah er fragend in die Runde. »Ihre Meinungen dazu?«

»Ein linker Putsch in Österreich wäre ein Problem für uns«, meinte Gruner. »Die Kommunisten sind sowie schon aufwieglerisch genug. In der Tschechoslowakei steht es fast genauso schlecht; das Prager Regime geht immer heftiger gegen die Minderheiten im Land vor. Spanien ist, realistisch betrachtet, weit genug von unseren Grenzen weg, aber die Österreicher und Tschechoslowaken sind unsere unmittelbaren Nachbarn.«

»Dem stimme ich zu«, ließ Admiral Canaris verlauten. »Die Abwehr befürchtet schon lange, dass es zu offenen Aufständen durch kommunistische Aufrührer kommt. Es steht zu befürchten, dass die Aufstände sich auch auf die angrenzenden Länder ausweiten, sollten sie nicht rasch eingedämmt werden.«

»Wir sollten auch die außenpolitischen Folgen nicht außer Acht lassen«, fügte von Gallen an. »Sollte Stalin sich dazu entschließen, in Österreich einzugreifen, so wie er das schon in Spanien getan hat …«

Der Außenminister hob die Hände.

»Ich verstehe.« Jäger strich über die Depesche aus Österreich. »Sie würde also alle ein aktives Eingreifen von uns befürworten?«

»Ich wäre auf jeden Fall dafür«, sagte Wissel.

»Ich ebenfalls«, ließ sich von Hindenburg vernehmen. »Aber ich würde dazu anraten, die Parteispitzen und das Kabinett zu unterrichten.«

»Das wird Thälmann nicht gefallen«, warnte Wirtschaftsminister Sänger. »Er wird Feuer und Schwefel spucken.«

»Soll er«, meinte Gruner mit einem schwachen Lächeln. »Das wäre nur ein Grund mehr, den Österreichern zu helfen.«

Leises Gelächter erklang.

»Gut, dann sind wir uns einig«, fasste Jäger zusammen. »Oskar, berufen Sie bitte eine Dringlichkeitssitzung des Kabinetts und der Parteispitzen ein. Ich werde sie über die Lage und unsere Absichten informieren. Und bereiten Sie ein Telefonat mit Präsident Goerdeler vor, ich muss auch mit ihm sprechen.

Erich, Sie alarmieren die Bundeswehr. Unsere Streitkräfte sollen sich auf alle Fälle für ein Eingreifen vorbereiten. Theodor, Sie kontaktieren die Botschafter der Briten und Franzosen. Teilen Sie ihnen unsere Absichten mit und welche Überlegungen dahinterstecken. Und machen Sie ihnen klar, dass wir von unseren geplanten Maßnahmen absehen werden, sollten sie Einwendungen gegen ein Eingreifen unserseits vorbringen.«

»Der Form halber sollten wir auch die Schweizer, Italiener, Tschechoslowaken und Polen informieren«, gab von Gallen zu bedenken. »Nicht, dass die noch glauben, wir wollen in ihre Länder einmarschieren. Am besten wäre es, wir informieren all unsere Nachbarn.«

»Leiten Sie das bitte in die Wege, Theodor. Aber machen Sie ihnen klar, dass uns die Zeit davonläuft. Wir benötigen ein klares Ja oder Nein in den nächsten zwölf Stunden, oder Österreich könnte in einen Bürgerkrieg gezogen werden.«

Stefan Köhler

Wiener Flughafen

Am nächsten Nachmittag

Oberleutnant Johannes Brunner stand am Rande des Rollfeldes, die Hände in die Hüften gestemmt, und starrte in den fast wolkenlosen Himmel hinauf. Sein düsterer Blick wollte so gar nicht zu dem schönen Wetter passen. Die zusammengekniffenen Augen waren für jeden, der ihn näher kannte, jedoch ein untrügliches Anzeichen auf die Laune des Oberleutnants. Seine Untergebenen deuteten die Warnzeichen jedenfalls richtig, was zur Folge hatte, dass sie sich förmlich auf Zehenspitzen bewegten.

Nicht, dass sie selbst besserer Stimmung gewesen wären, nachdem die Wachablösung am Morgen zwei ihrer Kameraden mit aufgeschlitzten Kehlen vorgefunden hatte. Beide hatten nicht einmal die Zeit gehabt, ihre Gewehre zu benutzen. Dies bedeutete, dass sie ihre Mörder gekannt hatten. Und da sich ihr Posten nahe dem Kontrollturm befunden hatte, lag der Schluss nahe, dass sich unter den Männern des Zuges ein Kameradenmörder bewegte. Seitdem beäugte ein jeder den anderen mit misstrauischem Blick, was die Moral noch zusätzlich untergrub.

Die Kommunisten konnten sich nichts Besseres wünschen. Seit der Ermordung von Kanzler Schuschnigg probten die Linken den offenen Aufstand. Überall in Wien kam es zu Straßenschlachten, und linke Kampfgruppen machten gezielt Jagd auf Polizisten, Militärs und Politiker anderer Parteien. Ganz Österreich drohte im Chaos und Bürgerkrieg zu versinken.

Ein tiefes Brummen zog die Aufmerksamkeit des Oberleutnants auf sich und er drehte den Kopf, um die Quelle auszumachen.

Brunner entdeckte zwei schlanke, zweimotorige Flugzeuge, die sich langsam von Nordwesten her näherten und den Flugplatz in einer Höhe von etwa 1.000 Meter überflogen. Dann neigten die Focke-Wulf Fw 187 ihre Tragflächen und umkreisten das Gelände. Der Oberleutnant konnte die Balkenkreuze auf den Rümpfen und Flügeln deutlich ausmachen.

Er biss die Zähne zusammen. Es schmeckte ihm überhaupt nicht, dass die Regierung Berlin um Hilfe ersucht hatte. Seiner Ansicht nach standen die Dinge nicht so schlecht, wie die Politiker es offenbar befürchteten. Mit genügend Zeit würde es der Armee mit Unterstützung durch die Polizei gewiss gelingen, die Linken zurückzudrängen. Aber niemand hatte ihn nach seiner Meinung gefragt und nun kamen eben die Deutschen.

Das Gebrumme nahm eine andere Tonlage an, als sich mehrere dreimotorige Flugzeuge näherten. Brunner erkannte sie als Junkers-Transporter. Diese lahmen Kisten schwebten so gemächlich heran, dass sie den Eindruck erweckten, ein guter Läufer könnte mit ihnen mithalten. Die erste Ju 52 setzte mit einem Quietschen der Reifen auf und wurde rasch langsamer. Das Flugzeug rollte über die Landebahn und drehte sich dann, um seine Parkposition vor dem Kontrollturm einzunehmen.

Brunner marschierte mit steifen Schritten auf die Junkers zu, als sich auch schon die Tür im Rumpf öffnete und ein deutscher Soldat heraussprang.

Innerhalb von Sekunden tauchten weitere Deutsche aus der Transportmaschine auf. Vier Trupps aus jeweils drei Männern verteilten sich um die Junkers, vier weitere hielten sich nahe dem Flugzeug. Einer von ihnen erteilte den anderen einige kurze Anweisungen.

Brunner blieb wenige Meter vor dem Sicherungskreis stehen. Sein Feldwebel folgte ihm mit einigen Schritten Abstand.

»So! Sie sind also hergekommen, um hier alles zu übernehmen, ja?«, rief Brunner herausfordernd hinüber.

Die Deutschen sahen auf und erblickten den österreichischen Offizier, der wirkte, als habe er in eine saure Zitrone gebissen. Sie klappten die Haken zusammen und salutierten zackig.

»Guten Tag, Herr Oberleutnant«, grüßte einer der deutschen Fallschirmjäger. »Leutnant Gante von der 2. Kompanie, I. Bataillon der 1. Fallschirmjäger-Division.«

Mürrisch erwiderte der Österreicher den Gruß. »Oberleutnant Brunner, 1. Kompanie, 7. Division.«

»Sehr erfreut, Oberleutnant Brunner«, sagte Gante.

Die nächste Junkers-Maschine schwebte herein und setzte auf der Rollbahn auf, während Brunner skeptisch eine Augenbraue hob und die Deutschen musterte. Alle trugen einen merkwürdigen Helm auf dem Kopf, dazu eine gefleckte Tarnjacke und eine ebensolche Hose am Leib, und sie verfügten über Maschinenpistolen.

»Also. Sind Sie hier, um alles zu übernehmen?«, verlangte Brunner erneut zu wissen.

»Meine Befehle sind in dieser Hinsicht eindeutig, Herr Oberleutnant«, sagte Gante gelassen. »Wir sind hier, um die österreichische Regierung dabei zu unterstützen, den kommunistischen Aufstand unter Kontrolle zu bekommen. Sobald dieses Ziel erreicht ist, werden wir wieder nach Hause gehen.«

»Ist das so, ja?« Brunner schob das Kinn vor. »Und wenn wir den Aufstand auch ohne Ihre Hilfe unter Kontrolle bekommen?«

»Dann beglückwünsche ich Sie zu ihrem Erfolg und freue mich darauf, daheim in Ruhe ein Bier trinken zu können«, meinte Gante trocken.

Der verkniffenen Miene des Feldwebels entnahm Gante, dass es nicht besonders klug war, den finster dreinblickenden Oberleutnant auf den Arm zu nehmen.

Die zweite Junkers stoppte neben der ersten Maschine, während die dritte gerade landete. 16 weitere Fallschirmjäger sprangen aus dem gelandeten Transporter und vergrößerten den Sicherungsring beim Kontrollturm.

Brunner bedachte Gante immer noch mit einem düsterem Blick. Dann, ganz langsam, verzog sich das Gesicht des Oberleutnants zu einem dünnen Lächeln. »Ich freue mich ebenfalls auf ein Bier *dahoam*.«

»Dann wollen wir alles dafür tun, dass Sie sich diesem kleinen Vergnügen möglichst bald hingeben können«, erwiderte Gante.

»Schön wär's, aber dazu wird es so bald wohl nicht kommen«, sagte Brunner ernüchtert. »Die Kommunisten sind offensichtlich überall; sie überfallen unsere Kasernen und Marschkolonnen und ziehen sich dann sofort wieder zurück. Hier in Wien gab es einige schwere Kämpfe, aber wenn die Armee massiv eingriff, verschwanden die Linken einfach wieder.« Der Oberleutnant schüttelte frustriert den Kopf. »Die haben Spanienkämpfer in ihren Reihen, erfahrene Leute, die ganz genau wissen, was sie tun. Noch schlimmer ist, dass die uns unterwandert haben. Erst vergangene Nacht habe ich zwei Leute verloren, wahrscheinlich ermordet von einem Kameraden!«

»Das tut mir sehr leid.« Gante presste die Lippen zusammen. Allein die Vorstellung, dass einer seiner Männer die eigenen Kameraden hinterrücks ermordete, war kaum zu ertragen. Kein Wunder, dass der Österreicher so angefressen war. »Darf ich Ihnen einen Vorschlag unterbreiten, Herr Oberleutnant?«

»Nur zu.«

»Sobald unsere Kompanie vollständig vor Ort ist, verstärken meine Leute ihre Reihen. Jeweils zwei von ihren und zwei von unseren Leuten beziehen Posten oder gehen Streife. Auf diese Weise ist nie jemand mit nur einem Kameraden alleine«, führte Gante aus.

Brunner überdachte den Vorschlag. »Einverstanden. Feldwebel Kurz, teilen Sie die Leute des Leutnants ein, sobald sie hier sind.«

»Zu Befehl, Herr Oberleutnant«, schnarrte der Feldwebel.

Die nächste Ju 52 senkte sich auf die Landebahn hernieder.

»Sie sind ja ganz schön flott«, merkte Brunner an. »Wie viele Flüge kommen noch?«

»Meine Kompanie ist auf zwölf Maschinen verteilt. Vier davon befördern unsere schweren Waffen, also zusätzliche Maschinengewehre und Granatwerfer.«

»Sie planen wohl größere Gefechte, wie?«

»Ich hoffe, dass allein unsere Präsenz ausreicht, um die Kommunisten wieder vernünftig werden zu lassen«, sagte Gante bedächtig. »Aber wetten möchte ich darauf nicht.«

Der Leutnant deutete auf den einsamen Radspähwagen, der neben dem Kontrollturm stand.

»Wie ich sehe, haben Sie für den Fall des Falles einen Argumente-Verstärker dabei, Herr Oberleutnant.«

»Argumente-Verstärker!« Brunner konnte ein kurzes Auflachen nicht unterdrücken. »Das ist gut!«

Der Spähwagen von Steyer war mit einer 2-Zentimeter-Kanone und einem koaxialen Maschinengewehr bestückt und stellte Brunners einzigen mobilen Aktivposten dar.

»Ich gehe davon aus, dass nach Ihnen noch weitere Truppen eingeflogen werden?«

»Jawohl, Herr Oberleutnant. Zwei weitere Kompanien sind für diesen Flugplatz vorgesehen.«

»Na schön. Sobald ihre Leute alle am Boden sind, verteilen wir sie und lassen sie gemeinsam mit meiner Kompanie die Stellungen besetzen.«

Eine Detonation hallte über den Flugplatz. Alle Köpfe drehten sich suchend hin und her. Vom Stadtzentrum her stieg eine schwarze Rauchsäule in die Luft.

»Ich kann's kaum erwarten«, sagte Gante mit wenig Begeisterung in der Stimme.

Berlin

Die Wohnung des Bundeskanzlers, am nächsten Abend

Robert Jäger beobachtete völlig gebannt, wie sich die kleine, rosafarbene Hand um seinen Zeigefinger schloss, und lächelte verzückt. Der sieben Monate alte Claus Jäger bekam das nicht einmal mit, er schlief zwischen seinen beiden Elternteilen liegend im Ehebett.

»Du siehst so glücklich aus«, merkte Rebecca Jäger an.

»Ich bin glücklich.«

Die beiden unterhielten sich mit gedämpfter Stimme, um das Baby nicht aufzuwecken.

»Die ganze Welt gerät aus den Fugen, aber ich bin glücklich.«

Rebecca hob die Hand und strich ihm über die Wange. Er drehte den Kopf und küsste ihre Finger.

»Ich liebe dich.«

»Ich liebe dich auch, Robert.«

Sie lächelten sich an. Rebecca war nicht nur seine Ehepartnerin, sie war auch seine beste Freundin und Vertraute, und umgekehrt verhielt es sich genauso. Beide hatten nicht daran geglaubt, dass es so etwas wie Seelenpartner wirklich geben würde, und wurden eines Besseren belehrt. Sie verstanden einander in einem Maß, dass Außenstehende niemals würden nachvollziehen können. Dass sie den gleichen Sinn für Humor teilten, war natürlich ebenfalls ein Pluspunkt.

»Wie steht es in Österreich? Die Pressemitteilungen waren da etwas vage«, sagte Rebecca.

»Ich habe die großen Verlagshäuser um etwas Zurückhaltung gebeten«, sagte er und beobachtete, wie sich die Brust seines Sohnes regelmäßig hob und senkte. »Ich mag gar nicht daran denken, was sie dafür noch einfordern werden, aber sie sind meiner Bitte nachgekommen. Im Großen und Ganzen hat sich die Lage in Österreich etwas entspannt. Die Aufständischen wurden offenbar von unserem Eingreifen völlig überrascht. In Wien kam es zu einigen Zusammenstößen, bei denen drei unserer Leute verwundet wurden, aber gottlob haben wir keine Toten zu beklagen.« Er schnitt eine Grimasse. »Zumindest bislang nicht. Ich hoffe inständig, dass es so bleibt, aber ich befürchte, dass sich die Aufständischen doch noch zu einem massiven Gegenschlag aufraffen, sobald sie sich wieder gesammelt haben.«

»Was ist mit den Österreichern?«

»Starhemberg ist vom Parlament vorläufig als amtierender Kanzler bestätigt worden. Sobald sich alles wieder beruhigt hat, wollen sie Neuwahlen ansetzen.«

Sie legte ihre Hand auf seine. »Und was ist mit den Briten? Haben die Amerikaner denn auf das Vermittlungsangebot des Völkerbundes reagiert?«

»Nein. Die Amerikaner sind dem Völkerbund nie beigetreten und ignorieren alle Aufrufe zu einem Waffenstillstand. Nachdem es ihnen gelungen ist, die britische Flotte schwer zu rupfen, haben die ohnehin Oberwasser und glauben, sie könnten all ihre Ziele erreichen.«

Rebecca erschaudert leicht. »Können sie wirklich damit durchkommen?«

»Durchaus möglich.« Er beugte sich vor, um ihren Handrücken zu küssen.

»Warte. Ich lege Claus in sein Kinderbettchen.«

Rebecca hob das winzige Menschlein vorsichtig hoch und legte es in das Kinderbett, das direkt vor ihrer Seite des großen Ehebetts stand. Sie deckte Claus zu und schlüpfte wieder unter die Decke, um sich an die Seite von Robert zu kuscheln.

»Bundespräsident Goerdeler hat die Amerikaner ebenfalls dazu aufgerufen, endlich Verhandlungen zu eröffnen«, fuhr er fort. »Goerdeler befürwortet eine friedliche Lösung des Konflikts. Ich bin da seiner Meinung, aber die Amerikaner werden nicht darauf eingehen. Dafür müssten sie erst eine schwere militärische Niederlage erleiden, doch im Moment läuft fast alles so, wie sie sich das gewünscht haben.«

Er atmete tief ein und stieß die Luft dann wieder aus.

»Früher oder später wird in diesem Konflikt eine Situation entstehen, wo wir ganz klar Position beziehen müssen. Dann müssen wir Farbe bekennen und uns für eine Seite entscheiden. Wenn mir doch nur eine bessere Alternative einfallen würde.«

Rebecca umfasste seine Hände mit ihren und streichelte darüber. Sie wusste, dass Robert in seinem Kopf alle Möglichkeiten, alle Vor- und Nachteile durchspielte, und dabei die ganze Zeit über befürchtete, etwas Entscheidendes übersehen zu haben. Er verabscheute den Krieg so sehr, wie es nur jemand tun konnte, der selbst mit der Waffe in der Hand gekämpft hatte.

»Also wird es immer schwieriger, anstatt leichter zu werden?« Dies war mehr eine Aussage, denn eine Frage.

Er lächelte bitter und küsste sie auf die Stirn. »Oh, ja. Ich hätte nie in die Politik gehen sollen.«

»Du wirst das Richtige tun«, beendete Rebecca ihre kleine Diskussion und zog ihn an sich, um ihm zu verstehen zu geben, dass jetzt genug geredet worden war.

Vor der Westküste Afrikas

Das vertraute, tiefe Brummen des Bristol Bulldog-Sternmotors übte eine beruhigende Wirkung auf Duncan Cameron aus. Der Beobachter saß auf dem mittleren der drei Sitze der Swordfish. Vor sich konnte Cameron den Hinterkopf und die Schultern von Lloyd ausmachen. Der walisische Pilot war unter der Fliegerhaube und in der dicken Jacke kaum zu erkennen. Hinter Cameron befand sich Jamie, das Nesthäkchen. Der Bordschütze war gerade einmal 18 Jahre alt und stammte aus Sussex.

Cameron knetete gedankenverloren seine Finger. So ganz konnte er es immer noch nicht glauben. England befand sich im Krieg mit den Vereinigten Staaten von Amerika! Eigentlich war es unvorstellbar.

Nach der Schlacht von Island, wo die Royal Navy eine der schlimmsten Niederlagen ihrer Geschichte hatte verzeichnen müssen, folgte eine Hiobsbotschaft nach der anderen. Die Yankees befanden sich auf dem Vormarsch. Die südlichen und fast alle östlichen Provinzen Kanadas befanden sich bereits in ihrer Hand. In der Karibik waren alle britischen Besitzungen entweder umkämpft oder an die Yankees gefallen. Die Truppen des Commonwealth wehrten sich nach Kräften, aber die Amerikaner waren ihnen an Männern und Material weit überlegen. Zudem behaupteten sie die Lufthoheit über dem Kampfgebiet. Kein Wunder, wenn Cameron bedachte, dass ihnen buchstäblich tausende von Kampfflugzeugen zur Verfügung standen. Die Verteidiger mussten ständig auf Luftangriffe gefasst sein und waren zudem vom Nachschub aus dem Empire abgeschnitten. Zwar hatte die Royal Navy, basierend auf ihren Erfahrungen aus dem letzten Krieg, sofort damit begonnen, ihre Handelsschiffe in Konvois zu sammeln, aber das half den Verteidigern in der Karibik und in Kanada wenig. Zumindest vor Afrika hielten sich die Yankees noch zurück. Auch im Pazifik fanden derzeit noch keine Kampfhandlungen statt, aber die Gerüchteküche brodelte. Wie Cameron andeutungsweise vernommen hatte, verlegten die Amerikaner weitere Flottenverbände nach Hawaii. Das konnte bedeuten, dass sie dort eine Verteidigungslinie etablieren wollten, oder aber, dass sie sich auf den Sprung nach

Südostasien vorbereiteten. Wie auch immer, das eine war so schlecht wie das andere. Cameron versuchte sich einzureden, dass die US-Aktivitäten im Pazifik eine Reaktion auf die imperialistische Politik Japans waren, doch wusste er auch, was den Buschfunk der Armed Forces of the Crown beherrschte: Nämlich, dass dieser Hitler angeblich in geheimen Verhandlungen mit Tokio den Pazifik in japanische und US-amerikanische Interessensphären aufgeteilt habe. Egal, welche Tageszeitung Cameron aufschlug, derzeit wurden ihm ausschließlich schlechte Nachrichten präsentiert.

Eine Bewegung zog seine Aufmerksamkeit auf sich. Der Beobachter der führenden Swordfish winke heftig mit den Armen und deutete nach unten. Cameron folgte seinem Hinweis und entdeckte auf den Wellen eine große Öllache. Trümmer schwammen in der Lache, immer wieder überspült von den öligen Wellen. Ein gekentertes Rettungsboot trieb etwas abseits des Ölflecks.

Cameron presste die Lippen aufeinander, bis sie zu einem blutleeren Strich gereichten. Diese Szenerie kannte er schon zu genüge. Hier war ein Handelsschiff versenkt worden, wahrscheinlich ein Einzelfahrer, der entweder seinen Konvoi verpasst hatte oder sich auf eigene Faust hatte durchschlagen wollen. Der Angriff war anscheinend so überraschend erfolgt, dass es die Besatzung nicht einmal in die Rettungsboote geschafft hatte. Und das sprach für ein U-Boot. Ein U-Boot, dem sie nun schon seit fünf Tagen auf der Spur waren. In diesem Zeitraum hatte es – das aktuelle Opfer mit eingerechnet – bereits drei Schiffe versenkt.

Die Formation aus den drei Swordfish-Doppeldeckern kreiste einige Minuten lang über der Untergangsstelle, konnte jedoch keine Überlebenden ausmachen. In den beiden anderen Fällen hatte es trotz der überraschenden Attacke immerhin ein Teil der Besatzungen in die Boote geschafft, an diesem Tag jedoch nicht.

Cameron blätterte in seinem Notizbuch. Bei der Einsatzbesprechung hatte er sich sorgfältig jene Schiffe notiert, die in diesem Seegebiet gemeldet worden waren. Da. Die *Rangoon Star*, ein Tanker, der Benzin bunkerte. Das könnte eine Erklärung sein. Mit Benzin beladene Tanker waren im Prinzip schwimmende Bomben. Bei einem Torpedotreffer flog das Benzin sofort in die Luft und damit das ganze Schiff.

Wenigstens ist es schnell gegangen, dachte Cameron. Die Besatzung hatte wahrscheinlich noch nicht einmal mitbekommen, was passiert war.

Der Beobachter in der Führungsmaschine wies nach Norden und dann nach unten.

»Der Boss will, dass wir im Norden weitersuchen«, rief Cameron gegen den Lärm der 690 Pferdestärken des Bristol-Sternmotors an.

»Habe ich gesehen«, gab Lloyd über die Schulter zurück.

Die V-Formation drehte auf den neuen Kurs ein und durchflog einige kleine Wolkenfelder. Für weitere elf Minuten suchten sie vergeblich die Meeresoberfläche ab. Als sie eine weitere Wolke durchflogen, war es Jamie, der die V-förmigen Wellen des auftauchenden Unterseebootes entdeckte.

»Da ist ein U-Boot!«, rief der junge Bordschütze, wobei seine Stimme vor Aufregung zitterte. »U-Boot gesichtet! Auf zwei Uhr!«

Kein Zweifel, da unten war ein amerikanisches Unterseeboot, Porpoise-Klasse, wenn sich Cameron nicht irrte.

»Ich sehe es, Jamie«, bestätigte Cameron. »Gut aufgepasst, Junge.«

Zum Glück konnte keiner seiner Kameraden sehen, wie der Bordschütze vor Stolz rote Ohren bekam. »Und was machen wir jetzt, Sir?«

Die Führungsmaschine wackelte mit den Tragflächen und der Sub-Lieutenant deutete energisch nach unten. Cameron nickte übertrieben als Zeichen, dass er verstanden hatte.

»Jetzt holen wir uns den Mistkerl!«

Die drei Swordfish-Doppeldecker bildeten eine Treppenformation und flogen auf das U-Boot zu. Offensichtlich hatte dessen Besatzung die britischen Flugzeuge in den Wolken bisher nicht entdeckt.

Nicht zu glauben, dachte Cameron. *Die liegen da wie auf dem Präsentierteller.*

So etwas gab es nicht alle Tage und die Briten waren entschlossen, die Chance zu nutzen, die ihnen der U-Bootkommandant bot.

Vor ihnen schwang sich die Swordfish des Sub-Lieutenants nach unten. Cameron konnte die dunkle Wasserbombe unter dem Rumpf deutlich erkennen.

»Los doch, Lloyd! Bleib am Boss dran!«

»Mach' ich doch. Mach' ich doch«, grummelte der Waliser vor sich hin, während der Bug ihres Doppeldeckers sich absenkte.

Cameron beugte sich seitlich aus der Kanzel und betrachtete das Unterseeboot. Es kam ihm so vor, als ob sich die Luke oben im Turm öffnete. Ja! Da kletterte auch schon der erste Mann auf den Turm. Dem Beobachter kam es so vor, als liefe die Zeit nun sehr viel langsamer ab, fast wie in einem Film, den er mal gesehen hatte. Der Amerikaner stieg auf das Deck und wandte sich zur Plattform am Heck.

Als er sich umdrehte, schien er geradewegs auf die angreifenden Swordfish-Flieger zu blicken. Cameron konnte sich gut vorstellen, welcher Schrecken den Mann jetzt durchzucken musste. Aber er fühlte kein Mitleid in sich. Die Besatzungen der *Rangoon Star* und der anderen Schiffe, die von dem U-Boot versenkt worden waren, standen dagegen.

Die Wasserbombe des Sub-Lieutenants löste sich von dessen Maschine und fiel träge nach unten. Ein kräftiger Ruck lief durch die Swordfish, als Lloyd die eigene Bombe auslöste. Cameron wandte sich um und konnte sehen, wie auch das letzte Flugzeug seine Bombe abwarf. Während Lloyd den Doppeldecker wieder nach oben zog, blickten Cameron und Jamie nach hinten.

Die drei Bomben fielen zu beiden Seiten des U-Boots ins Wasser, zwei auf der Backbord-, eine auf der Steuerbordseite. Mit einem grellgelben Blitz explodierte die erste Bombe. Der Rumpf des U-Boots wurde aus dem Wasser gehoben. Die beiden nachfolgenden Detonationen rissen den Druckkörper des Bootes auf. Schwerfällig rollte die Stahlröhre in der kochenden See zurück. Dann sackte das Boot, mit dem Heck voran, nach unten weg. Öl und Luftblasen stiegen aus der schäumenden See, als das Boot seine letzte Tauchfahrt begann.

Die britischen Flugzeuge umkreisten die Untergangsstelle für einige Minuten. Trümmer stiegen aus dem geborstenen Rumpf des U-Bootes an die Oberfläche, auf der sich ein Ölteppich ausbreitete.

Kein Zweifel, das war eine Versenkung.

»Wir haben sie erwischt,« jubelte Jamie aufgeregt. »Wir haben sie erwischt!« Doch dann kam dem Bordschützen mit einem Mal ein Gedanke: »Sir! Wie viele Männer waren da wohl an Bord?«

»So um die 50, denke ich«, antwortete Cameron.

»50?« Jamie schluckte hart. 50 Männer. Puff! Und weg waren sie. Einfach so. Dem jungen Bordschützen fiel es schwer, die Geschehnisse richtig einzuordnen. Doch dafür sollte ihm auch gar keine Zeit mehr bleiben.

Maschinengewehrfeuer ließ ihn vor Schreck zusammenzucken.

»Feindliche Flugzeuge!«, schrie er auf.

Cameron drehte den Kopf und entdeckte eine Formation aus vier amerikanischen Wildcat-Jägern, die sich mit feuernden MG von oben auf sie stürzte.

»Lloyd! Pass auf!«

»Ich sehe sie!«

Der Pilot riss den Doppeldecker hart herum. Leuchtspurgeschosse flirrten seitlich am Rumpf vorbei. Durch das Manöver konnten die drei Männer jedoch sehen, wie es den Sub-Lieutenant erwischte. Dessen Swordfish wurde von dem Kugelhagel förmlich durchsiebt. Stofffetzen und Holzteile lösten sich von den Tragflächen, dann erfassten die Geschosse den Rumpf. Ein Feuerball loderte für einige Sekunden auf und die Maschine verschwand. Lediglich eine Rauchwolke blieb in der Luft stehen.

Jamie schrie vor Wut auf und nahm eine Wildcat unter Beschuss. Sein Vickers-MG spie Feuer, doch der US-Jäger war zu schnell vorbei, als dass ihm der Bordschütze mit seiner Waffe etwas hätte anhaben können. Die Geschosse jagten weit hinter der Wildcat vorbei.

»Abdrehen!«, rief Cameron. »Geh runter, so tief wie möglich!«

Die Swordfish erreichte eine Höchstgeschwindigkeit von nur 240 Stundenkilometer, die Wildcats waren mehr als doppelt so schnell unterwegs. Davonfliegen konnten sie den Amerikanern nicht, aber vielleicht hatten sie dicht über den Wellen eine Chance zu entkommen.

Die letzte Swordfish ging im Rückenflug nach unten, wobei sie eine Schleppe aus Flammen und Rauch hinter sich herzog. Sie prallte ins Wasser und verschwand in hochzischender weißer Gischt.

Cameron spürte, wie eine Erschütterung durch den Rumpf seiner Maschine lief. In der linken unteren Tragfläche entstanden mehrere ausgefranste Löcher.

»Lloyd! Er kommt von links!«

Während der Waliser den Doppeldecker erneut zur Seite riss, schwenkte Jamie sein MG auf den Amerikaner ein und schoss eine lange Salve ab. Er war sich diesmal sicher, sein Ziel getroffen zu haben, doch der Pilot der Wildcat raste ohne erkennbare Wirkung an ihnen vorüber.

Dann schrie Jamie schmerzerfüllt auf, als sich heißes Metall in seinen Körper grub. Die Swordfish taumelte, als weitere Geschosse in sie einschlugen. Lloyd versuchte, die bockende Maschine unter Kontrolle zu halten, aber seine Instrumente streikten und auch das Brummen des Bristol-Motors erstarb.

»Ich kann sie nicht halten!«, rief der Pilot, während er mit dem Steuerknüppel kämpfte. »Wir gehen runter!«

Lloyd wollte die Maschine in einem möglichst flachen Winkel hinunterbringen, damit sie eine Überlebenschance hatten. Dann ließ sich der flügellahme Vogel nicht mehr in der Luft halten. Die Swordfish streifte zwei Wellenberge, bevor sie relativ sanft auf dem Wasser aufschlug.

»Los! Nichts wie raus, bevor die Kiste absäuft!«

»Hilf mir! Jamie hat's erwischt!«, rief Cameron.

Lloyd streifte die Gurte ab, zog das Schlauchboot aus dem Rumpffach hervor, band die Leine an seinem Handgelenk fest und warf das Paket ins Wasser. Während sich das Boot aufblies, sah er nach hinten. Der Bordschütze war auf seinem Sitz zusammengesunken und regte sich nicht. Nach langen fünf Minuten hatten Lloyd und Cameron ihren bewusstlosen Kameraden ins Schlauchboot bugsiert. Die Swordfish hatte sich tapfer so lange über Wasser gehalten, doch nun kippte sie vornüber und versank in den Wellen.

Während die beiden Männer sich um den verwundeten Jamie kümmerten, kurvten die Wildcats über ihnen herum. Offenbar wussten die Piloten nicht so recht, was sie nun mit ihnen anfangen sollten. Irgendwann verschwanden sie in der Ferne.

»Aus«, sagte Cameron traurig und sah auf den toten Bordschützen hinunter.

Deprimiert und erschöpft hockten sie sich nebeneinander. Das Schlauchboot wiegte sich sanft in den Wellen.

»Armer Jamie«, sagte Lloyd.

»Ja, armer Jamie«, wiederholte Cameron. »Dabei hätte er in vier Tagen Geburtstag gehabt.«

Nahe Retz

Unweit der Grenze zur Tschechoslowakei, zwei Tage später

Die Dinge hatten sich in nur einer Woche komplett gewandelt. Die Aufständischen in Österreich waren vom Eingreifen der Deutschen völlig überrascht worden, so viel war sicher. Offenbar hatten die Anführer des Aufstandes überhaupt nicht mit dieser Möglichkeit gerechnet, sonst hätten sie erheblich mehr Widerstand geleistet. Als jedoch neben den Luftlandetruppen auch noch motorisierte Einheiten der Deutschen Bundeswehr die Grenze überquerten, brach der Aufstand sehr rasch in sich zusammen. Gemeinsam mit den Polizeikräften wurden die Aufständischen vielerorts festgesetzt. In Salzburg, Innsbruck und anderen Städten gelang dies sogar ohne Blutvergießen. Es stellte sich sehr schnell heraus, dass die meisten Aufständischen dem kriminellen Milieu zuzurechnen waren, dazu kam eine wilde Mischung aus Extremisten aller möglichen politischen Richtungen. Wie die Motten vom Licht waren diese Klientel von der Aussicht auf Chaos und schnelle Beute in den Aufstand gelockt worden.

Der harte Kern der Aufständischen jedoch, zum Großteil Kämpfer mit Spanienerfahrung, zog sich halbwegs geordnet zur tschechoslowakischen Grenze zurück. Von Wien aus verlief die Jagd zunächst in Richtung Norden. Von Korneuburg aus verfolgte man die Flüchtigen über Stockerau und nun nach Retz, welches nahe an der Grenze zur Tschechoslowakei lag. Immer wieder wurden die Fahrzeuge der deutschen und österreichischen Truppenverbände von Gewehrschützen aus dem Hinterhalt angegriffen. Fielen Schüsse, stiegen die Infanteristen von ihren Lastwagen und schwärmten aus, um das Gebiet zu durchkämmen. Die Heckenschützen waren dann freilich längst verschwunden. Also kletterten die Männer wieder auf ihre Lastwagen und die Marschkolonne setzte ihren Weg fort, bis sich das Ganze einige Kilometer weiter wiederholte. Bisher gab es keine Toten zu verzeichnen, aber drei deutsche Soldaten waren verwundet worden. Dies und die zeitaufwendige Verfolgung reizte und frustrierte die Männer zunehmend.

Oberleutnant Brunner, der nach einem erneuten Feuerüberfall kopfschüttelnd beobachtete, wie seine Infanteristen mit leeren Händen von der Suche nach den Heckenschützen zurückkehrten, bildete da keine Ausnahme.

»Durch diesen ganzen Firlefanz verlieren wir zu viel Zeit«, grummelte der Österreicher mit düsterem Blick. »Wenn das so weitergeht, erreichen wir die Grenze erst zu Weihnachten, und dann sind diese Kerle längst verschwunden!«

»Werden die denn nicht an der Grenze aufgehalten?«, fragte Leutnant Gante verwundert nach.

»Leider nicht.« Brunner betrachtete einen Moment lang seine Stiefelspitzen. »Bevor wir die Verbindung zu den Grenzposten hinter Retz verloren, haben sie gemeldet, dass die Tschechen die Aufständischen ohne Kontrolle über die Grenze lassen.«

»Das ist doch verrückt!« Gante warf hilflos die Arme in die Luft. »Völlig bescheuert! Die Tschechen müssen doch damit rechnen, dass sich der Aufstand auch auf ihr Land ausweitet. Von den diplomatischen Schwierigkeiten mal ganz abgesehen.«

»Offenbar kümmert das das Regime in Prag herzlich wenig.« Brunner war mit der Musterung seiner Stiefel fertig und sah den deutschen Leutnant an. »Die Sozialisten um Beneš haben sich noch nie um die Belange der Bevölkerung gekümmert, dass wissen Sie doch wohl am besten.«

Gante presste die Lippen aufeinander.

Und wieder lag der Ursprung dieses Problems im Jahre 1919. In Paris waren damals die 3,25 Millionen deutschen Bewohner Böhmens und Mährens dem neu gegründeten tschechoslowakischen Staat unter Tomás Masaryk und Eduard Beneš angegliedert worden – eine glatte Missachtung des von US-Präsident Woodrow Wilson so hochtrabend verkündeten Selbstbestimmungsrechts der Völker. Dabei stellten die Tschechen selbst nur 47 Prozent der Bevölkerung der Tschechoslowakei. Nur indem sie die Slowaken gegen deren ausdrücklichen Willen annektierten und so eine Bindestrichnation begründeten, wurden sie praktisch über Nacht zur Mehrheit in dem künstlich geschaffenen Vielvölkerstaat. In Wirklichkeit gab es im Land mehr Deutsche, nämlich rund 25 Prozent, als Slowaken, die etwa 14 Prozent der Bewohner ausmachten. Doch mittels kreativer Wahlmethoden, mit denen die deutsche Bevölkerung teilweise ausgeschlossen wurde, sicherten sich die tschechischen Sozialisten im Parlament eine Mehrheit. Sie errichteten sofort ein Regime, welches alle anderen Ethnien unterdrückte. Die Deutschen, Ungarn, Slowaken, Polen und Ukrainer, die mehr als die Hälfte der Bevölkerung stellten, waren nie gefragt worden, ob sie von Prag regiert werden wollten. Schlimmer noch, die über fünf Millionen Angehörigen dieser Volksgruppen verfügten über keinen einzigen Vertreter im Parlament, der für ihre Belange hätte eintreten können. Alle Bitten dieser Volksgruppen, eigene Vertreter ins Parlament entsenden zu dürfen, waren von den Tschechen brüsk vom Tisch gewischt worden.

Seit 1920 richteten die unterdrückten Minderheiten der Tschechoslowakei wiederholt Hilfsappelle an den Völkerbund, doch auch dieses Gremium unternahm wenig, um ihre Rechte durchzusetzen. Eduard Beneš, inzwischen Präsident der Tschechoslowakei und Parteivorsitzender der Sozialisten, ging immer aggressiver gegen die Selbstbestimmungsversuche der unterdrückten Volksgruppen vor. Das sich diese Gruppen zunehmend radikalisierten, war eine logische Folge dieser Übergriffe.

Die Regierung Jäger hatte in den vergangenen Jahren ebenfalls Hilfeersuchen der tschechoslowakischen Minderheiten, speziell der Sudetendeutschen, erhalten und war auf dem diplomatischen Parkett aktiv geworden. Doch Prag stellte sich weiterhin stur und verweigerte den anderen Volksgruppen jede Möglichkeit der Teilhabe. Berlin hatte scharfe Protestnoten an die tschechoslowakische Regierung versandt und sich auch beim Völkerbund für die Rechte der unterdrückten Minderheiten stark gemacht, jedoch keinen Erfolg verbuchen können. Nichtsdestotrotz genoss Bundeskanzler Jäger bei den Minderheiten in der

Tschechoslowakei einen guten Ruf, denn er war der erste Politiker überhaupt, der sich ihrer Belange angenommen hatte und versuchte, etwas in Bewegung zu setzen.

Die Lage in der Tschechoslowakei glich also ohnehin schon der eines siedenden Teekessels. Es war abzusehen, dass sich der zunehmende Druck irgendwann einen Weg ins Freie suchen würde. Insofern war es für Gante völlig unverständlich, weshalb sich das Regime in Prag dann auch noch zusätzlich die Radikalen aus Österreich ins Land holte. Doch möglicherweise versuchten Beneš und seine Sozialisten nur, aus der Situation in Österreich einen Vorteil für sich zu ziehen. Vielleicht spekulierten sie darauf, dass ihnen dieser Schachzug zusätzliche Kräfte und erfahrene Kämpfer einbrachte, die sie dann gegen die unterdrückten Volksgruppen einsetzen konnten. Wenn sie da nur nicht mal irrten. Die Radikalen ins Land zu lassen, konnte durchaus der berühmte Tropfen sein, der das Fass endgültig zum Überlaufen brachte.

Gante glaubte mit einem Male, einen üblen Geschmack im Mund zu haben und griff nach seiner Feldflasche. Er schraubte den Verschluss auf und nahm einen Schluck vom lauwarmen Wasser.

»Das Problem sollen die Diplomaten lösen«, meinte der Leutnant dann, schraubte die Feldflasche zu und verstaute sie in seinem Koppel. »Wie wäre es, wenn wir die gepanzerten Fahrzeuge an die Spitze setzen? Die brauchen Gewehrfeuer nicht zu scheuen, sondern können einfach weiterfahren. Die Infanterie säubert dann erkannte Stellungen im Nachgang.«

»Hm.« Brunner ließ den Blick über die Marschkolonne schweifen. »Der Vorschlag sagt mir eigentlich zu, denn so könnten wir etwas der verlorenen Zeit aufholen. Aber mir gefällt der Gedanke nicht, die Panzerwagen ohne Infanterieabsicherung vorpreschen zu lassen. Die könnten sich leicht in einer Situation wiederfinden, wo sie auf Unterstützung angewiesen sind.«

»Verzeihung, Herr Oberleutnant«, meldete sich Feldwebel Kurz zu Wort. »Die Spähwagen haben jeweils sechs Mann Besatzung. Wir brauchen jedoch nur den Fahrer, den Richtschützen, den Kommandanten und den Funker. Auf die beiden Schützen für die Bug- und Heck-MG könnten wir zur Not verzichten und so zwei Männer einsparen. Wenn wir dann noch ein wenig drücken, wäre es möglich, jeweils bis zu vier Infanteristen in die Fahrzeuge quetschen.«

Die beiden Offiziere starrten einander für einen Moment verblüfft an, dann zeigte sich auf ihrem Gesicht ein schmales Lächeln.

»Feldwebel Kurz, was würde ich nur ohne Sie machen?«, fragte Brunner.

»Ach, das möchten Sie gar nicht herausfinden, Herr Oberleutnant«, meinte Kurz trocken und Gante konnte sich nur mit Mühe ein Auflachen verkneifen. Brunner schüttelte den Kopf und beschloss dann, den Feldwebel und seine letzte Bemerkung einfach zu ignorieren.

»Die Infanteristen in den Panzerwagen können aber keine Karabiner mitführen, die sind viel zu sperrig«, meinte er dann, an Gante gerichtet.

»Ich verstehe, Herr Oberleutnant. Meine Männer gehen an Bord der Spähwagen.«

»Danke für Ihr Verständnis. Ich übertrage Ihnen, Leutnant Gante, das Kommando über die Spähwagen. Rücken Sie zur Grenze vor und stellen sie die Aufständischen. Wir folgen Ihnen, so schnell wir können.«

Gante schlug die Absätze seiner Stiefel zusammen und grüßte. »Zu Befehl, Herr Oberleutnant. Zur Grenze vorrücken und die Aufständischen stellen.«

»Feldwebel Kurz wird Sie begleiten«, fügte Brunner noch an, während er den Gruß erwiderte. »Auch wenn er gelegentlich eine große Klappe hat, so werden Sie ihn doch recht nützlich finden.«

»Ganz bestimmt, Herr Oberleutnant. Dann mal los!«

Gante grinste kurz, dann machte er kehrt, rückte seinen Fallschirmjägerhelm gerade und teilte seine Leute neu ein.

»Passen Sie gut auf ihn auf, Kurz«, ermahnte Brunner seinen Feldwebel. »Und passen Sie auch gut auf sich auf.«

»Zu Befehl, Herr Oberleutnant.«

Wenige Minuten später rasten die sieben Spähwagen los. Wie Feldwebel Kurz es vorhergesagt hatte, war es mit ein wenig Drücken möglich, insgesamt 28 Fallschirmjäger in den Fahrzeugen unterzubringen.

»Jetzt weiß ich, wie sich eine Sardine in ihrer Dose fühlt«, beschwerte sich einer der Fallschirmjäger, der neben seinem Leutnant im Spähwagen stand. Eine Sitzgelegenheit gab es für die überzähligen Männer nicht und nur Gott wusste, wie sie unter Beschuss schnell aus dieser Blechdose herauskommen sollten.

»Immer noch besser, als mit dem Fallschirm abzuspringen«, rief ein anderer über das Dröhnen des Sechszylindermotors herüber.

Pling!

Tschiiiuuuuuu!

»Woah!«, rief der erste Fallschirmjäger aus. »Was war das?«

»Das war eine Kugel, die an unserer Panzerung abgeprallt ist«, meldete der Kommandant des Spähwagens, der zusammen mit dem Richtschützen oben im Turm stand. Sie schwenkten den Turm mit der 2-Zentimeter-Kanone und dem koaxialen Maschinengewehr zur Seite.

»Der Heckenschütze steckt irgendwo in den Büschen auf der linken Seite, aber wir können ihn in dem ganzen Grünzeug nicht aufklären.«

Der Kommandant beugte sich nach unten und schenkte seinen Passagieren ein aufmunterndes Grinsen. »Keine Sorge. Mit Gewehren können die uns nichts.«

Und was ist, wenn die Aufständischen über Sprengstoff oder Geschütze verfügen?, grübelte Gante. Die Bekämpfung von Panzerfahrzeugen hatten sie während der Ausbildung sehr intensiv geübt. Der Leutnant fühlte sich in dem rollenden Stahlkasten sehr verwundbar. Ohne eigene Sicht nach draußen waren er und seine Männer auf die Beobachtungen von Kommandant, Bordschütze und Fahrer angewiesen. Und dieser Umstand schmeckte ihm überhaupt nicht. Nach seinen bisherigen Erfahrungen nahm der Österreicher die ganze Sache eindeutig zu sehr auf die leichte Schulter, fand der deutsche Leutnant.

»Wie weit ist es noch?«, wollte Gante wissen.

»Wir sind fast in Retz«, lautete die Antwort des Kommandanten. »Von da aus ist es nicht mehr weit bis zur Grenze und direkt dahinter liegt dann auch schon Znaim. Ah, wir sind da!«

Am Ortseingang stoppten die Steyer-Spähwagen und die Fallschirmjäger kletterten mühsam ins Freie. Die Kommandanten blieben oben in den Türmen und ließen ihre Fahrzeuge langsam durch die Straßen der Ortschaft rollen, während die Fallschirmjäger sie zu beiden Seiten sicherten.

Kanonen und Maschinengewehre der Spähwagen waren zwar bemannt und feuerbereit, verharrten jedoch in neutraler 12-Uhr-Stellung. Auch die Mündungen der Maschinenpistolen der deutschen Fallschirmjäger deuteten auf den Boden. Dennoch suchten nervöse Blicke die Umgebung ab. Wer konnte schon sagen, ob sich nicht doch irgendwo ein Gewehrlauf zeigen würde?

Doch nichts in der alten Weinstadt deutete auf Schwierigkeiten hin. Die Bewohner steckten den Kopf aus dem Fenster oder sahen vom Bordstein aus zu, wie die sieben Panzerwagen die Straße entlangrollten.

Feldwebel Kurz entfernte sich von der Kolonne und sprach einige der Passanten an. Nach wenigen Minuten rannte er dann auf Leutnant Gante zu, der seine MP 28 fest umklammert hielt.

»Die Mistkäfer haben sich wohl in Richtung Grenze verzogen«, berichtete er ein wenig außer Atem. Immerhin war er auch nicht mehr der Jüngste. »Sie haben die örtliche Bank erleichtert und sind dann nach Norden verschwunden.«

»Wissen wir, von wie vielen Aufständischen wir hier sprechen?«, fragte Gante nach.

»Nicht mehr als drei Dutzend.«

Der Leutnant überlegte einen Moment lang. »Sie bleiben mit drei Spähwagen hier und sichern das Rathaus. Nicht, dass sich hier doch noch Aufständische verborgen halten. Wir verfolgen den Rest dieser Banditen. Vielleicht erwischen wir sie ja doch noch.«

Feldwebel Kurz sah nicht begeistert aus, musste dieser Vorgehensweise jedoch zustimmen.

So bestiegen Gante und 15 seiner Fallschirmjäger wieder die Spähwagen und jagten über die Straße nach Norden, in Richtung Grenzposten. Doch obwohl die Besatzungen weder ihre Fahrzeuge noch ihre Passagiere schonten, kamen sie zu spät. Sie erreichten den verwüsteten Grenzposten, ein kleines Gebäude und zwei Schilderhäuschen, in dem Moment, als die letzten Aufständischen hinter dem Schlagbaum verschwanden.

»Verdammt noch mal«, knurrte der Kommandant im Turm des Spähwagens, während Gante ausstieg. »Warum lassen diese Idioten die Kerle denn einfach durch?«

»Das werde ich gleich herausfinden.«

Gante bedeutete seinen Leuten, bei dem Spähwagen zu bleiben, hängte sich die MP um und näherte sich langsam dem Schlagbaum. Die vier Tschechen auf der anderen Seite betrachteten ihn nervös und fingerten an ihren Gewehren herum. Gante hob sicherheitshalber die Hände ein wenig. »Guten Tag.«

»Guten Tag«, sagte auch einer der Grenzer sichtlich verunsichert.

»Warum haben Sie diese Kerle über die Grenze gelassen?«, wollte Gante wissen. »Ist Ihnen nicht klar, dass es sich um Verbrecher handelt? Glauben Sie etwa, dass die bei Ihnen nicht für Ärger sorgen werden?«

Die Grenzsoldaten sahen sich kurz an, reagierten aber nicht. Gante sah ein, dass hier nichts mehr zu erfahren war, und wandte sich um, als einer der Grenzer leise sagte: »*Příkazy.*«

Befehle, übersetzte Gante im Geiste, *das hätte ich mir auch denken können.*

Der Leutnant nickte den Grenzern zu und kehrte zu den Spähwagen zurück. Dort erfuhr er zumindest etwas Erfreuliches: Die vier österreichischen Grenzer waren nicht umgebracht oder verschleppt worden, sondern sie hatten sich angesichts der zahlenmäßig überlegenen Aufständischen in die Büsche geschlagen.

»Wir wussten nicht, was wir sonst hätten machen sollen«, gab einer der Grenzer kleinlaut zu. »Wir haben alle Familie, verstehen Sie?«

»Keine Sorge, dass war das Beste, was Sie angesichts der Lage hätten tun können«, beruhigte Gante die geknickten Männer. Der Aufstand in Österreich war so gut wie beendet. Da war es in der Tat wichtiger, dass diese Männer zu ihren Familien zurückkehren konnten.

Oberleutnant Brunner traf zusammen mit Feldwebel Kurz und den anderen Männern seiner Kompanie drei Stunden später ein. Der Österreicher war zwar wenig begeistert, kam aber zum selben Schluss wie Gante.

»Dann bleibt jetzt nur noch eins zu tun«, meinte Brunner.

»Das Chaos beseitigen, dass der Aufstand hinterlassen hat?«, äußerte Gante das Naheliegende.

»*Na*, das kommt später.« Brunner frohlockte. »Jetzt gehen wir erst einmal ein Bier trinken.«

Reichskanzlei

Berlin, am nächsten Tag

»Damit wäre zumindest die Lage in Österreich einigermaßen stabil«, beendete Außenminister von Gallen seinen Vortrag. »Zwar laufen immer noch zahlreiche Personen, die an den Aufständen teilgenommen haben, frei herum, aber die Polizei ist nun in der Lage, diese aufzuspüren. Und Starhemberg wurde vom Parlament als neuer Kanzler in einer zweiten Abstimmung bestätigt. Er lässt seinen aufrichtigen Dank übermitteln.«

»Sagen Sie ihm, wir haben gerne geholfen«, meinte Bundeskanzler Jäger.

»Natürlich. Starhemberg hat auch angedeutet, dass er das Thema einer Handels- und Zollunion zwischen unseren beiden Ländern wieder vor dem Völkerbund in Genf ansprechen möchte.«

»Loten Sie bitte aus, wie die Briten und Franzosen dazu stehen.«

»Sehr wohl.«

»Ich möchte noch etwas zu dem gescheiterten Aufstand in Österreich anfügen.« Alle Blicke richteten sich auf Admiral Canaris. Der Chef der Abwehr sah nicht gerade glücklich aus. »Mein Dienst hat einige Hinweise darauf erhalten, dass der Aufstand nur so eine Art … Test gewesen sein könnte.«

»Ein Test?«, wiederholte von Hindenburg. »Test wofür?«

»Genau das ist das Problem: Wir wissen es nicht«, gab Canaris zu. »Es ist nur auffällig, wie schnell der ganze Aufstand zusammengebrochen ist, nachdem wir uns zum Eingreifen entschieden hatten. Wir halten es für denkbar, dass die Hintermänner des Aufstandes die Reaktionen der europäischen Nationen austesten wollten. Gelingt der Aufstand, gut, dann haben sie Österreich. Wenn nicht, haben sie immerhin erfahren, wer bereit war, einzugreifen, und welche Kräfte dafür eingesetzt wurden.

Wen haben die österreichischen Regierungstruppen festgesetzt? Zumeist handelt es sich nur um Kleinkriminelle, die von Anwerbern angestiftet worden sind, sowie um die üblichen Unruhestifter. Der harte Kern der Sozialisten, zumeist erfahrene Spanienkämpfer, ist jedoch in die Tschechoslowakei entkommen.«

»Wo man sie mit offenen Armen empfangen hat«, fügte Innenminister Gruner an. »Unsere Polizei hat ähnliche Hinweise erhalten, leider aber auch nichts Konkretes. Zumeist handelt es sich um Gerüchte, die in den entsprechenden Milieus kursieren.«

»Aber warum einen Aufstand anzetteln, wenn man ihn gar nicht gewinnen will?«, überlegte von Hindenburg und legte seine hohe Stirn in Falten. Dann wurde seine Miene ernst. »Könnte das ein Test für die Übernahme eines anderen Landes gewesen sein?«

»Sie meinen, unseres Landes?« Gruner zeigte sich missgünstig.

»Wie gesagt, wir wissen es nicht. Wir versuchen natürlich weiterhin, an Informationen zu gelangen, die uns in dieser Hinsicht weiterhelfen«, meinte Canaris.

»Das klingt aber ziemlich abwegig, oder, Admiral?«

»Zugegeben«, bestätigte Canaris. »Ich erwähne es nur, weil meine Fachmänner mir damit den ganzen Tag verdorben haben.«

»Sie lassen uns an Ihren Sorgen teilhaben? Wie nett, Admiral. Bedeutet ja nur eine Sorge mehr«, meinte Gruner. Der Innenminister schnitt eine Grimasse. »Damit sind es nun 156.«

Ein Schnauben erklang von der anderen Seite des Konferenztisches herüber. »Sie haben nur 156 Sorgen? Gott, was führen Sie doch für ein behütetes Leben, Magnus«, ließ sich Kriegsminister Wissel vernehmen. »Ich wünschte, ich hätte so wenig Sorgen wie Sie.«

»An Ihrem Sinn für Humor müssen wir noch etwas arbeiten, Erich«, erklärte Gruner und zeigte seine Zähne. »Aber danke für den Versuch.«

Die anderen Anwesenden lächelten nur schwach über das übliche Geplänkel. Zu schwer lasteten die Ereignisse auf ihnen allen.

»In Ordnung, Erich.« Bundeskanzler Jäger winkte auffordernd mit der Hand. »Betrachten Sie mich als Ihren Beichtvater und erzählen Sie mir von Ihren Sorgen.«

Wissel musste ob der Wortwahl seines Kanzlers tatsächlich schmunzeln. Er entzündete seine Pfeife. »Gern. Nachdem wir unsere Zerstörer der Klasse 1934 und die Kreuzer der Königsberg-Klasse an die Briten übergeben haben, steht unsere Marine ziemlich nackt da.«

Admiral Raeder nickte bekräftigend.

Jäger wollte etwas einwenden, doch Wissel hob abwehrend die Hand mit der Pfeife in die Höhe. »Ja, wir waren uns in diesem Punkt alle einig. Aber uns verbleiben jetzt nur noch unsere drei Panzerschiffe der Deutschland-Klasse, der nagelneue leichte Kreuzer, die *Leipzig,* und drei Zerstörer der Klasse 1936. Und auch, wenn unsere Besatzungen schon über etwas Erfahrung verfügen, müssen sie sich doch erst mit den neuen Schiffen vertraut machen. Da die *Deutschland* als Ausbildungsschiff eingeteilt wurde, verbleiben uns an voll einsatzfähigen Dickschiffen derzeit nur die *Admiral Scheer* und die *Admiral Graf Spee.* Und Letztere liegt in Gibraltar zur Durchsetzung des Waffenembargos gegen die Bürgerkriegsparteien in Spanien.« Wissel schüttelte den Kopf. »Ich weiß einfach nicht, woher wir die nötigen Schiffe nehmen sollen, um an der von den Franzosen vorgeschlagenen Neutralitätspatrouille teilzunehmen.«

Der Kriegsminister bezog sich dabei auf eine Eingabe der französischen Regierung an den Völkerbund. Paris schlug darin vor, eine 200 Seemeilen breite Schutzzone um die europäische Festlandküste sowie von Marokko um Westafrika bis hinunter zur Elfenbeinküste zu errichten. Innerhalb dieser festgeschriebenen Zone sollten die teilnehmenden Nationen eine sogenannte Neutralitätspatrouille durchführen. Offizielles Ziel dieser Patrouille sollte der Schutz der Neutralität der unbeteiligten Nationen vor Übergriffen durch die kriegsführenden Parteien sein. Zu diesem Zweck sollten alle fremden Kriegsschiffe innerhalb des Einsatzgebietes von den Schiffen der an den Patrouillen beteiligten Nationen beobachtet werden. Genau betrachtet betraf dieser Schutz in der Hauptsache das französische Kolonialreich in Afrika, aber ebenso lagen die britischen Inseln, viele der für das Empire wichtigen Handelsrouten und dessen afrikanische Besitzungen innerhalb der Schutzzone. Eine Teilnahme an der Neutralitätspatrouille bedeutete also eine eindeutige Positionierung zugunsten der Briten.

Rom, immer noch verstimmt darüber, dass der Völkerbund wegen der Annexion Abessiniens Sanktionen verhängt hatte, lehnte eine Beteiligung an diesen Patrouillen rundweg ab. Die Italiener hatten in Spanien, wo sie gegen die Republikaner kämpften, sehr gute Kontakte zu den Amerikanern aufgebaut. Es war bedauerlich, aber Unterstützung durch die starke italienische Flotte würde wohl ausbleiben.

»Haben unsere Nachbarn schon etwas hinsichtlich der Patrouillen verlauten lassen?«, richtete Finanzminister Lewald die Frage an seinen Kollegen vom Außenministerium.

»Der Beitrag der Niederländer und Belgier beläuft sich derzeit auf jeweils zwei oder drei Schiffe«, berichtete von Gallen. »Die stehen auch nicht besser da als wir.«

»Wenigstens hat eines unserer Handelsschiffe vor Westafrika die abgeschossene Besatzung eines britischen Flugzeugs aus dem Wasser fischen können«, merkte von Hindenburg an und tippte auf den entsprechenden Bericht vor sich. »Die beiden Überlebenden waren ziemlich übel dran, sollen sich aber schon wieder erholen.«

»Eine grundsätzliche Frage: Sollen wir an dieser Aktion überhaupt teilnehmen oder nicht?« Jäger sah in die Runde. »Bevor ich mit Präsident Goerdeler und dem Parlament spreche, möchte ich diesen Punkt geklärt haben.«

»Wir haben keine schweren Einheiten zur Verfügung«, sagte Wissel kopfschüttelnd.

Jäger gefiel diese Aussage gar nicht, wie man ihm ansehen konnte.

»Wenn wir keine Kreuzer oder Zerstörer zur Verfügung haben, was ist dann mit unseren leichteren Einheiten?«, hakte der Bundeskanzler nach.

Admiral Raeder und Kriegsminister Wissel wechselten einen kurzen Blick.

»Nun, bei den leichten Einheiten stehen wir im Moment tatsächlich ganz gut da«, musste der Oberbefehlshaber der Marine nach einem forschenden Blick auf seine Notizen zugeben. »Die Schnellboot-Flottillen und unsere U-Boote können unsere Küsten durchaus schützen, aber wir sind auch hier im Vergleich zu den Briten recht schwach aufgestellt. Wir besitzen schließlich nur 17 U-Boote vom Typ II. Allerdings befinden sich die ersten neuen Flottentorpedoboote – wir werden sie wohl als Geleitzerstörer der Klasse 1937 in Dienst stellen – derzeit in der Erprobung. Diese Einheiten sind zwar nicht so kampfstark wie ein ausgewachsener Zerstörer, schließlich verfügen sie nur über vier 10,5-Zentimeter-Geschütze und zwei Drillingstorpedowerfer, aber sie können U-Boote orten und mit

Wasserbomben bekämpfen und sind für küstennahe Sicherungsaufgaben hervorragend geeignet.«

Der Admiral sah wieder auf. »Ich möchte ausdrücklich auf die Idee von Herrn Sänger hinweisen, die da lautet, die leichten Einheiten nicht direkt an der Küste, sondern auf den Binnenwerften fertigzustellen. Somit sind wir in der Lage, unsere vorhandenen Baukapazitäten optimal zu nutzen.«

Der Wirtschaftsminister quittierte das Lob mit einem knappen Kopfnicken.

Admiral Raeder zog wieder seine Notizen zu Rate. »Wenn wir auf den Werften auch weiterhin drei Schichten fahren, könnten wir bis Jahresende noch mit einem weiteren leichten Kreuzer sowie fünf Zerstörern, acht Geleitzerstörern und drei U-Booten rechnen.«

»Das sind doch ermutigende Zahlen, oder nicht?«, fragte Gruner nach.

»Leider täuschen die Zahlen ein wenig, denn die Besatzungen der Schiffe müssen erst gedrillt werden«, erläuterte der Admiral. »Zwischen den Zerstörern der Klassen 1934 und 1936 gibt es einige Unterschiede. Aber die Ausbildungszeit verkürzt sich natürlich gewaltig gegenüber der Ausbildung vollkommen grüner Leute. Sobald die neuen Einheiten fertig ausgerüstet sind, beginnen wir mit der Umschulung.«

»Von welchem Zeitrahmen reden wir?«, wollte von Hindenburg wissen. »Ein halbes Jahr?«

»Nicht ganz so lange«, beschwichtigte Raeder. »Die Umschulung der Männer wird an und für sich recht schnell vonstattengehen, aber die neuen Maschinenanlagen müssen erst eingefahren und die Geschütze kalibriert werden.«

»Verzeihen Sie, Herr Admiral«, meldete sich Oberleutnant Hansen zu Wort. »Aber könnten wir einige Ausbildungsabschnitte nicht auf diese Patrouillenfahrten verlagern?«

Der Marine-Chef lehnte sich in seinem Stuhl zurück und dachte kurz nach. »Möglich wäre das natürlich schon, aber dann würden wir unter Umständen erhebliche Probleme bekommen, sollten Schwierigkeiten auftreten.«

»Was wäre, wenn unsere Flotteneinheiten nur entlang der französischen Küste bis hinunter zur spanischen Grenze patrouillieren?«, bohrte Hansen nach. »Die französischen Häfen würden ihnen jederzeit offenstehen, sollten sie Probleme bekommen. Und die Franzosen könnten noch zusätzliche Kräfte für die Schutzzone vor Westafrika freistellen.«

»Wäre das möglich?« Raeder sah von Gallen an.

»Die Franzosen haben allen teilnehmenden Nationen volle Unterstützung bei der Durchführung der Patrouillen zugesagt.« Der Außenminister grinste breit. »Wird Zeit, sie darauf festzunageln.«

»Tun Sie das bitte.« Jäger lächelte. »Na, sehen Sie, Erich? So schlimm war die Beichte doch gar nicht, oder?«

Leises Gelächter erfüllte den Konferenzraum.

Wissel schüttelte den Kopf und richtete den Stiel seiner Pfeife auf den Kanzler. »Dazu sage ich jetzt lieber nichts.«

Jäger feixte erneut. »Um also wieder auf meine ursprüngliche Frage zurückzukommen: Soll sich die Bundesrepublik an den Neutralitätspatrouillen des Völkerbundes beteiligen?«

Alle Kabinettsmitglieder nickten zustimmend oder sprachen sich dafür aus.

»Gut, dann wäre das geklärt.« Der Kanzler betrachtete die anwesenden Marineoffiziere. »Admiral Raeder und Admiral Canaris, ich möchte bitte auch Ihre Antwort hören.«

Der Oberbefehlshaber der Marine zögerte sichtlich. »Wenn unsere Einheiten wie besprochen volle Unterstützung durch die Franzosen erhalten, bin ich dafür.«

»Admiral Canaris?«

Der Chef der Abwehr zeigte keine Regung im Gesicht. »Vom nachrichtendienstlichen Standpunkt aus votiere ich dafür. Es böte sich uns eine prima Gelegenheit, um Daten zu sammeln.«

»Danke, meine Herren.« Jäger war erleichtert. »Nun, dann werde ich wohl Präsident Goerdeler und den Spitzen der Parteien ebenfalls den Tag verderben müssen.«

Am nächsten Tag sprach sich Kanzler Jäger im Reichstag für eine Teilnahme der Bundesrepublik an den Neutralitätspatrouillen aus. Teile des Parlaments, besonders die KPD und der linke Flügel der SPD, protestierten lautstark dagegen. Die Abstimmung musste wegen des Tumults zweimal unterbrochen werden, doch am Ende stimmten 67 Prozent der Abgeordneten für die Teilnahme.

Irgendwo in der Karibik

Zur gleichen Zeit

Nigel Harris beobachtete, wie die Amerikaner über die schmale Landzunge vorrückten, die den kleinen Ostteil mit dem Rest der Insel verband. Die Yankees ließen sich Zeit, aber das konnten sie sich auch erlauben. Gedankenverloren kratzte sich Harris über einen der vielen juckenden Insektenstiche, mit denen sein Körper übersät war.

Der Blick des Sergeants glitt über die kümmerlichen Reste der Kompanie. Ganze 21 Männer waren es noch. Hohlwangige, bärtige Gesichter hatten sie alle. Bei vielen war die Uniform zerrissen, andere trugen teils blutige Verbände am Kopf, Armen und Beinen. Sie besaßen keine Lebensmittel, keine Medikamente oder Verbandsmaterial und kaum einer hatte noch Wasser in seiner Feldflasche. Und allen war die Mutlosigkeit anzusehen, die sie ergriffen hatte.

Als die Kämpfe ausgebrochen waren, hatten sie zumindest noch darauf gehofft, dass ihnen die Royal Navy zur Hilfe kommen würde. Doch die britische Flotte war bei Island geschlagen worden. Die Amerikaner hatten sogar Flugblätter abgeworfen, auf denen sie ihren großen Sieg verkündet hatten. Natürlich hatte niemand glauben wollen, dass die Flotte von den Amerikanern vernichtet worden war. Dafür war die Propaganda zu offensichtlich gewesen.

Als dann aber nach Wochen des verzweifelten Wartens immer noch keine Unterstützung eintraf, verlor auch der letzte Optimist unter den Männern langsam die Hoffnung.

Sergeant Harris hatte getan, was er konnte, um die Männer aufzubauen, aber nun hatten sie das Ende der Fahnenstange erreicht.

Ihre schwerste Waffe war ein einziges Vickers-Maschinengewehr, für das ihnen jedoch nur noch zweieinhalb Gurte mit knapp 250 Schuss Munition zur Verfügung standen. Und die hatten sie nur zusammenbekommen, indem der Sergeant die Männer um fast ihre gesamte Gewehrmunition erleichtert hatte. Das Vickers und die Enfield-Gewehre verschossen nämlich die gleichen Patronen, da konnten die Briten die Munition untereinander tauschen. Es war eine ungeliebte Arbeit, die Patronen in die Stoffgurte zu stopfen, aber es hatte die Männer eine Zeitlang abgelenkt. Viel nutzen würde ihnen das MG jetzt aber ohnehin nicht mehr.

Harris und seine Männer waren in den Ostteil der Insel zurückgedrängt worden und saßen nun fest. Nur drei oder vier Meilen vor der Küste kreuzten, für die kleine Truppe britischer Soldaten gut sichtbar, die amerikanischen Zerstörer. Normalerweise wäre dieses Verhalten ziemlich leichtsinnig gewesen, aber die Yankees wussten wohl, dass die Briten über keinerlei Waffe verfügten, womit sie den Zerstörern noch gefährlich werden konnten. Die Amerikaner beherrschten die See.

Harris sah kurz auf, als ein kleiner Aufklärer über ihren Teil der Insel hinweg flog. Den Luftraum beherrschte der Feind ebenfalls. Von den knapp 20 britischen Flugzeugen, die auf der Insel stationiert gewesen waren, hatten gerade einmal sieben den ersten Luftangriff der amerikanischen Bomber überstanden. Die leichte Flak hatte nur einen der Bomber getroffen, und selbst der war mit einem rauchenden Motor wieder davongeflogen. Der Flugplatz selbst lag zum größten Teil in Schutt und Asche.

Sechs Stunden später kamen die Bomber wieder und pflügten auch noch den Rest des Flugfeldes um. Danach gab es kein einziges britisches Flugzeug mehr, das hätte abheben und in die Kämpfe eingreifen können. Dennoch bombardierten die Amerikaner in den folgenden drei Tagen das Flugfeld in schnöder Regelmäßigkeit jeweils um 9 Uhr am Morgen und um 15 Uhr am Nachmittag. Der Major hatte versucht, daraus einen Scherz zu machen und gemeint, dass die Gewerkschaften den Piloten keine anderen Arbeitszeiten erlauben würden.

Harris spürte einen Stich in seinem Herzen, als er an den Major dachte. War ein guter Mann gewesen – sogar der Beste, unter dem der Sergeant je gedient hatte. Es hatte ihn als einen der ersten erwischt, als die US-Kriegsschiffe am fünften Tag vor der Küste aufgefahren waren und mit dem Beschuss der Landezonen begonnen hatten. Die Verteidiger waren vom massiven Feuer der Kreuzer und Zerstörer regelrecht hinweggefegt worden.

Als dann, nach zwei qualvollen Stunden im Trommelfeuer, endlich die Landungsboote auf den Strand zuliefen, hatten die Briten bereits die Hälfte ihrer Soldaten verloren. Die US-Marineinfanterie kämpfte daraufhin die übriggebliebenen Widerstandsnester an der Küste sehr rasch nieder. Innerhalb von drei Stunden gelang es ihnen, den Hafen einzunehmen. Und das völlig unbeschädigt, denn die Briten verfügten nicht über den nötigen Sprengstoff, um die Kaianlagen zu demolieren. So konnten die Transportschiffe der Amerikaner nahezu ungestört anlegen und ihre Fracht entladen. Die feindlichen Truppen landeten Panzer an, und die ins Hinterland drängenden US-Marines erhielten Deckungsfeuer aus den Kanonen der Schiffsartillerie. So trieben sie die Briten regelrecht vor sich her.

Den Verteidigern blieb nur der verzweifelte Versuch, den Gegner im Nahkampf zu stellen, wo ihm seine Panzer und die artilleristische Überlegenheit keinen Vorteil mehr brachten. Dabei mussten die Briten schmerzlich erfahren, dass auch die amerikanischen »Ledernacken« sehr gut ausgerüstet waren. Fast jeder US-Marine schien über ein leichtes Maschinengewehr oder eine Maschinenpistole zu verfügen. Die Verteidiger konnten einfach nicht genug Feuerkraft konzentrieren, um die Yankees, die ihnen zudem auch noch zahlenmäßig überlegen waren, aufzuhalten.

So waren die Briten schließlich nach Wochen der verlustreichen Rückzugskämpfe am Ostende ihrer Insel angelangt. Selbst wenn sie irgendwo ein intaktes Boot fänden, kämen sie niemals an den gegnerischen Zerstörern vorbei. Und einen anderen Fluchtweg gab es schlicht nicht.

Es war vorbei.

Harris vernahm das Quietschen von Panzerketten und sah wieder zu den Amis hinüber. Die Marineinfanteristen ließen ihre M2-Panzer auffahren und gingen im Schutz der Kampfwagen langsam vor, wie Harris mit minimaler Befriedigung registrierte. Offensichtlich hatten seine Männer doch ein wenig Eindruck beim

Gegner hinterlassen. Das Gefühl verschwand jedoch sofort wieder, als die Panzer näher herankamen und dem Sergeant wieder einmal die wahre Größe dieser waffenstarrenden Maschinen aus Eisen gewahr wurde.

Die M2, kastenförmige Ungetüme mit einem Geschützturm an der Oberseite, waren mit einer 3,7-Zentimeter-Kanone und mit mehreren Maschinengewehren bestückt. Dagegen kamen die abgekämpften Briten nicht an.

Harris blieb nur die schmerzliche Erkenntnis, dass es tatsächlich vorbei war. Er atmete tief durch und sah Private Westerfield an.

»John?«

»Sergeant?«

»Gewehr entladen und mitkommen.«

Westerfield zerrte den Ladestreifen aus seinem Enfield und ließ den Verschluss offen. Er ahnte offenbar, was sein Sergeant im Sinn hatte.

Harris zog ein halbwegs sauberes Tuch aus seiner Tasche und band es an der Schulterstütze des Gewehrs fest.

»Fass das Gewehr am Lauf, John, und bleib zwei Schritte hinter mir.«

»Verstanden, Sergeant.«

Harris legte sein eigenes Enfield ab und marschierte den Amerikanern mit hoch erhobenen Armen entgegen. Westerfield blieb wie angewiesen zwei Schritte hinter ihm und hielt das Gewehr mit dem weißen Tuch am Lauf in die Höhe.

Offenbar verstand ein gegnerischer Offizier der sonst sehr schießwütigen Yankees, was die Briten vorhatten, denn mit einem Male ertönten drüben Kommandos und die Amerikaner senkten ihre Waffen.

Als Harris etwa ein Drittel des Weges über die Landzunge zurückgelegt hatte, blieb er stehen und wartete.

Ein Offizier kam langsam zu ihnen herüber. Bei den Ledernacken hinter ihm war offenbar erst mal eine Pause angesagt, denn einige steckten sich Zigaretten zwischen die Lippen und pafften fröhlich drauf los. Harris schluckte seine Verärgerung hinunter, stampfte nach britischer Art mit dem Fuß auf und salutierte.

»Sergeant Nigel Harris, Royal Army.«

Der Amerikaner erwiderte den Gruß lässig. »Captain Robert J. Stephens, United States Marine Corps.«

Beide Männer betrachteten einander einen Moment lang schweigend.

»Wer ist Ihr kommandierender Offizier?«, fragte der Amerikaner.

»Das bin ich, Sir.«

Stephens sah kurz lang an Harris vorbei, musterte Westerfield und fixierte dann wieder den Sergeant. Harris suchte nach den richtigen Worten, um sein Anliegen vorzutragen. Stephens schien das zu bemerken.

»Sergeant, Sie haben uns einen guten Kampf geliefert, und das erkennen wir respektvoll an«, sagte der Captain. »Aber wir wissen auch beide, dass Sie am Ende sind und es das Vernünftigste wäre, wenn Sie und Ihre Männer sich ergeben.«

Damit war die bittere Wahrheit ausgesprochen. Harris atmete tief durch.

»Wünschen Sie irgendwelche … Besonderheiten bei der … Kapitulation?«, presste Harris zwischen seinen zusammengebissenen Zähnen hervor. Es fiel ihm sehr schwer, diese Worte auszusprechen.

Stephens schüttelte den Kopf. »Machen wir es für Sie und Ihre Leute nicht schwieriger, als es ohnehin schon ist. Ich schlage vor, Ihre Leute entladen ihre Waffen, legen sie dort vorne bei dem Felsen ab, treten dann an und kommen zu unserer Position herüber. Dort werden Sie dann kurz durchsucht und zu unserer Garnison abgeführt.«

»Unter meinen Männern befinden sich Verwundete, Captain.«

»Die werden selbstverständlich versorgt werden, Sergeant.« Stephens deutete ein hilfloses Schulterzucken an. »Wir wünschen uns genauso wie Sie ein möglichst schnelles Ende dieses ... unglücklichen Zustandes zwischen unseren beiden Nationen.«

Harris sah ihn an und nickte dann langsam.

»Ich lasse die Männer antreten«, sagte er leise.

Der Captain war feinfühlig genug, in diesem Augenblick nichts zu sagen, und nickte bloß.

Harris und Westerfield kehrten zu den anderen zurück. Dann informierte der Sergeant die Männer in knappen Worten über die Lage. Beschämt, doch auch erleichtert entluden die Männer ihre Waffen und legte sie wie verlangt bei dem Felsen ab.

Harris ließ sie in Zweierreihen antreten, und erhobenen Hauptes marschierte die kleine Abteilung dann über die Landzunge. Eine US-Filmcrew in Uniform hielt den Moment fest. Harris ärgerte sich zwar darüber, konnte jedoch nichts dagegen unternehmen. Es war klar, dass die Amerikaner die Eroberung der letzten karibischen Besitzung Großbritanniens für ihre Propaganda ausnutzen würden ...

London

England, einige Tage später

Der Premierminister war aufgebracht. Die US-amerikanische Botschaft hatte der Pressemeute die Filmaufnahmen von der Kapitulation der letzten britischen Soldaten in der Karibik zur Verfügung gestellt. In der Folge verlangten immer mehr Stimmen im Parlament, im Kabinett und in seiner Partei nach seinem Rücktritt. Als ob das in der gegenwärtigen Krise eine gute Idee wäre! Sogar der alte Stinkstiefel Winston hatte sich aus seinem selbstgewählten Exil zu Wort gemeldet. Churchill schien mit Hilfe seiner Unterstützer die Rückkehr in die Regierung zu planen. So weit würde es aber nicht kommen. Als ob in dieser Situation ein halber Amerikaner Premier werden könnte. Absurd!

Chamberlain saß am Kopfende des Tisches, die Hände zu Fäusten geballt. Seit einiger Zeit litt er unter heftigen Schmerzanfällen im Unterleib. Die Ärzte hatten ihn untersucht, jedoch nichts Greifbares festgestellt. Diese elenden Quacksalber, pah! Der Premier versuchte die Schmerzen auszublenden und sich auf das zu konzentrieren, was sein Stellvertreter und Kriegsminister Wilbur Nottingham berichtete: »Nach der Einnahme unserer letzten Besitzungen in der Karibik, gruppieren sich die Amerikaner nun offenbar um«, sagte der Lord. »Die Veröffentlichung der Filmaufnahmen von der Kapitulation der Garnison werten wir als politischen Schachzug, der unsere Kriegsbereitschaft weiter schwächen soll. Wir halten es nicht für ausgeschlossen, dass die Amerikaner uns ein Verhandlungsangebot über einen vorläufigen Waffenstillstand unterbreiten werden.«

»Das Außenministerium sieht das genauso«, fügte der 1. Earl of Halifax an. Edward Wood rieb sich unbewusst über die hohe Stirn. »Wir gehen davon aus, dass Washington uns innerhalb der nächsten 24 Stunden ein Angebot unterbreiten wird. Wahrscheinlich bieten sie uns Folgendes an: die Integration Kanadas in die Vereinigten Staaten und die offizielle Übergabe der karibischen Besitzungen. Dafür werden sie uns ein Ende des Konflikts in Aussicht stellen sowie Garantien für unsere verbliebenen Kolonien.«

»Die zumindest so lange Bestand haben, bis die Yankees am nächsten Stück unseres Kuchens Gefallen finden«, meinte Schatzkanzler Simon abfällig.

»Die Amerikaner bieten uns Garantien«, wandte Chamberlain ein.

»Sir John hat nicht unrecht«, sagte Nottingham. »Die Garantien der Amerikaner garantieren gar nichts, wie wir schmerzhaft feststellen mussten.«

»Die von den Franzosen und Deutschen inzwischen aufgenommenen Neutralitätspatrouillen schränken die Möglichkeiten der Amerikaner deutlich ein«, versuchte sich Chamberlain im Optimismus. Die Schmerzen in seinem Unterleib hämmerten nun regelrecht und kleine Schweißperlen bildeten sich auf seiner Oberlippe. »Diesen Umstand sollten wir nicht außer Acht lassen, wenn uns Washington ein Verhandlungsangebot unterbreitet. Wenn sich uns die Möglichkeit bietet, diesen unseligen Krieg zu beenden, sollten wir sie nicht einfach von der Hand weisen.«

»Sie würden also Kanada einfach so den Amerikanern überlassen, Herr Premierminister?«, wollte der 1. Baron von Chatfield wissen und schüttelte empört den Kopf. »Das kann ich so nicht akzeptieren, Sir! Britische Soldaten sind bei der Verteidigung des Commonwealth gestorben! Wir sind es ihrem Andenken schuldig, den Kampf weiterzuführen!«

»Sie haben mich missverstanden!« Der Schmerz verwandelte sich in unerträglich Agonie. Dicke Schweißtropfen standen auf der Stirn Chamberlains. »Ich sage nur, wir sollten uns das Angebot der Amerikaner erst einmal anhören, bevor wir uns entschließen, es zurückzuweisen.«

»Selbst das wäre ein Fehler, Sir.« Der Außenminister pochte mit den Knöcheln seiner Hand auf den Tisch. »Wir würden schwach erscheinen!«

»Wir sind schwach«, warf der Premierminister ein. »Unsere Flotte ist zerschlagen!«

»Nein, Sir.« Der Kriegsminister erweckte den Anschein, als wollte er aufspringen. »Durch die Schiffe, die uns die Deutschen überlassen haben, ist unsere Situation längst nicht mehr so kritisch, wie anfangs befürchtet. Auch werden viele unserer beschädigten Einheiten in den nächsten Wochen und Monaten wieder zur Flotte stoßen. Durch die Patrouillen der europäischen Nationen können wir umgruppieren. Das ermöglicht es uns, weitere Kräfte abzustellen und mit offensiven Operationen gegen die amerikanischen Nachschublinien in der Karibik zu beginnen. Das wiederum wird die Amerikaner schwächen und dazu zwingen, weitere Kräfte für den Schutz dieser Seewege abzustellen. Wir sind noch nicht geschlagen, Herr Premierminister!«

»Aber all diese Toten …« Eine neue Schmerzwelle durchflutete den Leib des Premiers und der Raum um Chamberlain schien sich zu drehen. Verzweifelt klammerte er sich mit den Händen an der Tischkante fest. »Wir müssen versuchen … versuchen …«

Dunkelheit wogte heran. Sekundenlang kämpfte Neville Chamberlain mit all seiner Willenskraft gegen sie an, doch dann wurde der Schmerz übermächtig. Der Premier sackte zusammen und prallte mit dem Kopf auf die Tischplatte.

»Herr Premierminister!«, stieß der Schatzkanzler erschrocken hervor.

Samuel Hoare, der Lordsiegelbewahrer, erreichte den Premier als erster. »Er ist bewusstlos!«

»Ich rufe Hilfe!« Der Baron von Chatfield eilte zur Tür, riss sie auf und forderte mit lauter Stimme einen Arzt an.

Die Leibärzte der Downing Street No. 10 mussten später kleinlaut zugeben, dem Premierminister verschwiegen zu haben, dass dieser schon seit Monaten unter Darmkrebs litt. Während die Ärzte um das Leben Chamberlains kämpften, ging tatsächlich das erwartete Verhandlungsangebot der Amerikaner ein. Jedoch war die britische Regierung tief gespalten; die Anhänger des Premiers und dessen Gegner konnte sich nicht auf ein weiteres Vorgehen verständigen, weil die entscheidende Stimme Chamberlains fehlte. Dies führte dazu, dass Washington sein Angebot für Friedensverhandlungen drei Tage später wieder zurückzog.

Nahe Graslitz

Sudetenland, deutsch-tschechoslowakisches Grenzgebiet, wenig später

Die Regierung Beneš in Prag hatte die linken Kämpfer, welche an dem erfolglosen Versuch der Machtübernahme in Österreich teilgenommen hatten, zwar mit Freuden aufgenommen, wusste nun jedoch nicht so genau, was sie mit diesen erfahrenen Kämpfern anfangen sollte. Der Vorschlag kam auf, diese Leute der Sonderpolizeitruppe zuzuweisen. Jene Eliteeinheit der Polizei kam nur auf Anweisung des Kabinetts zum Einsatz und stellte sozusagen dessen ganz persönlichen Schlagstock dar. Dieser kam immer dann zum Einsatz, wenn es darum ging, den ethnischen Minderheiten einen Denkzettel zu verpassen. Dass die Sonderpolizei dabei nicht gerade zimperlich vorging, hatte ihr innerhalb der Bevölkerung einen sehr schlechten Ruf eingehandelt. »Beneš' Schlägertruppe« war da noch eine der harmloseren Bezeichnungen.

Der Vorschlag bezüglich der Eingliederung linker Kämpfer in die Sonderpolizei wurde vom Kabinett für gut befunden und angenommen – schließlich bedeutete es für Regierenden nichts anderes als eine weitere Maßnahme zum eigenen Machterhalt. So kam es, dass sich ein großer Teil der kampferfahrenen Ex-Aufständischen auf einmal in der blauen Uniform der Sonderpolizei wiederfand. Schlecht ging es ihnen dadurch nicht, sie erhielten regelmäßig Sold und genossen auch sonst einige Vergünstigungen.

Der Anführer der Patrouille fand, dass es an der Zeit war, sich selbst und seinen Männern wieder eine dieser Vergünstigungen zu gönnen.

»Da vorne, der Bauernhof, den nehmen wir«, sagte der Polizeileutnant und bedeutete seinem Fahrer, mit dem Lkw an die Seite zu fahren. Der Fahrer grinste dreckig und nickte dann sichtlich begeistert. Der Leutnant wusste, wie man seine Leute bei Laune hielt. Das hatte er schon in Spanien und Österreich so gehandhabt. Der Fahrer steuerte den Lastwagen von der Straße und fuhr auf den Hof. Einige Hühner flatterten aufgeregt davon, doch sonst ließ sich niemand blicken. Es war später Nachmittag; der dünne Rauchfaden, der vom Wind über dem Schornstein weggeblasen wurde, zeigte jedoch, dass sich jemand im Wohnhaus aufhielt.

»Die sind schüchtern«, meinte der Fahrer.

»Na, sehen wir mal.« Der Leutnant stemmte die Tür auf und stieg aus der Kabine. Der Fahrer folgte ihm, auch die anderen vier Männer kletterten von der Ladefläche und sammelten sich vor dem Lkw.

»Also, lasst uns Spaß haben«, meinte der Leutnant und die Männer zeigten ihre Freude über das Vorhaben. Zügigen Schrittes gingen sie auf das Wohnhaus zu. Auf den Wink des Leutnants hin bewegte sich einer der Männer vor und trat die Tür ein. Rasch drängten sie ins Gebäude.

Der sechzehnjährige Sohn der Bauernfamilie befand sich hinter der Stallung. Eine der Kühe hatte vergangene Nacht gekalbt, und nun sah er zu, wie das junge Kälbchen auf seinen dünnen Beinen unsicher die noch unbekannte Welt erkundete.

Er hatte den Lastwagen kommen gehört, ihm jedoch nicht allzu viel Bedeutung beigemessen. Immer wieder kamen Lkw zum Hof, meist waren es Leute aus der Nachbarschaft, die etwas lieferten oder abholten.

Der schrille Schrei seiner ein Jahr älteren Schwester fuhr ihm durch Mark und Bein. Er sprang auf. Glas splitterte und ein Schuss knallte. In Panik rannte der Junge zum Wohnhaus. Ein weiterer Schrei ertönte, gefolgt von zwei Schüssen. Ohne groß nachzudenken, griff er im Vorbeirennen nach der Axt, die im Hauklotz steckte, riss sie aus dem Baumstamm und eilte zur Hintertür.

Eine raue Männerstimme brüllte etwas, seine Schwester schrie erneut und dem Bauernsohn wurde klar, was drinnen vor sich ging, noch bevor er die Küche betrat.

Bei dem Anblick, der sich ihm bot, stockte dem jungen Mann der Atem. Die Kleidung seiner Schwester war zerrissen, drei der Kerle hielten sie fest, ein Vierter in Offiziersuniform hockte mit heruntergelassener Hose auf ihr. Zwei weitere Männer in blauer Uniform standen mit dem Rücken zum Jungen und sahen dem Treiben feixend zu.

Hinten in der Küche lag sein Vater, die Kerle hatten ihm in den Kopf geschossen. Daneben lag reglos die zusammengekrümmte Gestalt seiner Mutter. Ihr war zweimal in die Brust geschossen worden.

Der Kerl direkt vor dem Jungen machte es ihm leicht. Er verfolgte gebannt, wie der eine Mann sich dem Mädchen widmete. Der Bauernsohn brachte sich in Angriffsstellung. Erst jetzt wurde ihm gewahr, dass sein Gegenüber gut einen Kopf größer als er selbst war, doch das änderte nichts an seiner Entschlossenheit.

Er packte die Axt mit beiden Händen, hob es über den Kopf und schlug zu.
Whack!
Mit einem widerlichen Geräusch drang die Axt in den Hinterkopf des Kerls ein. Der Mann verdrehte die Augen, bis er fast schielte, und kippte dann vornüber. Laut polternd krachte er auf die Dielen; die Axt steckte immer noch in seinem Kopf fest.

Der andere Kerl registrierte erst jetzt, was mit seinem Kumpanen geschehen war, und drehte sich verwundert um. In einer Hand hielt er eine Schachtel mit Zündhölzern, in der anderen eine Packung Zigaretten. Gelähmt vor Schreck, starrte er den Bauernsohn ungläubig an.

Der Junge zögerte nicht länger. Er griff sich ein Messer aus dem Holzblock vom Tisch und sprang auf den zweiten Gegner zu. Das Messer grub sich in den Bauch des Kerls, der laut aufschrie.

Verspätet erkannten auch die vier anderen Sonderpolizisten, was vor sich ging. Der Junge riss indessen das Messer zurück und stieß es dem Kerl ein zweites Mal in den Bauch. Der Mann klappte vor Schmerz brüllend zusammen.

Der Leutnant war der abgebrühteste unter den Männern. Er griff nach der offenen Pistolentasche, die neben ihm am Boden lag, und brachte die Waffe in Anschlag. Einmal, zweimal, dreimal krachte die Pistole. Rote Flecken erschienen auf dem Hemd des Jungen, der herumgewirbelt und gegen den Tisch geschmettert wurde. Aus glasigen Augen blickte der Junge auf. Der Leutnant jagte ihm eine vierte Kugel in den Kopf. Und aus dem Affekt heraus, schoss er auch dem Bauernmädchen unter sich zweimal ins Gesicht. Erschrocken sprangen die drei anderen auf, die das jetzt tote Mädchen eben noch festgehalten hatten. Einer bemühte sich hektisch, die Blutspritzer aus seinem Gesicht zu wischen.

»Verflucht noch mal! Die verdammten Kerle sollten doch aufpassen«, schimpfte der Leutnant wütend. Er legte die Waffe auf den Tisch und zog seine Hose hoch.

»Was steht ihr da so dumm herum und haltet Maulaffen feil?«, fuhr er die drei stumm vor ihm stehenden Polizisten an. Der Leutnant deutete auf den schreienden Mann am Boden. »Seht nach diesem Idioten!«

Erschrocken gehorchten die Männer.

»Sieht schlimm aus, Leutnant«, meldete der Fahrer. »Er verliert sehr viel Blut.«

»Da ist er selbst schuld, der blöde Kerl«, wütete der Leutnant. Er stieß den Verwundeten mit der Stiefelspitze an, der gequält aufstöhnte. »Schafft ihn in den Lastwagen. Wir fahren zurück. Und nehmt den toten Trottel auch mit!«

»Sofort, Leutnant.«

Der Leutnant knurrte unwillig. Dabei hatten sich er und seine Leute doch nur ein wenig amüsieren wollen. Und jetzt diese verfluchte Scheiße! Das würde gar nicht so einfach zu erklären sein.

Obwohl ... vielleicht doch.

Der Leutnant sah sich um, während seine Männer zuerst den Verletzten und dann den Toten aus der Küche schleiften. Er ging zum Ofen, schnappte sich die Feuerzange, packte einige der schwelenden Holzstücke und warf sie auf den Boden. Die Holzdielen begannen zu rauchen, aber ein Feuer entstand nicht. Fluchend suchte der Leutnant in der Küche nach etwas Brennbarem, riss die Schränke auf und warf deren Inhalt zu Boden, bis er endlich eine Dose mit Feuerzeugbenzin fand. Er schraubte die Dose auf, sie war noch zur Hälfte gefüllt. Das würde für das, was er im Sinn hatte, wohl ausreichen. Er verteilte das Feuerzeugbenzin auf den Dielen. Als die brennbare Flüssigkeit die glimmende Kohle erreichte, loderten Flammen auf. Dichter Rauch erfüllte die Küche und der Leutnant eilte nach draußen.

»Leutnant, die Verletzung ist wohl schlimmer, als wir dachten. Ich glaube nicht, dass er die Rückfahrt überstehen wird«, meinte der Fahrer.

»Interessiert mich nicht!«, donnerte der Leutnant wütend. »Hätte er halt besser aufpassen sollen! Und jetzt weg hier!«

»Zu Befehl!«

Der Fahrer gehorchte und ließ den Lastwagen an. Während das Fahrzeug davonrollte, quollen immer dichtere Rauchwolken aus dem Wohngebäude.

»Wir haben den Hof kontrolliert und die Familie tot vorgefunden«, erfand der Leutnant spontan die Geschichte, die er seinen Vorgesetzten erzählen wollte. »Dann wurden wir angegriffen und konnten gerade noch entkommen. So und nicht anders ist es gewesen, verstanden?«

»Verstanden, Leutnant.« Der Fahrer begleitete den Leutnant schon seit Jahren, zuerst in Spanien, dann in Österreich, jetzt in der Tschechoslowakei. Der wusste schon, wie er sie aus dieser Sache herausreden konnte. Wäre ja nicht das erste Mal. Er trat aufs Gaspedal und beschleunigte den Lastwagen fast auf Höchstgeschwindigkeit.

Der Knecht der Familie war zu weit draußen auf den Feldern gewesen, um das Wohnhaus nach den ersten Schüssen rechtzeitig zu erreichen. Aber er hatte das Ende des Dramas verfolgt. Zitternd vor Angst hockte er hinter dem Schuppen und verfolgte mit vor Schrecken geweiteten Augen, wie die Mörder davonfuhren. Dann eilte er zum Wohnhaus, konnte aber wegen des dichten Rauchs und der Flammen nichts ausrichten. Einen Moment lang stand er bloß unschlüssig da und wusste nicht, was er tun sollte. Er hatte seit vielen Jahren im Dienste der Familie gestanden, war von diesen guten Menschen selbst wie ein Familienmitglied behandelt worden.

Diese elenden Mörder!

Er ballte die Hände zu Fäusten und spürte, wie eine unbändige Wut in ihm keimte. Damit durften sie nicht davonkommen! In letzter Zeit hatte es zu viele Übergriffe dieser Art gegeben. Überall brodelte der Zorn unter den Minderheiten. Manch einer hatte hinter vorgehaltener Hand schon vom bewaffneten Widerstand gegen das Regime in Prag gesprochen. Der alte Harald, der wenige Kilometer entfernt wohnte, war einer derjenigen, der am lautesten auf Beneš und seine Genossen schimpfte. Der Alte hatte bereits im Krieg gekämpft; er würde wissen, was zu tun war! Entschlossen begab sich der Knecht zum Nachbarhof.

London

England, einige Tage später

Wilbur Nottingham, 1. Lord von Nottingham, zog an seiner Zigarre und blickte nachdenklich auf die Papiere, die vor ihm auf dem Schreibtisch lagen.

Nottingham war ein alter Hase innerhalb der britischen Politik. Im Großen Krieg hatte er als Munitionsminister an entscheidender Stelle über Großbritanniens Politik und Strategie bestimmt. Nach dem Krieg übernahm er in Lloyd Georges Kabinett das Amt des Luftfahrtministers, 1924 wurde er zum Schatzkanzler, also zum Finanz- und Wirtschaftsminister, unter dem neuen Premier Stanley Baldwin ernannt. Dieses Amt übte er bis 1929 aus. 1930 überwarf sich Nottingham jedoch mit dem Premierminister wegen dessen angeblich zu lascher Haltung gegenüber der indischen Unabhängigkeitsbewegung unter Mahatma Gandhi. Ein Jahr später zog sich Nottingham vorerst aus der Politik zurück und unternahm Reisen durch Amerika und Europa. Als einer der Ersten nahm er die Bedrohung durch den Kommunismus wahr und er sah auch die Anzeichen eines Konflikts mit Amerika. Seine Warnungen vor den Nordamerikanern führten dazu, dass die US-Botschaft in den Zeitungen große Anzeigen schaltete, in denen der Lord als Gefahr für den Frieden bezeichnet wurde. Durch diese Kampagne hing Nottingham in weiten Teilen der britischen Bevölkerung der Ruf eines Kriegstreibers an. Enttäuscht zog sich der Lord auf seinen Landsitz zurück; dort widmete er sich seinem Hobby, der Malerei, vor allem jedoch seiner schriftstellerischen Arbeit. Dennoch unterhielt er auch weiterhin intensive politische und gesellschaftliche Kontakte, um über die aktuellen Entwicklungen aus erster Hand informiert zu bleiben. Die auf dem Landsitz abgehaltenen Abendgesellschaften zählten bei denen, die Rang und Namen hatten, zu den beliebtesten. Aufgrund einer Erkältung war es Nottingham jedoch leider nicht möglich, bei der Unterzeichnung des britisch-deutschen Flottenvertrages anwesend zu sein, und so verpasste er die Gelegenheit, mit dem deutschen Bundeskanzler Jäger zusammenzutreffen. Als Chamberlain Premierminister wurde, berief er den Lord in sein Kabinett. Eine Überraschung, denn Chamberlain war ein Vertreter der Beschwichtigung gegenüber den Amerikanern, während Nottingham sich nicht scheute, die Konfrontation zu suchen.

Nachdem Neville Chamberlain während einer Besprechung zusammengebrochen war, rief der Premier Nottingham an sein Krankenbett. Von starken Schmerzen geplagt, eröffnete Chamberlain Lord Nottingham, dass er beabsichtigte, für die Dauer seiner Genesung Nottingham zum Deputy Prime Minister – zu seinem Stellvertreter – zu ernennen. Dieser Schritt wurde von vielen in der Regierung und im Parlament nicht gerade mit Begeisterung aufgenommen, und dessen war sich Nottingham auch bewusst.

In seiner Antrittsrede machte Nottingham klar, dass über die Unabhängigkeit und den Zusammenhalt des britischen Empires nicht verhandelt werde. Es sei, fuhr der Lord vor dem Parlament fort, nun nicht an der Zeit, den unverschämten Forderungen eines gemeinen Aggressors nachzugeben, der das Empire auf heimtückische Art und Weise aus dem Hinterhalt überfallen habe wie ein erbärmlicher Straßendieb. Diese markigen Worte führten unter den Parlamentariern zu einem Begeisterungssturm und auch die britische Presse griff die Rede des stellvertretenden Premiers auf. Die amerikanische Botschaft protestierte, bezeichnete Nottingham erneut als einen skrupellosen Kriegstreiber und Feind des Friedens. Doch dieses Mal griff die Argumentation der Amerikaner nicht, denn die britische Bevölkerung wusste sehr genau, wer das Empire angegriffen hatte und das Blut ihrer Söhne vergoss.

Lord Nottingham streifte die Asche seiner Zigarre am Aschenbecher ab und gab ein Seufzen von sich. Feurige Reden halten, das war schon immer eine seiner Stärken gewesen. Aber es galt auch, die Worte mit den Zahlen der verfügbaren Kriegsschiffe in Übereinstimmung zu bringen. So unglaublich es auch klingen mochte, aber die Franzosen und – ausgerechnet! – die Deutschen vermochten in dieser verzweifelten Lage die Rettung für das Empire sein.

Ganz nüchtern betrachtet, ermöglichte es die gar nicht so neutrale Neutralitätspatrouille eine große Anzahl von Kriegsschiffen freizustellen, die sonst zum Schutz der lebenswichtigen Seewege in Westeuropa und um Nordwestafrika herum benötigt würden. Somit war es der Royal Navy möglich, zu kleineren Gegenschlägen auszuholen und die Amerikaner zum Reagieren zu zwingen.

Die Royal Navy war nach der Schlacht von Island immer noch schwer angeschlagen, aber innerhalb der nächsten Wochen würden einige wieder instandgesetzte Schiffe zur Flotte stoßen. Zusammen mit den Einheiten, die ihnen die Deutschen überlassen hatten, verfügte die Admiralität dann wieder über eine Seestreitmacht, mit der man arbeiten konnte. Es kam nun darauf an, außerhalb des amerikanischen Luftschirms zu bleiben, den die Yankees über den Nordatlantik gespannt hatten.

Die Dänen hatten ob der Besetzung von Grönland zwar energisch protestiert, aber Washington hatte die Proteste einfach beiseite gewischt. Um so schnell wie möglich wieder zum Frieden zurückzukehren, so das US-Außenministerium in einer öffentlichen Verlautbarung, sei es unabdingbar, Grönland für den Fall weiterer britischer Aggressionen besetzt zu halten. Der dänische Vertreter erhob beim Völkerbund in Genf scharfen Protest, aber die Amerikaner waren dem Bund nie beigetreten, daher ignorierten sie Einlassungen aus dieser Richtung ohnehin. Genf beschloss jedoch, erstaunlich für den Völkerbund, Sanktionen gegen Amerika. Diese schränkten den Handel der Yankees erheblich ein und trafen sie dort, wo sie es spürten, nämlich im Geldbeutel.

Hatte er nicht gerade noch etwas aus Genf gelesen?

Nottingham durchstöberte den Papierberg vor sich.

Ah, da war es! In der Tschechoslowakei war es zu schweren Aufständen gekommen. Ausgebrochen waren sie allem Anschein nach zuerst im Sudetenland, dem Grenzgebiet zwischen Deutschland und der Tschechoslowakei. Vor dort aus griff der Aufstand wie ein Lauffeuer in der staubtrockenen Savanne um sich. Neben den unterdrückten Sudetendeutschen erhoben sich auch die Slowaken, Polen, Ungarn und Ukrainer gegen das Regime in Prag. Für Nottingham, einen Kenner der europäischen Geschichte, war diese Entwicklung vorhersehbar gewesen. Prag hatte die Minderheiten im eigenen Land eindeutig zu lange und zu harsch unterdrückt. Die Berichte von Übergriffen der Sonderpolizei, dem Vernehmen nach einem Sammelbecken für allerlei Kriminelle und Extremisten, waren so schlimm, dass sie sogar ihren Weg in den Teil der europäischen Presse fanden, die den Sozialisten im allgemeinen eher wohlgesonnen waren.

Was genau die Gewalt im Sudetenland ausgelöst hatte, war nicht bekannt, jedoch hatten die dort lebenden Volksdeutschen in mehreren Ortschaften die Rathäuser im Handstreich besetzt, und forderten nun von der Regierung ein Ende der Unterdrückung, die Gewährung von Autonomierechten sowie einen ständigen Vertreter im Prager Parlament.

Eduard Beneš dachte jedoch nicht daran, den Sudetendeutschen auch nur im Geringsten entgegenzukommen, und schickte seine Sonderpolizeitruppe ins Sudetenland, um die Lage wieder unter Kontrolle zu bringen. Die Sonderpolizei drang in die betroffenen Ortschaften ein und machte sich an die Arbeit. Sie handelte ohne echten Plan oder Befehl, war stattdessen nur mit der mündlichen Anweisung ihres Präsidenten ausgestattet, die Aufständischen festzusetzen und dabei mit aller notwendigen Härte vorzugehen. Die Angehörigen der Sonderpolizeitruppe, zumeist linke Radikale aus anderen Ländern, jedoch selten ausgebildete Polizeibeamte, waren schlecht organisiert und wussten nicht so recht, was sie nun eigentlich tun sollten, um den Aufstand zu unterdrücken. Schließlich hatten die meisten von ihnen in der Vergangenheit auf der anderen Seite gestanden; in Spanien oder Österreich waren sie selbst die Aufständischen gewesen. So verfielen sie sehr rasch wieder in ihre gewohnte Handlungsweise; quälten, vergewaltigten und ermordeten jeden, der sich ihnen in den Weg stellte.

In Saaz richteten die Sonderpolizisten ein entsetzliches Blutbad an, als sie wie ein Rudel hungriger Wölfe über die Bewohner herfielen. Sie machten vor niemandem Halt; Alte, Frauen, sogar Kinder schlachteten sie ab. Das Gemetzel war so entsetzlich, dass sich die wenigen echten Polizisten der Truppe auf die Seite der Zivilisten schlugen. Männer in blauer Uniform schossen in dem Chaos aufeinander, jeder wandte sich gegen jeden. An diesem Tag starben in der kleinen Ortschaft mehr als 500 Menschen.

Die tschechoslowakische Regierungspresse machte allein die Volksdeutschen im Sudetenland für die schrecklichen Vorgänge verantwortlich, doch als die Wahrheit einen Tag später ans Licht kam, probten auch die anderen Minderheiten im Land den offenen Aufstand.

Beneš ließ die Armee von der Leine, um der Lage Herr zu werden, doch große Teile der Streitkräfte desertierten und schlossen sich ihren jeweiligen Volksgruppen an. Die Soldaten, die zumeist ihre Waffen mitbrachten, stellten für die Aufständischen natürlich eine mehr als nur willkommene Verstärkung dar. Im Sudetenland, in der Slowakei und der Karpaten-Ukraine proklamierten Komitees ihre Unabhängigkeit von Prag, und sie verlangten den sofortigen Rücktritt des Präsidenten.

Beneš tobte. Mit sprichwörtlichem Schaum vor dem Mund beschuldigte er die Regierung in Berlin, hinter dem Aufstand zu stecken, und drohte Bundeskanzler Jäger sogar mit Krieg, sollte dieser sich weigern, den Aufstand zu beenden. Kurz darauf weitete Beneš seine Anschuldigungen und Drohungen auf Polen und Ungarn aus. Als der Papst aus Rom alle Parteien zur Besonnenheit aufrief, ließ Beneš durch seine regimetreue Presse verkünden, dass sogar die Kirche an dieser internationalen Verschwörung gegen die friedliebende Tschechoslowakei beteiligt sei.

In Berlin legte Bundeskanzler Jäger eine bewundernswerte Selbstbeherrschung an den Tag, als er zu den Anschuldigungen aus Prag Stellung nahm. Jäger verurteile die Gewalt und rief alle Beteiligten dazu auf, Ruhe und Bedachtsamkeit walten zu lassen. Die Bundesregierung habe das Streben nach Autonomie der deutschen Minderheit in der Tschechoslowakei zwar immer wohlwollend betrachtet, jedoch keinesfalls aktiv einen Aufstand vorangetrieben.

Beneš nannte Jäger daraufhin einen Lügner und behauptete, dass sich zwei Divisionen der deutschen Bundeswehr bereits im Sudetenland befänden und auf Seiten der Aufständischen gegen die tapferen und aufrechten Regierungstruppen kämpfen würden. Auch seien polnische und ungarische Truppen in die Tschechoslowakei eingefallen und würden dort wie die Barbaren unter den Tschechen wüten. Beweise für diese Anschuldigung konnte Beneš jedoch nicht vorlegen. Die Tschechoslowakei, dieser nach dem Großen Krieg künstlich geschaffene Vielvölkerstaat, stand unmittelbar vor dem Zerfall.

Die Deutschen, Polen und Ungarn, erfüllt von tiefer Sorge über das Schicksal ihrer Landsleute, versuchten in Genf den Völkerbund zu einer Reaktion zu bewegen. Denn auch wenn sich ein signifikanter Teil der tschechoslowakischen Streitkräfte auf die Seite ihrer jeweiligen Volksgruppen geschlagen hatte, verfügte Beneš immer noch über ausreichend ihm treu ergebene Truppen, um ein noch entsetzlicheres Blutvergießen im Lande vom Zaun zu brechen.

Nottingham zog erneut an seiner Zigarre, aber der Tabak wollte ihm diesmal nicht so recht schmecken, also legte er sie in den Aschenbecher.

Er konnte die Sorgen der Deutschen, Polen und Ungarn sehr gut nachvollziehen. Es stand in der Tat zu befürchten, dass Beneš stur blieb, statt zurückzutreten und so den Weg für Frieden freizumachen. Ja, Beneš würde sich wohl bis zum bitteren Ende an sein Amt klammern.

Eine Lösung musste her, und zwar rasch, bevor sich die Tschechoslowakei selbst zerfleischte und es abertausende von Toten zu beklagen gab.

»David?«, rief Nottingham nach seinem Assistenten.

Die Tür öffnete sich nur wenige Sekunden später und der Sekretär erschien. »Ja, Sir?«

»Ich muss mit dem Premierminister sprechen«, kündigte der Lord an. »Persönlich. Übermitteln Sie bitte mein Bedauern, aber es lässt sich leider nicht vermeiden, den Premier damit zu behelligen.«

»Sehr wohl, Sir.«

An diesem Abend fuhr Nottingham nach Highfield Park, um Chamberlain aufzusuchen. Er trug dem Premier eine Reihe von möglichen Lösungen für die Krise in der Tschechoslowakei vor und bat um dessen Unterstützung. Doch Chamberlain war durch seine Krankheit zu sehr geschwächt, um auf der Bühne der internationalen Diplomatie noch einmal aktiv zu werden. Er bot Nottingham seinen endgültigen Rücktritt an, der zunächst zögerte, dieses Angebot anzunehmen. Doch wurde beiden Männern klar, dass Chamberlain seine Arbeit nicht mehr würde aufnehmen können. Schweren Herzens akzeptierte Nottingham das Angebot.

Am nächsten Morgen trat der stellvertretende Premier vor das Parlament und hielt eine in weiten Teilen der Welt vielbeachtete Rede. Am Nachmittag desselben Tages übernahm Wilbur Nottingham den Vorsitz über eine Allparteienregierung aus Konservativen und Liberalen. König Georg VI. ernannte ihn kurz darauf zum Premierminister.

Berlin

Die Wohnung des Bundeskanzlers, am nächsten Abend

Der Fahrer brachte Staatssekretär Oskar von Hindenburg zur Wohnung des Bundeskanzlers. Der hochgewachsene Adelige stieg aus dem Opel und schlug den Mantelkragen hoch. Es regnete nun schon seit Stunden, was seine Stimmung zusätzlich drückte. Die Vorgänge in der Tschechoslowakei berührten ihn zudem in seinem Innersten.

Das Siedlungsgebiet der Deutschen in Böhmen, Mähren und dem ehemaligen Österreich-Schlesien war nach dem Ende des Krieges gegen den ausdrücklichen Willen der Bevölkerung dem neugeschaffenen Vielvölkerstaat Tschechoslowakei zugeschlagen worden. 3,5 Millionen Deutsche wurden vom Rest ihrer Landsleute getrennt und fremder Herrschaft überlassen. Sie hatten von Anfang an bereits über stark eingeschränkte Rechte verfügt, die später von Prag noch weiter beschnitten wurden, bis sie schließlich der Willkür des Regimes ausgeliefert waren. Das dieser Zustand für die Sudetendeutschen und auch die anderen Minderheiten auf Dauer nicht tragbar war, hätte den Schöpfern dieses künstlichen Staates schon damals klar gewesen sein müssen.

Von Hindenburg trat vor die Haustür. Die Tschechoslowakei-Krise war nur eine weitere Folge des unglücklichen Vertrags von Versailles. Auch wenn dieser inzwischen so gut wie aufgelöst war, wirkte er immer nach. Der Staatssekretär fragte sich, was noch alles im Untergrund dieses verwünschten Vertrages lauerte und nur darauf wartete, dem Frieden in Europa an die Kehle zu springen.

Er streifte den Gedanken ab und klingelte.

Nach weniger als einer Minute wurde die Tür vom Kanzler persönlich geöffnet.

»Oskar«, begrüßte Jäger seinen Freund und Vertrauten. »Welch unerwarteter Besuch. Kommen Sie herein.«

»Guten Abend, Robert. Vielen Dank.«

Von Hindenburg betrat den Flur, zog den Mantel aus und hängte ihn an den Haken.

»Rebecca ist oben beim Kleinen«, sagte Jäger und betrachtete seinen Berater prüfend. »Dies ist wohl kein Höflichkeitsbesuch, oder?«

»Ich fürchte nicht.«

»Gehen wir ins Arbeitszimmer.« Der Kanzler ging voran und meinte über die Schulter hinweg: »Nur einmal wünsche ich mir, dass Sie nicht mit irgendwelchen Hiobsbotschaften zu mir kommen würden. Können Sie nicht einfach sagen, Sie seien nur auf ein nettes Gespräch und einen Schlummertrunk hergekommen?«

»Das könnte ich«, gab von Hindenburg zurück. »Aber Sie würden mir ja ohnehin nicht glauben.«

»Dafür kenne ich Sie einfach zu gut«, meinte Jäger, ließ seinen Freund an sich vorbeitreten und schloss hinter ihm die Tür. Von Hindenburg nahm vor dem Schreibtisch Platz und Jäger umrundete den Tisch, um sich ebenfalls zu setzen.

»Also, was ist es dieses Mal?«

»Wir haben eine Nachricht von unserer Botschaft in London erhalten. Sie stammt von Premierminister Nottingham«, verkündete von Hindenburg und überreichte Bundeskanzler Jäger das Schriftstück.

»Der gute Nottingham verliert keine Zeit, was?«, meinte Jäger. Er war vom Außenministerium und zusätzlich durch den britischen Botschafter über die Vorgänge in England informiert worden. Er verspürte Bedauern, wenn er an Neville Chamberlain dachte. Der ehemalige Premier hatte dieses Ende nicht verdient.

Wie es sich mit dem neuen Mann in London verhielt, würde sich erst noch herausstellen müssen. Jäger hoffte, dass er mit diesem Schreiben nicht die Aufkündigung der britisch-deutschen Beziehungen erhalten hatte. Er klappte das Papier auseinander und las es.

Von Hindenburg war der Inhalt natürlich bekannt, und so verfolgte er innerlich amüsiert, wie sich die Augen des Kanzlers weiteten.

»Ach, du große Sch…ande«, verbesserte sich Jäger unter dem vorwurfsvollen Blick seines Beraters im letzten Augenblick. Von Hindenburg sah es immer noch als seine Pflicht an, seinem Kanzler nicht nur auf dem politischen Parkett mit Rat und Tat zur Seite zu stehen. Jäger pflegte einen übertriebenen Stolz auf seine einfachen Wurzeln und benutzte den teils doch recht deftigen Soldatenwortschatz, um seine Gesprächspartner aus dem Konzept zu bringen, dabei er war immer noch der Bundeskanzler. Und als solcher hatte er eine gewisse Klasse zu pflegen. Auch und gerade, wenn eine solche Nachricht eintraf.

Jäger überflog den Rest des Schreibens mit hektischen Blicken. Mit der linken Hand rieb er sich unbewusst am Kinn, als er zum Ende kam.

»Sind Sie sicher, dass unser Botschafter in London da nicht irgendetwas durcheinandergebracht hat, Oskar?«

»Die Nachricht stammt von Premierminister Nottingham persönlich«, antwortete von Hindenburg. »Unser Botschafter hat sie nur übermittelt.«

»Und die Leute in der Chiffrier-Abteilung des Außenministeriums haben nicht zufällig den falschen Codeschlüssel benutzt?«

»Das habe ich auch wissen wollen, deshalb haben sie es dreimal überprüft«, gab der Staatssekretär so trocken zurück, dass Jäger ihn überrascht ansah. Oskar von Hindenburg ging seinem Sinn für Humor nur selten nach, sodass dieser Kommentar auf die ungewöhnliche Situation hinwies.

»Tja, dann sollten wir mal zum Telefon greifen und anfangen, diverse Leute aus ihren Betten zu holen, was?«, meinte Jäger und fügte bissig hinzu: »Wenn wir heute Nacht keinen Schlaf finden, können die auch darauf verzichten.«

Einige Stunden später

Der flapsige Kommentar des Kanzlers sollte sich in dieser Nacht für sehr viele Menschen als zutreffend herausstellen. Nachdem das Kabinett zusammengetrommelt worden war, traf es auch noch Bundespräsident Goerdeler sowie die Spitzen des Parlaments und der Parteien. In diversen Treffen an verschiedenen Orten in Berlin schlürften einige äußerst griesgrämige Personen viel zu heißen Kaffee und rauchten Zigaretten, um ihren Körper in den Wachzustand zu versetzen. Wie zu erwarten, wurde keine einstimmige Entscheidung gefällt. Die KPD unter Ernst Thälmann und der linke Flügel der SPD waren wieder die Einzigen, die sich vehement gegen die Vorschläge des Kanzlers stellten – aus Prinzip, wie manch einer zynisch anmerkte. Auch, wenn es aufgrund der Uhrzeit nicht alle Parlamentarier zur eiligst anberaumten Sondersitzung geschafft hatten, stimmten dennoch rund 69 Prozent der Abgeordneten den Vorschlägen des Kanzlers zu. Ernst Thälmann beschwor daraufhin Hölle und Verdammnis auf seine Parlamentskollegen herab, wurde jedoch von den meisten Anwesenden einfach ignoriert. Es war einfach noch zu früh am Tage, um sich ernsthaft mit den schon bekannten Auslassungen des KPD-Chefs zu befassen.

Nachdem sich die politische Führung des Landes die Nacht um die Ohren geschlagen hatte, traf es in den frühen Morgenstunden das Militär. Vom Oberkommando wurden Anweisungen erteilt und mehrmals bestätigt, als ungläubige Rückfragen eingingen. Dann summten die Fernsprecher und Funkgeräte auf Divisionsebene. Wenig später flammten in den Kasernen die Lichter auf und schlafende Soldaten wurden von ihren Kompanie- und Zugführern mit lauten Flüchen aus ihren Träumen gerissen. In aller Eile streiften sie ihre Uniform über, griffen sich ihre Ausrüstung und verfluchten innerlich den idiotischen Sesselfurzer, der diesen dämlichen Übungsalarm angesetzt hatte. Erst, als sie die Gefechtsmunition in Empfang nahmen, dämmerte ihnen, dass es wohl doch keine Übung war, die sie um ihren verdienten Schlaf brachte. Die Männer bestiegen die Fahrzeuge und harrten gebannt auf die Dinge, die da auf sie zukommen mochten.

Graslitz

Sudetenland, deutsch-tschechoslowakisches Grenzgebiet, an diesem Morgen

Die Bewohner von Graslitz, direkt hinter der Grenze zu Deutschland gelegen, hatten hastig Straßensperren errichtet, als ein Beobachter vom Kirchturm aus die lange Staubfahne im Westen gemeldet hatte. Sie alle fürchteten, dass die Sonderpolizeitruppe oder die tschechoslowakische Armee in ihre Ortschaft einfallen würde. Die Nachricht vom Massaker in Saaz hatte sich unter den

Sudetendeutschen sehr schnell verbreitet. Von den übergelaufenen Soldaten der Armee hatte es keinen einzigen nach Graslitz verschlagen, dafür lag der Ort zu weit im Westen, und so verfügten die Aufständischen nur über einige alte Gewehre und eine eiserne Entschlossenheit, die sie den Regierungstruppen entgegensetzten konnten.

Ein erstes Fahrzeug tauchte an der Spitze der Staubfahne auf, ein gepanzerter Spähwagen. Unter den Leuten an der Straßensperre keimte Schrecken auf. Das musste die Armee sein! Niemand sonst verfügte über Panzerwagen.

50 Meter vor der Sperre stoppte das Fahrzeug.

»Die sind ganz schön aus dem Häuschen«, stellte der Kommandant fest.

Feldwebel Ludwig Halberstadt spähte durch die Sichtschlitze nach draußen und schüttelte dann leicht mit dem Kopf. »Die stehen kurz davor, in Panik wegzurennen.«

»Dann sollten wir uns besser mal vorstellen«, meinte Unteroffizier Egon Sommer, der neben seinem Kommandanten im Turm hockte.

Halberstadt klappte das Turmluk auf und stemmte sich nach oben. »Ich melde uns mal an.«

Der Richtschütze konnte durch seine Optik erkennen, dass sich drei oder vier Gewehre auf den Spähwagen richteten. »Warte! Ich glaube, die schießen auf uns!«

Mit einem *Pliiing!* traf die abgefeuerte Kugel gegen die Panzerung des Panhard und pfiff davon.

»Herrjeh!«, stieß Halberstadt erschrocken hervor und ließ sich wieder in den Schutz des gepanzerten Kampfraums fallen. »Diese gottverdammten Idioten! Wir sind doch hier, um denen zu helfen!«

»Alles in Ordnung, Ludwig?«, fragte Hendrik Wollert nach. Der Hauptgefreite drehte den Oberkörper von seinem Funkgerät weg, um seinen Kommandanten ansehen zu können.

»Ja, alles klar! Ich bin mit dem Schrecken davongekommen«, beruhigte der Feldwebel den Funker.

»Was zum Teufel unternehmen wir denn jetzt?«, fragte Sommer ein wenig ratlos. »Wie sollen wir denen klar machen, dass wir auf ihrer Seite sind?«

Halberstadt wusste genau, was in dem Richtschützen vorging. So unglaublich es klang, aber die deutsche Bundeswehr rückte in die Tschechoslowakei ein. Der neue britische Premierminister Wilbur Nottingham hatte im Zusammenwirken mit Frankreich dem Völkerbund in Genf einen Eilantrag vorgelegt. Deutschland, Polen und Ungarn sollte es erlaubt werden, eine Polizeiaktion zum Schutze der Bevölkerung in der Tschechoslowakei durchzuführen. Als Vorbild diente dabei die deutsche Intervention in Österreich. Obwohl die Umsetzung von Beschlüssen nicht selten aus Eigeninteresse von den Mitgliedern des Völkerbundes blockiert wurde, gelang es dank des großen Einflusses von Großbritannien und Frankreich dem Bund die Zusage zu entlocken. Deutschland sollte das Sudetenland, Böhmen und Mähren sichern, Polen die Slowakei und Ungarn die Karpaten-Ukraine. Die Polen und Ungarn waren immer noch dabei, ihre Truppen mobil zu machen, aber eine polnische Kavallerie-Brigade hatte den letzten Meldungen nach die Grenze bei Freistadt bereits überschritten, und auch die Ungarn näherten sich Kaschau.

»Kuno, langsame Fahrt voraus«, wies Halberstadt den Fahrer an. »Schrittgeschwindigkeit, wenn du das hinbekommst. Versuch, die Sperre beiseite zu drücken.«

»Ich kann es versuchen«, gab der Fahrer zurück. Stabsgefreiter Kuno Pfeiffer sah zweifelnd durch den Sichtschlitz nach vorne. »Falls die sich nicht durch unseren bloßen Anblick einschüchtern lassen und beiseitetreten, wird das für die Leute aber nicht gut ausgehen.«

»Ich würde nur ungern einen Warnschuss abgeben«, hieb Sommer in die gleiche Kerbe. »Mit unserer Zweikommafünf ist da nichts zu machen, und das MG 34 möchte ich lieber auch nicht einsetzen.«

»Sehe ich genauso.« Frustriert beugte sich Halberstadt nach vorne. »Versuchen wir es erst einmal mit einem Rammstoß.«

»Verstanden.«

Pfeiffer ließ den Panhard gemächlich auf die Sperre zurollen. Der Anblick des gut 2,30 Meter hohen und zwei Meter breiten Spähwagens, der sich der Straßensperre näherte, veranlasste einige Personen tatsächlich zum Rückzug, bis dann schließlich alle auseinanderstoben.

»Na also, es geht doch«, stellte Halberstadt fest. »Geschwindigkeit etwas erhöhen. Schieb den Krempel einfach beiseite.«

»Wird gemacht.« Pfeiffer rammte die Schnauze des Spähwagens in das Pferdefuhrwerk, das mittig auf der Straße stand. Gegen die über acht Tonnen Masse des Panhard war so ein alter Holzbock gar nichts. Es knirschte, und der Spähwagen schob das Fuhrwerk einfach beiseite. Einige Fässer rollten über das Pflaster davon, dann war der Weg frei.

»Sehr gut gemacht, Kuno«, lobte der Feldwebel seinen Fahrer. »So, dann sehen wir mal, ob die jetzt mit uns reden wollen.«

»Die denken bestimmt, wir sind Tschechen«, meinte Wollert.

»Ach komm, die werden doch wohl kaum unsere Balkenkreuze und die Flagge in Schwarz-Rot-Gold mit der tschechischen Fahne verwechseln?«, meinte Pfeiffer.

»Wer weiß? Vielleicht wissen sie gar nichts von unserem Flaggenwechsel vor einigen Jahren?«, versuchte Wollert einen Scherz zu machen.

»Blödsinn. So weit ab sind die hier auch nicht«, meinte Halberstadt. »Ich steige aus. Vielleicht kann ich mit den Leuten reden.«

»Augenblick, Chef«, sagte der Richtschütze und deutete auf die Maschinenpistole, die zusammen mit sechs Magazinen an der Innenseite der Turmwand befestigt war. »Willst du die nicht lieber mitnehmen?«

Der Feldwebel starrte kurz auf die nagelneue MP 38. Die Waffe war erst vor wenigen Wochen zur Truppe gelangt. Zum großen Teil aus metallischen Stanzteilen gefertigt, ließ sich die Waffe sehr rasch in großen Stückzahlen herstellen. Im Magazinschacht steckte ein langes Stangenmagazin mit 32 Patronen im Kaliber neun Millimeter.

»Nein, damit würde ich nur den falschen Eindruck erwecken«, meinte Halberstadt dann etwas zögerlich und klopfte auf die Pistolentasche, in der die ebenfalls neue neun-Millimeter-Pistole P 35 steckte. Die Bundeswehr hatte sich dazu entschieden, die belgische FN Browning HP für die Streitkräfte in Lizenz zu produzieren. Zu dieser Entscheidung hatte beigetragen, dass die Browning zum einen sehr beliebt und weit verbreitet war und die deutsche Industrie zum anderen auf die Schnelle kein vergleichbares Modell liefern konnte. Im Magazin der Pistole steckten 13 Patronen. »Zur Not habe ich ja die hier.«

»Wie du meinst, Chef. Sei bloß vorsichtig«, ermahnte ihn Sommer.

Halberstadt stemmte sich aus dem Turmluk und blickte sich rasch um. Hinter seinem Spähwagen rollte ein weiterer Panhard heran, gefolgt von einem schweren, achträdrigen Panzerwagen.

Die Kommandanten standen jeweils in der offenen Turmluke und blickten angespannt umher.

Der Feldwebel stieg nun ganz aus dem Turm und kletterte an der Seite des Panhard hinunter. Er bewegte sich vorwärts, bis er zehn Meter vor seinem Spähwagen stand, und wartete darauf, dass sich jemand zeigte. Verübeln konnte Halberstadt den Bewohner ihr Misstrauen nicht. Die bittere Erfahrung hatte sie gelehrt, bei Uniformträgern lieber doppelt vorsichtig zu sein.

Indessen rollten die nächsten Fahrzeuge heran und stellten sich flankierend neben den ersten Panzerwagen. Zwei oder drei andere unternehmungslustige Kommandanten stiegen ebenfalls aus.

Nach drei langen Minuten näherte sich ein alter Mann mit Bismarck-Schnauzer den deutschen Soldaten. Der Alte baute sich vor Halberstadt auf und musterte ihn finster.

»Ist das jetzt die neue Uniform der tschechischen Armee?«, grummelte er.

»Wir sind keine Tschechen. Wir sind Deutsche«, entgegnete Halberstadt. »Wir gehören der I. Aufklärungsabteilung der 2. Kompanie der 7. Panzer-Division an.«

»Ja, sicher«, höhnte der Alte und tippte sich mit seinem knochigen Finger an die Brust. »Ich war im Krieg, Jungchen. Und auch wenn meine Augen nicht mehr so gut sind wie früher, sehe ich doch, dass du da kein Feldgrau der Reichswehr trägst.«

Die Augenbrauen des Feldwebels wanderten nach oben. Gut, diesen Punktsieg musste er dem Alten zugestehen. Im Zuge der Modernisierung und der Umwandlung der Reichswehr in die Bundeswehr, hatte man die traditionelle feldgraue Uniform abgeschafft und stufenweise durch eine olivfarbene ersetzt. Auch wenn es den Traditionalisten nicht gefiel, so war die Mehrheit der Truppe von den zweckmäßigen und bequem zu tragenden Kleidungsstücken doch sehr angetan. Als Panzerfahrer trug Halberstadt einen olivfarbenen und feuerfesten Overall, der mit zahlreichen Taschen ausgestattet war. Auf seinem Kopf saß im verwegenen Winkel ein schwarzes Schiffchen.

»Das ist richtig. Wir sind seit einigen Jahren schon nicht mehr die Reichswehr, sondern die Bundeswehr der Bundesrepublik Deutschland.«

»Du kannst mir viel erzählen, Jungchen.«

Halberstadt sah den Alten direkt an. »Das Deutschland jetzt eine Bundesrepublik ist, haben Sie aber mitbekommen, oder?«

»Werd' mal nicht frech, Jungchen«, polterte der Alte los. »Ich bin zwar alt, aber nicht so alt, dass ich dich nicht mehr über's Knie legen könnte!«

Halberstadt musste grinsen. »Daran zweifle ich nicht.«

»Das ist auch besser so!« Der Alte schnitt eine Grimasse. »Bundeswehr, eh? Was ist nur aus meiner Reichswehr geworden? Ich war damals bei den Grenadieren.«

»Alles entwickelt sich weiter«, meinte Halberstadt.

»Das ist auch wieder richtig.« Der Alte taxierte die Fahrzeuge, eine Mischung aus französischen und deutschen Mustern. »Na schön, Jungchen, du kannst mich Harald nennen. Ich bin so was wie der Anführer unseres kleinen Aufstandes hier.«

»Sie können mich Feldwebel Halberstadt nennen, Harald.«

»Na, lass mal, ich bleibe lieber bei Jungchen.«

Halberstadt fasste den ehemaligen Grenadier scharf ins Auge, bemerkte jedoch dessen amüsierten Blick und beschloss, es gut sein zu lassen.

»Ich habe Sie also davon überzeugt, dass wir Deutsche sind?«, fragte der Feldwebel nach.

»Hast du, Jungchen, hast du. Auch wenn ihr komische Uniformen tragt und eine seltsame Flagge führt.« Harald grinste schief. »Was aber direkt zu meiner nächsten Frage führt: Was wollt ihr hier bei uns?«

»Wir sind hier, um euch zu helfen, Harald. Der Völkerbund hat Deutschland, Polen und Ungarn zu einer Polizeiaktion in der Tschechoslowakei ermächtigt. Wir sind hier, um die Bevölkerung vor Übergriffen zu schützen und die Ordnung wiederherzustellen.«

Der Unterkiefer des Alten sackte herab. Völlig fassungslos starrte Harald den Feldwebel an. »Ihr wollt uns helfen? Ihr wollt uns wirklich helfen? Da brat mir doch einer 'nen Storch!« Harald gab einen Laut von sich, halb Schluchzen, halb Lachen. »20 Jahre lang haben wir gewartet und dafür gebetet, dass ihr kommt, und jetzt seid ihr endlich da!« Dem Alten standen Tränen in den Augen. »Leute! Kommt her! Bundeskanzler Jäger hat die deutsche Armee geschickt, um uns zu helfen! Kommt alle her!«

Erstaunt verfolgte Halberstadt, wie die Bewohner von Graslitz von überall herbeiströmten. Offenbar war Harald doch besser über die Dinge informiert, als er zu erkennen geben wollte. Der Feldwebel konnte nicht wissen, wie beliebt der Bundeskanzler bei den Sudetendeutschen war. Als einer der wenigen Politiker, der sich ihrer Belange angenommen und versucht hatte, der deutschen Minderheit zu ihrem Recht zu verhelfen, genoss Jäger hierzulande einen sehr guten Ruf. Natürlich redeten nun erst einmal alle wild durcheinander. Die Bewohner von Graslitz bedrängten die Soldaten so sehr, dass Halberstadt schon das Schlimmste befürchtete.

Es war der alte Harald, der das Durcheinander schließlich ordnete. »Jetzt ist aber mal gut, Leute! Lauft nicht herum wie eine Hammelherde! Macht die Straße frei, damit unsere Jungs weiterfahren können! Die sind nicht zum Vergnügen hier! Los jetzt, zum Donner noch eins!«

Innerhalb von Sekunden machten die Leute Platz.

Beeindruckt betrachtete Halberstadt den Alten. »Sie sind weit mehr, als Sie vorgeben zu sein, habe ich recht?«

»Natürlich, Jungchen«, meinte Harald und kniff verschwörerisch ein Auge zu. »Ehemaliger Grenadier. Soll ich dir ein Geheimnis verraten, Jungchen?«

»Wenn Sie endlich damit aufhören, mich ›Jungchen‹ zu nennen, dann ja.«

»Werd' ich nicht, Jungchen. Aber ich verrate es dir trotzdem: Ich bin im Krieg mal Robert Jäger begegnet. Er lag im Lazarett im Bett neben mir. Ich wusste genau: Aus dem wird noch mal was.«

Harald grinste und winkte zum Abschied. Dann verschwand er in der aufgeregt schwatzenden Menge. Der Feldwebel sah, dass vielen Menschen Tränen über die Wangen liefen. Frauen schmückten die Panzerwagen mit Blumensträußen. Jemand stimmte Volkslieder auf seiner Mundharmonika an.

Halberstadt riss sich von dem Anblick los und kletterte wieder in seinen Spähwagen.

»Alles in Ordnung, Chef?«, fragte der besorgte Sommer. »Du siehst so aus, als hätte es dich ein wenig aus der Spur gehauen.«

»Alles in Ordnung«, gab der Feldwebel zurück. »Ich weiß nicht genau, was ich hier im Sudetenland erwartet habe vorzufinden, aber so etwas war es jedenfalls nicht.«

»Tjaaa«, meinte Pfeiffer langgezogen, der die Szene von seiner Fahrerluke aus verfolgt hatte, »die scheinen auf jeden Fall ganz außer sich zu sein vor Freude.«

Halberstadt versuchte, die Eindrücke der letzten Minuten abzuschütteln. »In Ordnung, Kameraden. Bringen wir den Zirkus mal wieder in Bewegung. Wir haben noch einen weiten Weg vor uns.«

»Verstanden, Chef.« Pfeiffer ließ den Motor an, der grollend zum Leben erwachte.

»Los geht's!« Halberstadt stieg in den Turm und signalisierte den anderen Kommandanten, dass es weiterging. Unter dem Jubel der Menge rollten die Panzerfahrzeuge an.

180 Seemeilen westlich von Marokko

Zur gleichen Zeit

Der Zerstörer *Basque* lief mit einer Geschwindigkeit von 15 Knoten einen südwestlichen Kurs. Die *Basque* gehörte zur insgesamt 14 Schiffe umfassenden L'Androit-Klasse und stand seit 1928 im Dienst der französischen Marine.

Das Wetter spielte mit, wie Kapitän Claude Messier erfreut feststellte. Dass der Atlantik einen seiner besseren Tage hatte, erleichterte ihm die Aufgabe enorm, bedeutete es doch beste Sicht für die Ausgucke. Messier betrachtete die vor ihm auf dem Navigationstisch liegende Seekarte.

Die Patrouillenzone der *Basque* verlief grob vom nördlichen Wendekreis des Krebses bis auf die Höhe von Dakar im Süden, wobei sich das Suchgebiet mit denen der anderen beteiligten Schiffe etwas überlappte. Der Kommandant des Zerstörers war immer noch sehr skeptisch, was diese Neutralitätspatrouille anging. Seiner Ansicht nach hatte sich Frankreich damit auf einen Weg begeben, der zwangsläufig irgendwann zu einer Konfrontation mit den US-Amerikanern führen musste. In Paris sah man das anders. Dort glaubte man, dass die abschreckende Wirkung der Patrouillen Washington wieder zur Vernunft bringen würde. Nun, man würde sehen.

»Unbekanntes Schiff, Steuerbord voraus!«, sang einer der Ausgucke seine Meldung aus.

»Unbekanntes Schiff, Herr Kapitän«, gab der Erste Offizier weiter.

»Ich habe es gehört. Alle Mann auf Gefechtsstation.«

»Alle Mann auf Gefechtsstation!«

Die Alarmklingel schrillte los.

Messier begab sich auf die Brückennock und hob das Fernglas an die Augen. Dort! An der Kimm wurden die Aufbauten eines Kriegsschiffs sichtbar.

»Ein mächtiger Brocken, Kapitän«, meinte der Ausguck neben Messier. »Vermutlich ein Kreuzer.«

»Da könnten Sie recht haben, Pierre.« Messier betrachtete noch einen Moment lang das andere Schiff und kehrte dann auf die Brücke zurück.

»Das Schiffserkennungsbuch, bitte.«

Ein Matrose zog das Buch hervor und reichte es seinem Kommandanten. Dieser schlug das Erkennungsbuch auf und blätterte, bis er bei den Eintragungen über amerikanische Kriegsschiffe angelangte. Sein Zeigefinger glitt über die Schaubilder, bis er schließlich das gesuchte gefunden hatte.

»Ein schwerer Kreuzer. Pensacola-Klasse.«

Der Erste Offizier trat neben ihn. »Alle Mann auf Gefechtsstation, Herr Kapitän.«

Messier sah auf seine Uhr. »Die Männer liegen gut in der Zeit, Jean. Gute Arbeit.«

»Danke, Herr Kapitän«, sagte der Erste, erfreut über das Lob.

Messier betrachtete noch einmal die Daten über die Kreuzer der Pensacola-Klasse. Zehn Geschütze im Kaliber 20,3-Zentimeter, das war schon eine überaus beachtliche Feuerkraft, wenn man sie gegen die vier 13-Zentimeter-Geschütze der *Basque* aufrechnete.

»Melder! Eine Nachricht an die Kommandantur in Dakar: Haben einen amerikanischen Kreuzer der Pensacola-Klasse geortet. Planquadrat sieben-drei. Setzen Beobachtung fort. Unterschrift Messier.«

»Jawohl, Herr Kapitän. Geht sofort raus.« Der Melder grüßte, trat ab und eilte zum Funkraum.

Nahe Podersam

Sudetenland, etwas später

Die offizielle Bezeichnung des leichten Verbindungsflugzeugs lautete Fieseler Fi 156, was von der Truppe einfachheithalber auf »Fieseler Storch« umgemünzt worden war. Den Beinamen »Storch« hatte die Maschine wegen ihres hochbeinigen Fahrgestells erhalten. Die Fi 156 konnte extrem langsam fliegen und hielt sich auch bei Geschwindigkeiten unter 50 Stundenkilometer noch in der Luft. Neben dem Piloten fanden zwei Passagiere oder Beobachter Platz in der Kanzel, denn natürlich eignete sich der Storch auch hervorragend zur Aufklärung.

Generalmajor Erwin Rommel hatte seine Division in drei etwa gleich starke Formationen aufgeteilt und ließ diese auf verschiedenen Wegen in Richtung Prag marschieren. Da die Funkverbindungen zu den einzelnen Truppenteilen immer wieder zusammenbrachen, was zum Teil an den unbrauchbaren Geräten lag, die auch noch in zu kleiner Zahl zur Verfügung standen, nutzte Rommel kurzerhand seine persönliche Verbindungsmaschine, um von einer Einheit zur nächsten zu hüpfen. So konnte er ihren Vormarsch verfolgen und wenn nötig entweder Anweisungen abwerfen oder landen und seine Unterführer rasch in die neusten Entwicklungen einweisen. Dieses Verfahren war neu und improvisiert, aber das traf zum großen Teil auf alles zu, was die 7. Panzer-Division zur Stunde tat. Die Infanterie rückte nach, um die Flanken der schnell vorstoßenden gepanzerten Verbände abzusichern, aber sie war zu langsam, um dicht hinter den Panzern bleiben zu können. Das Oberkommando befand sich bereits in heller Aufregung, befürchtete man dort doch, dass die Panzerspitzen von den Tschechen abgeschnitten werden könnten. Doch der Vormarsch der 7. schien Rommels Ansicht zu bestätigen, dass Geschwindigkeit und Mobilität für erfolgreiche Panzeroperationen entscheidend waren.

Wenn Oberleutnant Joachim Lenz das Funkeln in den Augen des Generalmajors richtig deutete, war Rommel vom Fliegen genauso begeistert wie von den Kampfwagen. Der Oberleutnant wünschte, dass auch von sich behaupten zu können. Tatsache war, dass es Lenz sehr schwerfiel, in der Luft sein Frühstück bei sich zu behalten. Als gebürtiger Infanterist konnte er sich zwar mit den schaukelnden Panzern und Spähwagen anfreunden – schlecht gefahren war immer noch besser als gut gelaufen –, aber in dieser fliegenden Seifenkiste wurde ihm einfach nur übel.

Der Storch kippte zur Seite, als der Pilot den Steuerknüppel bewegte.

Lenz klammerte sich fest, sein Magen machte eine unangenehme Aufwärtsbewegung und ein leises Stöhnen entrang sich seinen Lippen.

»Geht es Ihnen da hinten gut, Achim?«, fragte Rommel.

»Es geht schon, Herr Generalmajor«, presste Lenz mühsam hervor.

»Entspannen Sie sich«, empfahl ihm der Pilot, ein älterer Feldwebel namens Dieter Klemm. »Und genießen Sie die Aussicht. Das hilft.«

Der hat gut reden, dachte sich Lenz. Dem Piloten machte das alles ja auch nichts aus.

Vielleicht hatte Klemm aber auch recht. Also spähte der Oberleutnant nach draußen. Die Kanzel des Storch bot eine nahezu perfekte Rundumsicht auf die Landschaft. Nach einigen Minuten hatte Lenz seine Übelkeit tatsächlich so weit vergessen, dass er mit der Karte im Schoß versuchte, den Positionsangaben des Piloten zu folgen. Es war erstaunlich, dass Klemm sich so gut orientieren konnte, obwohl alles von oben betrachtet so anders aussah, als Lenz es als Infanterist gewohnt war. Als sie die Ortschaft Podersam überflogen, fiel Lenz etwas auf.

»Herr Generalmajor, ich glaube, ich habe da unten etwas gesehen«, meldete der Oberleutnant.

»Was denn, Achim?«

»Ich weiß nicht recht, aber da stimmte irgendetwas nicht.«

»Drehen wir noch eine Runde«, meinte Klemm.

Der Storch schwenkte herum und näherte sich Podersam erneut.

»Da vorne, Herr Generalmajor«, Klemm deutete nach links. »Rauch und Fahrzeuge.«

»Ich sehe es«, bestätigte Rommel.

Lenz blickte angestrengt in die angegebene Richtung. Etliche Lastwagen und gepanzerte Fahrzeuge hatten sich vor dem östlichen Teil des Ortes versammelt und schossen auf die Gebäude. An mehreren Stellen loderten Flammen auf und Rauchsäulen stiegen in den Himmel. Im Westen waren Menschen zu sehen, die offensichtlich vor den Angriffen flohen.

»Was machen die denn da?«, stieß der Oberleutnant entsetzt hervor.

»Scheint so, als ob die tschechoslowakische Armee eingetroffen ist und das Problem mit den Sudeten auf ihre Weise lösen will«, stellte Rommel grimmig fest. »Gehen Sie näher ran, Klemm. Ich will mir das genauer ansehen.«

»Verstanden, Herr Generalmajor.«

Die Fieseler überflog die Fahrzeugansammlung in so niedriger Höhe, dass Lenz das überraschte Gesicht eines Panzerkommandanten erkennen konnte, der im Turm seines Kampfwagens stand und verwundert zu dem kleinen Störenfried aufsah.

Andere waren wachsamer. Maschinengewehre wurden auf das Flugzeug gerichtet.

»Die zielen auf uns!«, warnte Lenz und sein Magen machte erneut einen Hüpfer, als Klemm die Maschine hin und her tanzen ließ. Leuchtspurketten stiegen hinter ihnen auf, verfehlten den kleinen Aufklärer jedoch. Lenz wünschte sich verzweifelt, in seinem Kampfwagen zu sitzen. Der war wenigstens mit einer dicken Panzerung ausgestattet. Doch der erfahrene Klemm manövrierte den Storch so geschickt, dass keiner der auf sie abgegebenen Schüsse sein Ziel traf.

»Ich denke, wir haben genug gesehen«, verkündete Rommel. »Da unten sind etwa 20 Panzer und 30 Lastwagen mit Truppen. Fliegen Sie nach Westen.«

Klemm gehorchte, und sie folgten einige Minuten der Straße nach Westen. Hunderte Menschen bewegten sich fort von Podersam, die meisten waren zu Fuß unterwegs und hatten offenbar nur die Kleidung am Leibe retten können. Kinder und Greise waren unter den Fliehenden.

Rommel studierte seine Karte. »Die 2. Kompanie ist nicht weit von hier. Sie sollte Karlsbad bereits hinter sich gelassen haben. Sehen wir mal, ob wir sie dort finden.«

Französisches Marinekommando Dakar

Etwa zur gleichen Zeit

»*Monsieur L'Admiral*, eine Nachricht vom Zerstörer *Basque*«, kündigte der Adjutant von Admiral Pierre Vauviller an.

Der Admiral sah von dem Papierkram vor sich auf und streckte verlangend die Hand aus.

Sein Adjutant übergab ihm die Nachricht.

»Danke, Pascal.«

»Herr Admiral.« Der junge Offizier salutierte und machte kehrt.

Vauviller faltete den Zettel auseinander und überflog die Meldung rasch. Hm, ein schwerer Kreuzer der Amerikaner, der sich so nahe vor der Küste Westafrikas herumtrieb, war ungewöhnlich. Bisher hatten sich die Amerikaner bei ihren Streifzügen in diesem Gebiet auf Unternehmungen mit U-Booten und trägergestützten Flugzeugen beschränkt. Wenn sie nun aber schwere Einheiten wie einen Kreuzer Jagd auf britische Konvois und Einzelfahrer machen ließen, konnte das eine völlige Neuausrichtung ihrer Strategie bedeuten. Und das wiederum hätte Auswirkungen auf die Neutralitätspatrouillen, die von der Marine durchgeführt wurden. Ihre Aufgabe bestand lediglich darin, fremde Kriegsschiffe in der Überwachungszone aufzuklären und zu beobachten. Kampfhandlungen hingegen waren nicht vorgesehen. Dennoch langte bereits der bestehende Auftrag, um schärfste Proteste aus Washington heraufzubeschwören. Vauviller kam nicht umhin darüber nachzudenken, ob dieser wahnsinnige Österreicher an den Formulierungen in der Antwort der Amerikaner auf die Neutralitätspatrouillen mitgewirkt hatte, immerhin ließen diese jede diplomatische Netiquette vermissen und drohten stattdessen offen mit Krieg. Vauviller gehörte wohl zu den wenigen, die tatsächlich Hitlers Buch gelesen hatten, von dem vor einigen Jahren eine französische Übersetzung erschienen war. Der Admiral hatte nicht den Hauch eines genialen Politikers im Geschreibsel Hitlers ausmachen können, weder in noch zwischen den Zeilen. Eher las sich »Mon Combat« seiner Meinung nach wie die Streitschrift eines Halbwüchsigen.

Aber gut, zurück zu diesem US-Kreuzer ...

Die Neutralitätspatrouillen waren aufgrund der erkennbar pro-britischen Einstellung der Regierungen in Paris und Berlin tatsächlich zu Ungunsten der Amerikaner ausgelegt. Die französischen Einheiten meldeten regelmäßig die Positionen gesichteter US-Schiffe in der Überwachungszone, und zwar unverschlüsselt. Es war für die Briten ein Leichtes, den Funkverkehr mitzuhören, und so die Standorte von lohnenden Zielen zu bestimmen oder eigene Schiffe aus dem Gefahrenbereich zu lotsen. Dies war vor Westafrika bereits mehrmals geschehen, weshalb die Amerikaner nicht müde wurden, sich bei den beteiligten Nationen zu beschweren und Sanktionen zu verhängen.

Vauviller betrachtete die Seekarte an der Wand. War der Kreuzer vielleicht als Warnung der Amerikaner zu betrachten, als Botschaft, dass Washington nicht bereit war, die eindeutig parteiischen Neutralitätspatrouillen einfach so hinzunehmen?

Messier war ein erfahrener Kommandant, wie sich Vauviller in Erinnerung rief. Der würde schon vorsichtig sein ...

Stefan Köhler

Podersam

Sudentenland, einige Stunden später

Feldwebel Halberstadt stand im Turm seines Spähwagens, die Augen hinter der Staubschutzbrille waren zusammengekniffen.

Vor weniger als zwei Stunden war der Generalmajor persönlich mit seinem Storch auf der Straße vor seinem Spähwagen gelandet und hatte Anweisungen für das weitere Vorgehen erteilt. Normalerweise sprachen die Vorgesetzten über Funk mit ihnen, aber Rommel war alles andere als ein normaler Kommandeur, dass hatte Halberstadt längst erkannt. Und als er den Grund für Rommels Vorgehen erfuhr, war der Feldwebel noch stärker als zuvor von seinem Divisions-Kommandeur beeindruckt.

Halberstadt sah in den Himmel, als vier Jagdflugzeuge über die Kolonne hinwegdonnerten und dabei mit den Flügeln wackelten. Der Feldwebel erkannte sie als Heinkel 100, das neue Jagdflugzeug der Luftwaffe. Während ihrer letzten Gefechtsübungen waren sie beim Angriff auf gegnerische Stellungen sogar von Erdkampfflugzeugen unterstützt worden. Die aber waren zu Hause geblieben, denn bei diesem Polizeieinsatz waren den Deutschen lediglich Jagdflugzeuge zum Schutz ihrer Verbände und leichte Aufklärer zur Erkundung gestattet, darauf hatte der Völkerbund bestanden – eine Nachwirkung der Schrecken von Guernica, als amerikanische Bomber die Stadt fast völlig zerstört hatten.

Nun aber galt es, keine Zeit zu verlieren. Die Aufklärungsabteilung umging Podersam im Süden, schlug dann einen Bogen nach Norden und näherte sich den tschechoslowakischen Truppen in ihrer Flanke. Offenbar war ihr Polizeieinsatz dabei, sich in eine handfeste Auseinandersetzung zu verwandeln. Der Völkerbund hatte den Deutschen, Polen und Ungarn zwar alle Maßnahmen zum Schutz der Zivilbevölkerung in der Tschechoslowakei gestattet, was die Anwendung von Gewalt explizit einschloss, aber ganz wohl war Halberstadt nicht dabei.

Seine Bedenken verschwanden jedoch rasch, als er die langen Rauchfahnen ausmachte, die über Podersam hingen. Er drehte sich halb um und betrachtete den Rest der Abteilung. Acht Panhard und noch einmal die gleiche Anzahl achträdrige schwerer Spähwagen 231 – das war nicht gerade viel, um gegen rund 20 Panzer anzutreten. Von der gegnerischen Infanterie ganz zu schweigen. Aber es ging nicht anders. Sie mussten die Zivilisten schützen.

Pfeiffer ließ den Spähwagen vorsichtig über den schmalen Feldweg rollen. Links von ihnen wuchsen Büsche und Hecken, die sie vor den Blicken der Tschechen bei der Ortschaft verbargen, umgekehrt aber auch eventuelle Gegner verdeckte. Wer konnte schon sagen, ob sich hier nicht vielleicht doch irgendwo ein Panzer herumtrieb, der nur darauf wartete, dass jemand so unvorsichtig sein würde, ihm direkt vor die Mündung der Kanone zu fahren?

Halberstadt verscheuchte den Gedanken und sah wieder nach Norden. Dort vorne machte er eine Gruppe aus niedrigen Bäumen aus, zwischen denen ebenfalls Büsche sprossen.

»Kuno, die Baumgruppe genau voraus«, wies der Feldwebel seinen Fahrer ein.

»Gesehen«, gab Pfeiffer lakonisch zurück und steuerte den Panhard langsam ins Unterholz.

»Stopp!«, befahl Halberstadt. »Ich steige aus und sehe mir die Sache an.«

»Allein?«, fragte Wollert. »Dann nimm diesmal aber die MP mit.«

»Klar.« Der Feldwebel griff sich die MP 38 und kletterte aus dem Turm. Mit der freien Hand hielt er sich am Lauf der 2,5-Zentimeter-Kanone fest und stieg über die schräge Frontpanzerung zu Boden.

Er winkte Pfeiffer kurz zu, der den Kopf aus der Fahrerluke gesteckt hatte, und wandte sich nach Norden. Die restlichen Fahrzeuge der 2. Kompanie sammelten sich derweil in dem kleinen Wäldchen.

Halberstadt sog die frische Luft ein. Nach dem Gestank von Farbe, Öl und Treibstoff wirkte die würzige Luft mit dem Duft von Blüten und der vom Regen feuchten Erde belebend auf ihn. Doch dann blieb er stehen und schnupperte. Rauch. Er umrundete drei dicht beieinanderstehende Bäume und drückte die Zweige eines Busches beiseite.

Keine 300 Meter entfernt befand sich die tschechoslowakische Armee. Panzer standen etwa 500 Meter vor Podersam auf einer kleinen Anhöhe und feuerten abwechselnd mit ihrer Hauptkanone in die Stadt. Hinter ihnen parkten Lastwagen. Diese führten jedoch nicht nur Soldaten mit sich, sondern auch Benzin und Munition, wie Halberstadt erkannte. Eine Gruppe Soldaten bildete eine Kette zwischen vier Lkw und den Panzern und reichte Granaten weiter. Offenbar hatten die Kampfwagen einen großen Teil ihrer Munition verbraucht und mussten ihre Bestände auffüllen. Da die Tschechen unentwegt feuerten und anscheinend keinerlei Alarmposten ausgelegt hatten, bemerkten sie auch nicht, dass sich ihnen das deutsche Militär gefährlich genähert hatte.

Bei den Kampfwagen handelte es sich allem Anschein nach um leichte Panzer Modell 35, oder wie die Tschechen sie bezeichneten: LT vz. 35. Diese Kampfwagen brachten 10,5 Tonnen auf die Waage, hatten eine Besatzung von vier Mann und waren mit einer 3,7-Zentimeter-Kanone und zwei MG bewaffnet.

Hinter den Panzern befanden sich zwei Mörserstellungen, die ebenfalls auf Podersam feuerten. Dem Feldwebel fiel jedoch auf, dass viele der Soldaten eine blaue Uniform trugen. Waren das die Angehörigen der berüchtigten Sonderpolizei?

Halberstadt hatte genug gesehen. Langsam schlich er wieder davon und traf wenig später bei seiner Abteilung ein. Rasch kletterte der Feldwebel in den Turm seines Panhard.

»Hendrik, ich brauche die ganze Kompanie«, sagte Halberstadt zu seinem Funker und blickte kurz auf die Landkarte.

Wollert schaltete sofort den Rest der 2. Kompanie in den Funkkreis hinein und nickte dann seinem Kommandeur zu.

»Eule Eins an alle. Hergehört«, begann Halberstadt. »300 Meter jenseits des Wäldchens stehen rund 20 tschechoslowakische Leichtpanzer Modell 35 auf der Anhöhe 219, die von massig motorisierter Infanterie unterstützt werden. Sie beschießen die Ortschaft Podersam.«

Der Feldwebel ließ seine Worte kurz wirken.

»Unsere Aufgabe ist es, den Brüdern ordentlich in die Suppe zu spucken«, fuhr Halberstadt dann fort. »Wir halten uns östlich der Anhöhe 219 und packen die Tschechen in der Flanke. Deren leichte Kästen können wir mit unseren Zweikommafünf knacken. MG-Feuer auf die Lkw und Infanterie. Nicht vergessen, unsere Vorteile sind Geschwindigkeit und Wendigkeit. Wir machen es genauso, wie wir es geübt haben: Wir stoppen nur kurz, um zu feuern, und fahren dann sofort wieder an. So machen wir die Mistkerle fertig. Los geht's, Kameraden!«

Die leichten und schweren Spähwagen der 2. Kompanie pflügten durchs Unterholz und rollten auf die Wiese. Der Turm jedes Fahrzeugs war bereits auf den flachen Hügel ausgerichtet.

»Da sind sie«, sagte Halberstadt mehr zu sich selbst. »Zwischen die Laufrollen halten, Egon.«

»Schon klar, Chef.« Sommer, der links im Turm neben dem Feldwebel saß, visierte einen der leichten Panzer an. »Ziel aufgefasst!«

»Feuer!«

Die 2,5-Zentimeter-Kanone SA 35 hämmerte los. Sie spie ein Wolframgeschoss aus, das eine Mündungsgeschwindigkeit von 950 Metern pro Sekunde erreichte. Die maximale Stärke der Panzerung der tschechoslowakischen Tanks betrug 25 Millimeter – kein wirkliches Hindernis für ein Geschoss, welches selbst doppelt so dicke Panzerplatten durchdringen konnte. Allerdings fiel das Ergebnis wesentlich unspektakulärer aus, als die Besatzung des Panhard erwartet hatte. Ein Loch entstand in der Wanne des tschechoslowakischen Kampfwagens, mehr war nicht zu erkennen.

»Verdammt!« Sommer gab eine Serie von fünf Schüssen ab. Dieses Mal erzielte er eine sichtbare Wirkung im Ziel. Rauch kräuselte sich über dem Heck des LT vz. 35, dann loderten Flammen aus dem Motorraum nach oben.

»Na also! Geht doch«, rief Sommer und richtete den Turm auf das nächste Ziel aus.

Weitere Kanonen fielen in den Angriff ein und die ersten deutschen Maschinengewehre rasselten los.

Die Angehörigen der tschechoslowakischen Armee und der Sonderpolizei wurden von dem Feuerüberfall völlig überrascht. Dies war nicht die erste Strafexpedition, die sie im Sudetenland durchführten. Sie waren es gewohnt, in sicherer Entfernung in Stellung zu gehen und dann die aufmüpfigen Bewohner der Städte und Dörfer in aller Ruhe unter Beschuss zu nehmen. Dass sie selbst einmal unter Feuer genommen werden könnten, damit hatten sie nicht gerechnet.

Als die deutschen Spähwagen einen Bogen um die Anhöhe 219 schlugen und dabei die Tschechen unter Beschuss nahmen, fühlte sich Halberstadt an eine Szene aus einem amerikanischen Western erinnert, den er einmal im Kino gesehen hatte. Da waren die Indianer auch um die Kavalleristen mit ihren Planwagen herumgeritten und hatten sie beschossen.

Schon verrückt, was einem in so einer Situation alles durch den Kopf geht, dachte der Feldwebel und besann sich wieder auf seine Pflichten.

»Panzer auf elf Uhr, wandert nach zehn. Steht mit dem Heck zu uns«, wies Halberstadt seinen Richtschützen ein.

»Aufgefasst.«

»Feuer!«

Die Kanone spuckte Rauch und der Rückstoß versetzte dem ganzen Panhard mehrere Schläge.

»Getroffen!«, jubelte Sommer. »Der Kasten brennt!«

»Neues Ziel: Lkw auf der Hügelkante.«

»Aufgefasst.«

»Feuer!«

Das koaxiale MG 34 schnatterte los. Dutzende 7,92-Millimeter-Geschosse schwirrten hinüber und durchlöcherten Karosserie und Plane des Lastwagens. Etwas auf der Ladefläche wurde von den Leuchtspurgeschossen in Brand gesetzt, offenbar hatte der Lkw auch Treibstoff für die anderen Fahrzeuge geladen.

Halberstadt nahm durch die Winkelspiegel einen raschen Rundblick. Mehrere der leichten Panzer und Lastwagen brannten. Die Fußtruppen suchten ihr Heil in der Flucht oder sprangen hinter die Kampfwagen in Deckung. Zwei gegnerische Maschinengewehre beantworteten den deutschen Geschosshagel mit wütendem Feuer. Die Leuchtspuren fuhren gegen einen achträdrigen Spähwagen 231, prallten an der Panzerung ab und stoben, gleich einem Schwarm aus Glühwürmchen, in alle Richtungen auseinander. Der Turm des Radpanzers drehte sich etwas und das MG 34 legte knatternd los. Das gegnerische Schnellfeuer erstarb augenblicklich; die

Schützen versuchten entweder, sich in den Boden zu krallen, oder fielen aus und taumelten ins Gras.

Einige weitere Tschechen überwanden ihren anfänglichen Schockzustand und schossen zurück. Eine Erdfontäne blähte sich vor Halberstadts Spähwagen auf und überschüttete den Panhard mit Dreck und Metallsplittern.

»Heiliger Vater!«, stieß Pfeiffer hervor. »Das war knapp!«

»Panzer! Stößt rückwärts den Hügel hinunter«, rief der Feldwebel. »Zielt auf uns!«

»Aufgefasst!«

»Feuer!«

Sieben, acht, neun Treffer aus der SA 35 waren nötig, dann stoppte der tschechoslowakischen Kampfwagen. Mit einem lauten Grollen zuckte eine Feuersäule aus dem Motorraum empor und brennendes Benzin spritze auf die Wiese. Der Tank rollte noch einige Meter weiter und blieb dann stehen. Flammen und Rauch quollen aus dem Heck. Die Luken flogen auf und vier Männer kletterten mit glimmender Uniform aus dem Kampfwagen. Sie sprangen auf die Wiese und rollten sich im nassen Gras hin und her.

»Ich glaube, wir haben alle Panzer erwischt«, meinte Halberstadt. »Wir umzingeln sie und fordern sie zur Kapitulation auf!«

Nach einigen weiteren Schüssen waren auch die verbliebenen Lastwagen ausgeschaltet und die 2. Kompanie umstellte die Anhöhe 219. Nur eine Handvoll Gegner hatte sich absetzen können; und Halberstadt schickte ihnen zwei Panhard hinterher, um sie aufzugreifen.

Die Geschütztürme der 14 Spähwagen waren auf die völlig geschockten Überlebenden des Feuerüberfalls ausgerichtet. Die Tschechen verstanden die Botschaft. Waffen wurden weggeworfen oder abgelegt und immer mehr leere Hände in die Höhe gestreckt.

»Ich glaube, die haben kapiert, was Sache ist«, meinte Sommer.

»Das will ich doch auch hoffen«, knurrte Halberstadt. »Da draußen wuseln bestimmt mehr als 150 Gestalten herum. Wenn die mitbekommen, wie wenige wir sind, könnten die noch weitere Dummheiten machen.«

Doch den Tschechen steckte der unerwartete Überfall so sehr in den Knochen, dass sie sich widerstandslos gefangen nehmen ließen.

Halberstadt stellte ein Dutzend Männer mit Maschinenpistolen ab, um sie zu bewachen.

Wenig später kehrten die beiden ausgesandten Panhard zurück. Vor sich trieben sie zwölf oder 15 Mann in zumeist blauer Uniform her.

Der eine Kommandant saß oben in seiner Turmluke und hielt seine MP 38 wie ein Jäger sein Gewehr in der Armbeuge. Als sein Fahrzeug an Halberstadts Panhard vorüberrollte, winkte Harry Kuch seinem Zugführer zu.

»Melde mich zurück, Ludwig. Wir haben 14 Gefangene gemacht. Keine Verluste, keine Verwundeten.«

»Gute Arbeit, Harry.«

Kuch deutete grinsend auf einen Mann in blauer Uniform. »Den Polizei-Leutnant haben wir in einem Plumpsklo aufgegriffen.«

»In einem Plumpsklo?«

»Vielleicht konnte er es nicht mehr halten«, meinte Kuch lachend, klopfte auf den Turm und sein Fahrer ließ das Auto wieder anrollen.

Die 14 Neuzugänge wurden zu den übrigen Gefangenen abgeführt.

»Die haben wir im Sack«, stellte Halberstadt mit Befriedigung in der Stimme fest.

»Und das Ganze ohne eigene Verluste«, fügte Sommer an. »Dafür haben die Tschechen reichlich Verwundete und einige Tote zu beklagen.«

»Lieber die als wir«, meinte Pfeiffer ergrimmt. »Schau dir doch mal die Schweinerei an, die die Kerle hier angerichtet haben!«

»Schon richtig, aber sie tun mir dennoch leid.«

»Der Rest der Abteilung ist bereits auf dem Weg«, meldete Wollert. »Dann haben wir in Kürze auch weitere Sanitäter vor Ort.«

»Gut.«

Die wenigen Deutschen, die sich als Sanitäter versuchten, waren mit den vielen Verwundete überfordert, obwohl ihnen einige Tschechen halfen.

Der Feldwebel sah auf seine Hände und bemerkte verwundert, dass sie zitterten. Er ballte sie zu Fäusten. Als er aufsah, begegnete er Sommers flackerndem Blick. Worte waren unnötig, die beiden Kameraden nickten einander verstehend zu. Mochte man auch noch so sehr geübt haben, es machte einen gewaltigen Unterschied, ob man auf Übungsziele schoss oder auf Menschen.

Halberstadt zwängte sich halb aus der Luke, schob das Schiffchen in den Nacken und blickte auf. Eine Fieseler Storch knatterte über Podersam hinweg, wackelte mit den Flügeln und verschwand im Norden. Wenig später traf Major Max Wünsche ein, ihr Kommandeur, und mit ihm auch die 5. Panzerkompanie der 7. Division. Deren AMC 35 hatten die Aufklärer während des Gefechts schmerzlich vermisst.

»Gute Arbeit, Feldwebel«, lobte Wünsche. »Tut mir leid, dass wir zu spät sind, aber die Panzer kamen einfach nicht schneller voran.«

»Hauptsache, Sie sind jetzt da, Herr Major«, meinte Halberstadt. »Wir haben hier viele verwundete Tschechen und können jede Hilfe gebrauchen.«

»Die Sanitäter sind schon am Werk«, meinte Wünsche und deutete auf das organisierte Chaos um sie herum. »Versuchen Sie, sich etwas auszuruhen, Feldwebel. Es wird bald weitergehen.«

»Jawohl, Herr Major.«

Französisches Marinekommando Dakar

Am nächsten Morgen

Admiral Pierre Vauviller betrat den Lageraum, begleitet von seinem Adjutanten und einem Maat.

Der diensttuende Kapitän wurde von einem Mitglied der Wache auf die Ankunft des Admirals hingewiesen und kam Vauviller entgegen.

»Guten Morgen, *Monsieur L'Admiral*.«

»Guten Morgen, Kapitän Baptist. Irgendwelche Vorkommnisse?«

Der Kapitän blickte den Admiral sorgenvoll an. »Leider ja, Herr Admiral. Wir haben den Kontakt zum Zerstörer *Basque* verloren.«

Vauviller kniff die Augen zusammen und deutete auf den Plottertisch mit der Seekarte. »Zeigen Sie mir alles, was Sie haben.«

»Jawohl, Herr Admiral.«

Baptist führte den Admiral hinüber und nutzte einen Bleistift, um ihm die einzelnen Punkte auf der Karte zu zeigen.

»Kapitän Messier meldete den ersten Kontakt mit dem US-Kreuzer hier, in Planquadrat sieben-drei. Wie vereinbart, wurde von der *Basque* stündlich eine Kontaktmeldung durchgegeben. Der Amerikaner bewegte sich in den nächsten Stunden nach Norden, durch die Planquadrate sieben-vier und sieben-fünf.«

Baptist sah auf. »Die letzte Meldung von Messier ging um ein Uhr früh ein. Seitdem bemühen wir uns, die Verbindung wieder herzustellen, erhielten bisher aber keine Antwort. Ich habe den Start eines Wasserflugzeugs befohlen, welches die letzte gemeldete Position der *Basque* anfliegen soll.«

»Sehr gut, Kapitän.«

Der Admiral war von düsteren Vorahnungen erfüllt.

Einige Stunden später wurde diese zur Gewissheit. Die Besatzung des Wasserflugzeugs erreichte die letzte Position der *Basque* und entdeckte einen Ölfleck sowie einige Trümmer. Zwei Rettungsboote, von Kugeln durchsiebten, liefen allmählich mit Wasser voll, ehe sie versanken. Drei Leichen von

Mannschaftsmitgliedern konnten von der Flugzeugbesatzung geborgen werden. Sie waren offenkundig durch schweres MG-Feuer getötet worden.

Vauviller lauschte dem Bericht mit steinerner Miene und setzte dann eine Dringlichkeitsmeldung für die Admiralität auf. Während der Melder zum Funkraum rannte, blickte der Admiral auf die letzte Position des US-Kreuzers. Kapitän Baptist war sich nicht sicher, aber er glaubte, dass es in den Augen des Admirals feucht glitzerte.

Kanzleramt

Berlin, kurze Zeit später

Die Nachricht über den Verlust der *Basque* und die näheren Umstände des Vorfalls sorgten für helle Aufregung innerhalb der Führungsspitze der französischen Admiralität. Von dort aus ging die Nachricht weiter an den Kriegsminister. Der wiederum informierte Präsident Blum. Nachdem die restliche Regierung eingeweiht worden war, beschloss man in einer Sondersitzung, dass auch die anderen an den Neutralitätspatrouillen beteiligten Nationen über den Vorfall in Kenntnis gesetzt werden mussten. Es sollte bereits später Abend geworden sein, ehe das französische Außenministerium seine Note formuliert und auf den Weg gebracht hatte.

Der französische Kriegsminister hatte jedoch entschieden, dass die Angelegenheit zu wichtig war, und bereits vor seinem Treffen mit Präsident Blum seine Ministerkollegen der verbündeten Nationen unterrichtet.

Kriegsminister Wissel hielt seine obligatorische Pfeife in der Hand, während er die neusten Erkenntnisse vortrug.

»Nach den letzten Berichten, die mein Kollege aus Paris übermittelt hat, entdeckte die Besatzung des Wasserflugzeugs zwei von Kugeln zerfetze Rettungsboote des Zerstörers. Lediglich drei Tote konnten geborgen werden. Eine der Leichen hatte sich in einer Leine eines Rettungsbootes verfangen, die beiden anderen Toten trieben unter dem gekenterten zweiten Rettungsboot. Alle sind durch Maschinengewehrfeuer getötet worden. Mein Amtskollege geht davon aus, dass von der Besatzung der *Basque* niemand überlebt hat.«

Einen Moment lang herrschte betroffene Stille im Konferenzraum.

Finanzminister Lewald räusperte sich. »Ich nehme an, so etwas musste früher oder später passieren, oder?«

»Offenbar sind die Amerikaner wütender, als wir gedacht haben«, merkte Wirtschaftsminister Sänger an.

»Die Neutralitätspatrouillen bewirken etwas, deswegen sind die Amerikaner ja auch so verärgert darüber«, sagte Admiral Raeder. »Wir haben versucht, ihnen Grenzen aufzuzeigen, und darauf haben sie jetzt reagiert. Wahrscheinlich ist dies als Botschaft an die teilnehmenden Nationen gedacht: Haltet euch aus unseren Angelegenheiten heraus, oder ihr müsst den Preis dafür zahlen.«

»Das würde sich mit den diplomatischen Noten der Amerikaner decken«, fügte Außenminister von Gallen hinzu. »Aber das wäre eine sehr rüde Art, ihren Forderungen auf Einstellung der Patrouillen Nachdruck zu verleihen.«

»Die Amerikaner führen einen Angriffskrieg gegen das britische Empire.« Wissel zog an seiner Pfeife. »Das würde ich an sich schon als sehr rüde Art bezeichnen. Nein, ich stimme Admiral Raeder zu. Dies ist eine Botschaft und sie ist eindeutig an uns Europäer gerichtet.«

»Mit Verlaub«, sagte Oberleutnant Hansen. »Ich glaube, dies ist eine Botschaft an die ganze Welt. Die Amerikaner wollen ihre Macht demonstrieren, damit sie bei zukünftigen Vorhaben leichter haben.«

»Gut möglich. Aber das bedeutet auch, dass sie bereits entschieden haben, weitere Schritte abseits des Krieges gegen England zu unternehmen.« Admiral Canaris neigte den Kopf zur Seite. »Ja, wahrscheinlich werden sie weitere Aktionen durchführen.«

»Wie reagieren die anderen Nationen auf den Vorfall?«, fragte Bundeskanzler Jäger. »Gibt es da schon erste Erkenntnisse?«

»Der Vorfall wird natürlich überall diskutiert«, wusste von Gallen zu berichten. »Die Belgier denken offenbar darüber nach, ihre Beteiligung an den Neutralitätspatrouillen einzustellen. Die ganze Angelegenheit hat die Regierung in Brüssel schwer erschüttert. Die Teilnahme an dem Einsatz ist dort überhaupt nur mit sehr knapper Mehrheit zustande gekommen. Dieser Vorfall könnte nun dafür sorgen, dass diese Mehrheit kippt.«

»Damit würde Brüssel den Amerikanern doch direkt in die Hände spielen«, empörte sich Wissel. »Washington würde sich in seiner Taktik bestätigt sehen und mit großer Wahrscheinlichkeit weitere Angriffe fahren, bis alle anderen Nationen ebenfalls den Schwanz einziehen! Und dann hätten sie freie Bahn, um das zu tun, was sie ohnehin vorhaben.«

»Und wer kann schon sagen, worauf Washington noch alles Anspruch erheben wird«, meinte der Außenminister grimmig. »Kanada ist vollständig in ihrer Hand, wenn man mal von den unberührten Wäldern absieht, in denen sich offenbar immer noch einige Wiederstandkämpfer verborgen halten. In der Karibik haben sie die britischen Besitzungen erobert. Zudem haben sie Grönland besetzt, obwohl das nicht Teil des uns bekannten *Kriegsplan Rot* gewesen ist. Und der US-Botschafter in London hat bereits verlauten lassen, dass ein großes Interesse an Australien, Neuseeland und Britisch-Malaysia besteht.«

»Davon habe ich noch gar nichts gehört«, sagte Innenminister Gruner.

»Das stand vor drei Tagen in der Depesche aus London. Premier Nottingham wurde von der US-Botschaft dahingehend informiert, dass vor der erneuten Aufnahme von Friedensgesprächen die Zukunft von Australien, Neuseeland und Malaysia geklärt werden müsse. Dies sei eine Reaktion auf die Verweigerung von Friedensgesprächen durch London.«

»Aber die Amerikaner wissen doch, dass Premier Chamberlain todkrank ist und deswegen keine Gespräche zustande gekommen sind«, wandte Sänger ein.

»Sicher, aber das scheint Washington nicht von seinen Forderungen abzubringen.«

»Wird Premier Nottingham darauf eingehen?«, wollte Jäger wissen.

»Eher friert die Hölle zu.« Von Gallen schüttelte den Kopf. »In England gibt es immer noch Anhänger von Chamberlains Appeasement-Politik. Nottingham hat diesen Kräften bereits zu verstehen gegeben, dass über den Verbleib von Australien, Neuseeland und Malaysia im Empire nicht verhandelt werden wird. Seine gestrige Rede im Parlament war sehr eindrucksvoll.«

Die jüngste Rede von Premierminister Nottingham war bereits überall verbreitet worden. Der Premier hatte seinen Landsleuten nichts als Blut, Mühsal, Tränen und Schweiß angekündigt und festgestellt, dass England bis zum Ende gegen die Tyrannei kämpfen werde.

»Das heißt also, er hat den Amerikanern gesagt, wohin sie sich ihr Angebot stecken können, ja?« Der Oberbefehlshaber des Heeres, Feldmarschall Ludwig Beck, war sichtlich amüsiert. »Guter Mann!«

Lewald schien anderer Ansicht zu sein, denn er schüttelte den Kopf. »Aber das ist doch Wahnsinn! England kann gegen die Amerikaner nicht bestehen. Er sollte lieber verhandeln.«

»Nottingham soll also nicht nur Kanada und die Karibik aufgeben, er soll den Amerikanern auch noch Australien, Neuseeland und Malaysia überlassen in der Hoffnung, dass Washington damit genug hat, und nicht noch mehr vom Empire verlangt, ja?«, fragte Gruner aufgebracht.

»Das sage ich doch gar nicht«, wehrte Lewald schwach ab. »Ich bin nur zutiefst besorgt. Wir haben doch bereits so viel für Deutschland erreicht. Aber wenn wir uns in diesem Krieg ganz offen auf die Seite der Briten stellen, könnte alles ruiniert werden.«

»Wir haben bereits eindeutig Stellung bezogen, als wir uns der Neutralitätspatrouille angeschlossen haben«, stellte Jäger fest. »Wir waren uns über diesen Schritt alle einig, auch Sie.«

»Natürlich.« Lewald sah verunsichert drein. »Aber ich habe jetzt Zweifel, ob wir wirklich die richtige Entscheidung getroffen haben.«

»Man kann nicht immer den einfachen Weg gehen, Paul«, sagte Jäger sanft. »Man kann nicht immer alles in hübsche Zahlen verpacken und dann die Entscheidung fällen, die das geringste Risiko bedeutet. Wenn man gewinnen will, muss man auch etwas riskieren. So, wie wir derzeit etwas in der Tschechei riskieren.«

»Aber wir könnten alles verlieren, was wir so mühevoll aufgebaut haben.«

Jäger schenkte dem Finanzminister ein mitfühlendes Lächeln. »Paul, ich verstehe Sie. Aber die Briten riskieren viel mehr als wir. Für sie geht es um die Zukunft ihres gesamten Empire. Und ja, im Moment sieht es für London nicht allzu gut aus. Deswegen müssen wir jetzt zusammenhalten, und dürfen uns von Washington nicht verunsichern lassen. Ebenso liegen die Dinge in der Tschechei. Wir arbeiten zusammen mit den Polen und Ungarn und haben Rückendeckung durch den Völkerbund. Zusammen werden wir eine Lösung finden.«

Lewald schien immer noch nicht so ganz überzeugt, irgendetwas beschäftigte ihn.

»In Ordnung. Kommen wir zur Lage in der Tschechoslowakei«, sagte Jäger. »Wie sieht es dort aus?«

Feldmarschall Beck blätterte seine Unterlagen durch und bedeutete dem Verbindungsoffizier des Heeres, an den Stander mit der Karte der Tschechoslowakei zu treten.

»Die 7. Panzer-Division unter Generalmajor Rommel hat das nordwestliche Sudetenland besetzt und steht vor Saaz, Tepl und Mies. Es gab zwei kleinere Gefechte mit der tschechoslowakischen Armee und der Sonderpolizei, die Rommel jedoch für sich entscheiden konnte. Die 2. Panzer-Division unter Generalmajor Guderian ist in den nördlichen Teil eingerückt und hat inzwischen Leitmeritz, Gablonz und Trautenau erreicht. Guderian traf ebenfalls auf leichten Widerstand. Bisher haben wir bei der Aktion elf Verwundete zu beklagen, gottlob jedoch keine Toten.«

Der Verbindungsoffizier des Heeres, ein Oberleutnant, deutete mit dem Zeigestock auf die betreffenden Orte, damit sich die Runde ein Bild von dem Vormarsch machen konnte.

»Unsere größte Sorge sind derzeit die liegengebliebenen Fahrzeuge. Aufgrund von mechanischen Schwierigkeiten fallen erstaunlich viele Panzer aus. Da werden wir in Zukunft erhebliche Verbesserungen vornehmen müssen«, fuhr Beck fort und warf einen kurzen Blick auf seine Unterlagen. »Die Polen haben die Slowakei zur Hälfte eingenommen, sie trafen auf so gut wie gar keinen Widerstand. Die Ungarn haben fast die ganze Karpaten-Ukraine unter Kontrolle, auch dort gab es kaum Gegenwehr. Es scheint, als hätte das Regime in Prag seine ganzen Kräfte im Westen konzentriert, um die Sudeten zu bekämpfen.«

»Und damit den eigenen Untergang noch beschleunigt«, meinte Admiral Canaris. »Wie unsere Agenten berichten, stehen Beneš nur wenige loyale Armeeeinheiten zur Verfügung. In Prag und weiteren Städten kam es zu Protesten gegen die Regierung. Offenbar wollen inzwischen sogar die Tschechen Beneš und seine Bande loswerden.«

»Wird uns das nützen oder schaden?«, fragte von Gallen.

»Wahrscheinlich wird es uns nützen, denn es bindet Einheiten der Armee und der Sonderpolizei, die Beneš unseren Truppen sonst entgegenwerfen könnte.« Canaris erlaubte sich ein Schulterzucken. »Das daraus resultierende Chaos könnte unseren Vormarsch aber auch behindern. Wir müssen abwarten, wie sich die Situation weiter entwickelt.«

»Ist etwas dran an den Behauptungen, dass deutsche Flugzeuge Prag bombardiert haben sollen?«, fragte Lewald unvermittelt.

»Völlig unmöglich«, sagte Wissel, leicht überrascht. »Wir setzen über der Tschechei ausschließlich Jagdflugzeuge zur Sicherung des Luftraumes sowie leichte Aufklärer zur Erkundung ein, jedoch keine Bomber – genauso, wie es der Völkerbund genehmigt hat. Wie kommen Sie darauf?«

»Thälmann hat der Presse gegenüber eine solche Bemerkung fallen lassen.« Lewald knetete seine Finger durch. »Angeblich sollen 50 unserer Bomber Prag angegriffen haben. Ich habe das erst kurz vor diesem Treffen erfahren.«

»Sind Sie deshalb so aufgewühlt?«, wollte Jäger wissen.

Der Finanzminister nickte. »Er nannte es ein neues Guernica.«

In Spanien hatte die amerikanische Eagle-Legion im April 1937 einen schweren Luftangriff auf die baskische Stadt Guernica geflogen. Der Fall erlangte wegen der offensichtlichen US-Beteiligung internationale Bedeutung, blieb für Washington jedoch folgenlos. Durch den Angriff und das anschließende Feuer wurden etwa 80 Prozent der Stadt zerstört; es gab bis zu 300 Tote.

Kurz nach Bekanntwerden der Bombardierung entwarf der Künstler Pablo Picasso sein Guernica-Gemälde, welches in schwarzen, grauen und weißen Farben den Schrecken jenes Angriffs zeigte.

»Dieser verdammte Mistkerl«, sagte Gruner mit eisiger Stimme. »Thälmann weiß ganz genau, wie schwer uns eine solche Behauptung in diesem Moment trifft.«

»Aber sie stimmt nicht«, wandte Sänger ein. »Davon ist kein Wort wahr.«

»Darauf kommt es nicht an.« Jäger schüttelte den Kopf. »Trotz aller Fortschritte, die wir gemacht haben, ist die Propaganda aus dem Krieg in den Köpfen unserer Nachbarn immer noch präsent. Die Angriffe unserer Zeppeline und Bomber auf England sind nicht vergessen. Zumindest einige unserer Nachbarn werden diese Behauptungen glauben, einfach, weil sie ihren eigenen Vorurteilen entsprechen.«

»Und wie gehen wir dagegen vor?«, wollte von Gallen wissen.

»Mit der Wahrheit natürlich.« Oskar von Hindenburg hatte sich bisher auffällig still verhalten, nun aber blitzte es in seinen Augen auf. »Es befinden sich immer noch einige britischen und sehr viele französischen Ausbilder und Berater im Lande. Laden wir sie doch ein, unsere Aktionen in der Tschechoslowakei zu beobachten. Sie können ihren Regierungen dann aus erster Hand berichten.«

»Ein sehr guter Vorschlag«, befand der Bundeskanzler. »Sind Sie damit einverstanden, Erich? Feldmarschall Beck?«

»Ich sehe da keine Schwierigkeiten«, sagte Wissel und blickte den Feldmarschall an.

Beck nickte. »Wir können die Beobachter in den Führungsstäben von Rommel und Guderian unterbringen. Von dort aus können sie alles aus erster Hand erfahren. Und falls sie sich selbst umsehen möchten, erlauben wir ihnen das selbstverständlich.«

»Gut, dann verfahren wir so.« Jäger sah Lewald an und lächelte erneut. »Machen Sie sich keine Sorgen, Paul. Die Wahrheit triumphiert am Ende immer über die Lüge.«

Der Finanzminister atmete tief durch. »Ich hoffe sehr, dass Sie damit recht haben.«

»Darf ich noch einen Vorschlag unterbreiten?«, fragte Oberleutnant Hansen.

»Natürlich, Oberleutnant.«

»Es wäre mit Sicherheit eine gute Idee, den Franzosen nach dem Verlust der *Basque* etwas den Rücken zu stärken. Sie haben vor Westafrika lediglich Zerstörer und leichte Kreuzer im Einsatz. Das Panzerschiff *Graf Spee* liegt immer noch in Gibraltar. Wenn wir es zeitweise von der Blockade der spanischen Küste abziehen und im französischen Sektor fahren ließen …«

»… würden wir Paris zeigen, wie wichtig uns die Patrouillen sind und dass wir ihnen weiterhin zur Seite stehen «, führte Admiral Raeder den Gedanken weiter. »Entschuldigung, Oberleutnant. Die Franzosen werden unter Garantie begeistert sein. Herr Bundeskanzler, ich halte dies für einen sehr guten Vorschlag und würde ihn gerne umsetzen.«

»Wenn alle einverstanden sind?« Jäger sah sich um. Die Anwesenden stimmten zu, sogar Lewald, wie der Kanzler zufrieden feststellte. »Leiten Sie alles in die Wege, Admiral.«

Panzerschiff Admiral Graf Spee

Hafen von Gibraltar, einige Zeit später

»Verzeihen Sie, Herr Kapitän. Ein dringender Funkspruch vom Flottenkommando«, meldete Funkmaat Grabowski.

Kapitän Hans Langsdorff sah von seinem Frühstück auf und blickte den Maat mit einem leichten Lächeln an. »Dann lassen Sie uns mal sehen, was das Flottenkommando so Dringendes von uns möchte, was, Grabowski?«

»Jawohl, Herr Kapitän.« Grabowski überreichte seinem Kommandanten das Papier und Langsdorff überflog den Funkspruch.

»Probleme, Herr Kapitän?«, fragte der Erste Offizier, Gerhard Hildebrand.

»Das möchte ich doch annehmen. Die Franzosen haben vor Marokko einen ihrer Zerstörer verloren, der einen US-Kreuzer in der Überwachungszone beschattet hat. Bisher wurden keine Überlebenden gefunden, aber dafür drei von Kugeln durchsiebte Leichen.«

Einer der anderen Offiziere am Tisch des Kapitäns verschluckte sich an seinem Kaffee und musste husten.

»Heißt das, die Amerikaner haben den Zerstörer versenkt und die Besatzung niedergemacht?«, fragte Hildebrand ungläubig.

»Es hat den Anschein«, erwiderte Langsdorff grimmig. »Wir haben den Befehl erhalten, die Franzosen vor Nordwestafrika zu unterstützen. Die sind dort etwas dünn aufgestellt, da käme ihnen unser Panzerschiff gerade recht.«

»Und währenddessen setzen die französischen Schlachtschiffe in ihren Häfen Muscheln an«, lästerte der Navigationsoffizier.

»Schlachtschiffe eignen sich nun einmal nicht besonders gut dazu, ein Seegebiet zu überwachen«, sagte Langsdorff.

Der Navigator erkannte den Tadel und lief rot an. »Entschuldigung, Herr Kapitän.«

Langsdorff nickte. »Also, meine Herren! Rufen Sie alle Besatzungsmitglieder zurück an Bord. In sechs Stunden laufen wir aus!«

Bei Schlan

Tschechei, an diesem Morgen

Feldwebel Halberstadt, der schlafend unter dem Spähwagen lag, wurde von seinem Richtschützen geweckt.

»Ludwig, zum Chef«, sagte Sommer und hielt seinem Kommandanten eine dampfende Tasse Suppe unter die Nase. »So schnell wie möglich.«

Halberstadt trank die Suppe aus, sah nach oben in den Nieselregen und fuhr in die Stiefel. Der Feldwebel rieb sich mit der Hand über seinen Dreitagebart, zuckte mit den Schultern und eilte zum Gefechtsstand.

Unterwegs schloss sich ihm Unteroffizier Kuch an.

»Morgen, Ludwig.«

»Morgen, Harry. Weißt du, was los ist?«

»Leider nicht.«

Major Max Wünsche, Chef der 5. Kompanie, Panzer-Regiment 25 der 7. Panzer-Division, erwartete sie schon ungeduldig. Neben ihm stand Generalmajor Rommel, was die Ungeduld des sonst so ruhigen Majors hinreichend erklärte.

»Guten Morgen, Kameraden«, begrüßte Rommel die Männer.

»Guten Morgen, Herr Generalmajor.«

Rommel stemmte die Hände in die Hüften. »Kameraden, wir haben soeben einen Funkspruch von Präsident Beneš aufgefangen und entschlüsselt. Er lautet: Die Deutschen dürfen unter keinen Umständen nach Prag durchbrechen! Wir müssen schnell sein, damit die tschechoslowakische Armee uns nicht den Weg verlegen kann. Die Truppen, die sich zwischen uns und Prag befinden, sind die letzten Einheiten, auf die sich Beneš noch stützen kann. Wenn wir sie ausschalten, ist sein Regime am Ende. Damit hätten wir unser Ziel erreicht und können wieder nach Hause gehen.«

Rommel sah ernst in die Runde. »Kameraden, diese letzte große Aufgabe liegt noch vor uns und es wird nicht leicht werden. Wir dürfen unseren Gegner auf gar keinen Fall unterschätzen. Viel Glück, Männer.«

Wie recht Rommel mit seiner Vorhersage hatte, sollten sie wenig später erfahren.

Eine halbe Stunde nach der Befehlsausgabe stand Halberstadt, übernächtigt, aber dennoch voller Konzentration, im offenen Turmluk seines Panhard und führte die Marschkolonne an. Die Spähwagen rollten vorneweg, gefolgt von den 14 Kampfwagen AMC 35 der 5. Kompanie. Zwei der Panzer waren aufgrund mechanischer Probleme ausgefallen.

»Wir nähern uns entlang des Flussufers der feindlichen Position«, dröhnte die Stimme von Major Wünsche durch den Sprechfunk. »Wir packen sie in der Flanke!«

Sie rumpelten nacheinander, die Türme auf die zwei-Uhr-Position ausgerichtet, auf die von den Aufklärern gemeldete Feindstellung zu. Sie hofften, den Gegner umgehen und von der Flanke her aufrollen zu können. Dann wäre die tschechoslowakische Armee erledigt.

Doch da ertönte die warnende Stimme des Kompaniechefs: »Achtung! Voraus liegt ein starker Panzerverband! Kommt näher! Viele Panzer!«

Eine Minute später sahen sie den Gegner. Pfeifend stieß Halberstadt den Atem aus. Das waren ja mindestens 40 Feindpanzer und noch mal 30 Spähwagen der Sonderpolizei! In schneller Fahrt kamen sie heran.

»Bei Entfernung 500 Feuer eröffnen. Überschlagend schießen und fahren.«

Jeder der 16 Spähwagen visierte einen Gegner an, die sich rasch näherten.

»Gut zielen, Egon«, sagte Halberstadt. »Das wird hart werden.«

Die weiter reichenden Panzerkanonen der AMC feuerten zuerst. In die Phalanx des Gegners wurden die ersten Lücken gerissen, Brände flammten auf, Rauchsäulen stoben gen Himmel. Aber die feindlichen Fahrzeuge wurde schneller und schneller. Sie preschten wie auf wilder Jagd heran, und keiner von ihnen hielt, um den getroffenen Kameraden zu helfen. Sie stürmten mit einem Elan voran, der nicht nur Halberstadt mit Hochachtung und gleichzeitig mit Entsetzten erfüllte.

Die deutschen Kampfwagenbesatzungen schossen im Salventakt. Als die Feindpanzer auf 800 Meter herangekommen waren, wurde jeder Schuss ein Treffer. Aber die Tschechen erwiderten das Feuer. Sie kamen näher und näher, schossen während der Fahrt und konnten deshalb nicht sicher zielen. Trotzdem brannte in dieser Phase des Duells der erste Panhard und ein AMC 35 wurde lahm geschossen.

Eine gegnerische Panzergruppe, vielleicht zehn Kampfwagen, stürmte auf der Flanke vor. Sie rollte direkt auf die Spähwagen von Halberstadt zu.

»Den führenden Tank unter Feuer nehmen«, wies der Feldwebel seinen Richtschützen an.

Sommer zielte, feuerte.

»Getroffen!«, rief der Unteroffizier.

Sie beobachteten, wie die Granate in die Seitenwand des LT vz. 35 hineinpeitschte. Der Panzer stoppte, schüttelte sich und dann schossen Flammen aus den Luken.

Sommer gab eine weitere Serie von Schüssen ab. Treffer. Diesmal hielt der leichte Panzer, Rauch quoll aus seinem Heck und zwei Tschechen zogen ihre verwundeten Kameraden heraus und gingen mit ihnen hinter dem qualmenden Kampfwagen in Deckung.

»Achtung, Kuch, der kommt auf euch zu!«, warnte Halberstadt seinen Kameraden, als einer der Feindpanzer direkt auf dessen Panhard zuraste.

»Verdammt!«, rief Sommer. »Schieß doch!«

Der Richtschütze von Kuchs Spähwagen visierte den auf sie zustürmenden Panzer an und schoss aus höchstens 60 Meter Distanz. Die Granate schmetterte gegen die runde Turmkante und riss Löcher hinein. Ein Feuerball zuckte aus dem Turm nach oben, jedoch rollte der Kampfwagen weiter und rammte den deutschen Panhard. Die Flammen schlugen über dem Spähwagen zusammen.

»Zurücksetzten, Kuch! Los, zurück!«, beschwor Halberstadt den Kameraden.

Doch der Spähwagen und das Panzerwrack hatten sich ineinander verkeilt. Kuch und seine drei Männer sprangen mit brennender Kleidung aus dem Fahrzeug, warfen sich in den Matsch und rollten verzweifelt umher, um die Flammen zu löschen.

In diesem Moment detonierte in der Wanne des tschechoslowakischen Tanks die Bereitschaftsmunition. Es war die Hölle. MG-Munition ging knatternd los, Geschosse flogen in alle Richtungen davon, dann gingen die Panzergranaten hoch. Der Turm des deutschen Spähwagens wurde von der Wucht der Detonation abgerissen und auf den Boden geschmettert.

»Aufpassen, da kommt einer von vorne!«, rief Pfeiffer, der vor sich einen weiteren Panzer auftauchen sah.

Bevor die Besatzung des Panhard reagieren konnte, feuerte der AMC 35 von Major Wünsche. Die 4,7-Zentimeter-Granate schlug in den Panzerstahl des feindlichen Kampfwagens. Der tschechoslowakische Tank platzte in einer Explosion aus Feuer und Rauch auseinander.

»Vorwärts!«, rief Wünsche über Sprechfunk. »Zu mir aufschließen. Keilformation bilden! Mir nach!«

Sie fuhren in Keilformation weiter durch die Felder, die Panzer an der Spitze, die Spähwagen an den Flanken.

Auf einmal peitschte ihnen MG-Feuer entgegen.

»Angriff! Angriff!«, befahl Wünsche.

Mit schneller Fahrt rollten sie weiter. Rechter Hand blieb ein AMC 35 mit zerschossener Kette liegen. Vor ihnen, keine 100 Meter entfernt, blitzte ein Abschuss, und dicht neben ihnen schmetterte das Geschoss in den Boden und überschüttete den deutschen Panhard mit Flammen und Splittern. Aber Sommer hatte den Gegner trotzdem anvisiert. Seine Schüsse krachten und die Granaten zerschmetterten das feindliche Panzerabwehrgeschütz. Dessen Mannschaft wurde von Splittern getroffen und ging zu Boden.

Weiteres MG-Feuer und Schüsse aus Panzerbüchsen knallten gegen die Panzerung der deutschen Kampfwagen, konnten den Stahl jedoch nicht durchdringen.

Ein Spähwagen 231 wurde dann von einem Panzerabwehrgeschütz getroffen und blieb brennend liegen. Noch bevor das Fahrzeug zum Stillstand gekommen war, warf sich die Besatzung über die Seiten heraus und ging hinter dem Spähwagen in Deckung.

Halberstadt sah eine Gruppe von Männern in blauer Uniform, die die deutschen Wagen wohl im Nahkampf angehen wollten. Sie führten Handgranaten und offenbar auch eine Sprengladung mit sich.

Der Feldwebel stemmte sich aus dem Turmluk, ergriff die MP 38 und feuerte auf die Feindgruppe. Danach ließ er sich zurückfallen, denn schon prasselten ihm feindliche Geschosse um die Ohren.

Sommer ließ das koaxiale MG 34 sprechen und Pfeiffer trat das Gaspedal durch. Halberstadt vernahm einen dumpfen Aufprall, dann schrille Schreie und schreckliche Geräusche. Er biss die Zähne aufeinander. Es wurde ihm fast übel bei dem Gedanken, was draußen soeben geschehen war. Doch dann zwang er sich, das zu verdrängen.

Stille trat ein. Es war so auffällig, dass die Männer in ihren Fahrzeugen erschraken. Halberstadt sah zuerst durch die Winkelspiegel, dann stemmte er sich erneut aus dem Turmluk.

Dutzende von Tschechen erhoben sich aus ihren Gräben, verließen ihre Deckung und warfen die Waffen weg. Sie hatten genug. Sie hatten einen hohen Preis für ihren Versuch bezahlt, Präsident Beneš im Amt zu halten.

Aber auch auf deutscher Seite hatte es Verluste gegeben.

Panzerschiff Admiral Graf Spee

150 Seemeilen vor der marokkanischen Küste

Die Panzerschiffe der Deutschland-Klasse waren eine Hinterlassenschaft der Weimarer Republik an die neue Deutsche Bundesmarine. Gebaut unter den damals noch geltenden Beschränkungen des Versailler Vertrages, durften die Schiffe nicht mehr als eine Standardverdrängung von 10.160 metrische Tonnen aufweisen. Durch diese Begrenzung sah man sich gezwungen, möglichst viel Gewicht einzusparen. So wurde der gesamte Schiffskörper geschweißt, wodurch die zusätzliche Masse durch das sonst übliche Nieten wegfiel.

Außergewöhnlich für diese Zeit war die schwere Hauptbewaffnung, die aus zwei Drillingstürmen mit 28-Zentimeter-Geschützen bestand, sowie der Dieselantrieb, der eine überdurchschnittlich große Reichweite ermöglichte und eine Höchstgeschwindigkeit von 28,5 Knoten, dazu die große Wendigkeit und ein guter Panzerschutz. Die Briten bezeichneten diese Schiffe wegen ihrer schweren Geschütze auch als Westentaschenschlachtschiffe, da die sechs 28-Zentimeter-Geschütze der Bewaffnung eines schweren Kreuzers überlegen und älteren Schlachtschiffen zumindest ebenbürtig waren. Neben dem Typschiff, der *Deutschland*, standen noch die *Admiral Scheer* und die *Admiral Graf Spee* im Dienst.

Radarmann Bertram Clausen beobachtete die Kathodenstrahlröhre seines Radargeräts so sorgfältig, wie man es ihm beigebracht hatte. Hinter sich hörte er das Stimmengemurmel der anderen Matrosen, Unteroffiziere und Offiziere, die ihren Aufgaben nachgingen. Bisher hatten sie noch keinen Kontakt mit irgendwelchen US-Schiffen gehabt, aber Clausen konnte spüren, wie die Spannung im Raum stieg. Das Schicksal der französischen Kameraden hatte niemanden an Bord kalt gelassen.

Vor ihrem Spanieneinsatz war die *Graf Spee* umfassend modernisiert worden, unter anderem war das Radargerät FuMG 38 Seetakt eingerüstet worden, welches Schiffsziele auf eine Entfernung von 25 Kilometern orten konnte. Clausens Anlage war der modernste Ausrüstungsgegenstand an Bord und das erfüllte ihn mit Stolz. Der Radartechniker war sich der Wichtigkeit seiner Aufgabe bewusst. Seine Kameraden rissen oft Witze, weil niemand außer den Befugten Zugang zu der Radaranlage hatte und deshalb der Hauch des Geheimnisvollen über der ganzen Technik lag. Clausen hatte den Lehrgang zum Radartechniker als Klassenbester abgeschlossen und seine Ausbildung hatte ihm vermittelt, wie die ganze Anlage funktionierte. Mit einem unsichtbaren Strahl elektromagnetischer Energie die Umgebung abzutasten und auf der Sichtscheibe ein aufleuchtendes Bild dessen zu erhalten, was sich dort verbarg, grenzte an ein technisches Wunder. Das Radar war gewissermaßen das Auge des Schiffes, das sie brauchten, um verborgene Gegner aufzuspüren. An dem Schott über seiner Koje hatte Clausen sogar eine Seite aus einem Schiffserkennungsbuch geklebt, auf der die Silhouette der *Graf Spee* abgebildet war. Die Umrisszeichnung hatte er so verändert, dass man den Tarnanstrich erkennen konnte und dann in säuberlicher Schrift die Abmessungen des Schiffes hinzugefügt: Länge 186 Meter, Breite 21,65 Meter, Tiefgang 7,34 Meter. Zum Schluss hatte er noch einen auf die Antennen weisenden Pfeil hinzugemalt und trotz der Tatsache, dass er nur einer von mehreren Technikern war, die das Radargerät bedienten, ihn mit »Meins!« gekennzeichnet.

Blip!

Auf der Sichtscheibe tauchte ein leuchtender Punkt auf, der vor einer Sekunde noch nicht da gewesen war. Clausen beugte sich vor und veränderte die Einstellung seines Geräts ein wenig, um den Empfang zu verbessern.

Blip!

»Herr Leutnant!«, rief der Radartechniker nach dem wachhabenden Offizier.

»Was gibt es, Clausen?«, fragte Leutnant Stegemann.

»Bestätigter Radarkontakt. Unbekanntes Schiff. Relative Richtung 250 Grad, Entfernung 24.000 Meter und abnehmend«, meldete Clausen sofort.

»Meldung an die Brücke: unbekanntes Schiff in 250, Entfernung vierundzwanzig-hundert«, gab Stegemann an den Melder weiter. Dann klopfte er Clausen auf die Schulter. »Gut gemacht.«

»Danke, Herr Leutnant.«

Oben auf der Brücke trat Kapitän Langsdorff an den Kartentisch und sah zu, wie der Kontakt eingetragen wurde.

»Entfernung?«

Der Erste Offizier hatte den Telefonhörer am Ohr. »Etwa 22 Kilometer, Herr Kapitän, weiterhin rasch abnehmend.«

Langsdorff nickte. »Schiff klar zum Gefecht.«

»Verstanden, Herr Kapitän.« Hildebrand wechselte den Telefonhörer. »Achtung! Schiff klar zum Gefecht. Alle Mann auf Gefechtsstation.«

Wenige Augenblicke später ertönten auf der *Graf Spee* die Alarmsignale, und das Trampeln von Füßen im Laufschritt erfüllte das Schiff. Auf der Brücke trafen die Bestätigungen der Meldung von den verschiedenen Abteilungen ein.

Kurt Diggins, der Adjutant des Kapitäns, kam mit grauen Stahlhelmen und Schwimmwesten für den Kapitän und den Ersten Offizier heran. Während die beiden Männer ihre Ausrüstung anlegten, wurde die Position des unbekannten Schiffs laufend aktualisiert.

Hildebrand war als erster fertig und klemmte sich unter dem Helm wieder den Hörer ans Ohr.

»Alle auf Gefechtsstation, Herr Kapitän.«

»Sehr gut, Eins-O.« Langsdorff griff nach dem Fernglas. »Haben wir schon Sichtkontakt?«

»Noch nicht, Herr … einen Moment!«, rief der Ausguck.

Im Dunstschleier am Horizont tauchten die Mastspitzen eines Kriegsschiffs auf.

»Sichtkontakt! Schwerer Kreuzer, US, Pensacola-Klasse!«

Langsdorff wechselte einen Blick mit Hildebrand.

»Eine Nachricht ans Oberkommando der Marine und die französische Kommandantur in Dakar: Haben einen amerikanischen Kreuzer der Pensacola-Klasse geortet. Planquadrat acht-zwo. Setzen Beobachtung fort. Unterschrift Langsdorff.«

»Verstanden, Herr Kapitän.«

Schlan, Tschechei

Tschechei, kurz darauf

Das Schlachtfeld vor Schlan war ein einziges Chaos. Noch immer brennende Panzer, abgerissene Gleisketten, zerfetzte Panzertürme, zerstörte Kräder und Spähwagen standen, so weit das Auge reichte, auf den Wegen und Feldern. Überall stieg dichter, schwarzer Rauch in den Himmel auf. Der Gestank, der über der Szene hing, brachte mehrere Männer zum Würgen. Die Tschechen hatten ein letztes Mal alles gegeben, nun aber saßen sie, bewacht von mehreren deutschen Soldaten, auf einer Wiese beieinander und starrten dumpf vor sich hin.

Generalmajor Rommel war von seinem Storch in den BMW 325 gewechselt, mit dem er zwischen den einzelnen Verbänden hin und her raste. Mehrere Kugellöcher in der Karosserie und der Windschutzscheibe zeugten davon, dass er einigen Tschechen sehr nahegekommen war. Oberleutnant Lenz trug einen Kopfverband und Rommel selbst hatte ein großes Pflaster an der linken Hand.

»Kameraden«, sagte der Generalmajor bedächtig, »ich möchte Ihnen für ihren Einsatz danken. Ihr entschlossenes Handeln hat es uns ermöglicht, die letzten Einheiten der tschechoslowakischen Armee und der Sonderpolizei auszuschalten, die noch treu zum Regime in Prag standen.« Rommel räusperte sich, bevor er weitersprach. »Ich weiß, dass es in ihren Einheiten Verluste gegeben hat. Dafür möchte ich Ihnen mein Beileid aussprechen.«

Major Wünsche, Feldwebel Halberstadt und die anderen Kommandanten sahen Rommel fest an, einige nickten dankbar. Rommel war in ihrer Achtung gerade erheblich gestiegen.

Ein paar Sekunden lang war nichts zu vernehmen, außer dem Knistern der brennenden Fahrzeuge.

»Kameraden, es wird Sie sicherlich interessieren zu hören, dass Generalmajor Guderian mit der 2. Panzer-Division in Prag einmarschiert ist«, fuhr Rommel fort.

Das brachte etwas Bewegung in seine Zuhörer, einige wechselten Blicke mit ihren Nebenmännern.

»Laut der Nachricht, die Guderian abgesetzt hat, herrscht in der Stadt ein einziges Chaos. Demonstranten und Sonderpolizisten haben sich vor der Ankunft der 2. Panzer heftige Straßenschlachten geliefert. Wie es scheint, wollen selbst die Tschechen das Beneš-Regime loswerden. Jedenfalls wurde Guderian von den Bewohnern Prags mit Jubel begrüßt. Die wenigen verbliebenen Sonderpolizisten haben sich sofort ergeben.«

Die Männer grinsten nun, zwei stießen ihrem Nebenmann den Ellbogen in die Seite.

»Einen Wermutstropfen habe ich allerdings für sie, Kameraden«, sagte Rommel. »Eduard Beneš ist offenbar rechtzeitig die Flucht gelungen. Guderian hat zwar einige seiner Minister aufgegriffen, aber Beneš selbst ist verschwunden.«

Das gefiel den Zuhörern überhaupt nicht, wie der Generalmajor sehen konnte. Rommel zuckte mit den Achseln.

»Wer kann schon sagen, ob das gut ist oder schlecht. Vielleicht hätten die Prager Polizisten heftigen Widerstand geleistet, wenn Beneš noch vor Ort gewesen wäre. Das hätte unter Umständen nur weiteres Blutvergießen bedeutet. Nehmen wir es einfach so hin.«

Rommel ließ das einen Moment so wirken.

»Kameraden, ich danke Ihnen allen für den großen Mut, den Sie unter Beweis gestellt haben.« Ein Lächeln erschien auf dem Gesicht des Generalmajors. »Die Infanterie rückt bereits zügig nach und wird in Kürze ihre Stellungen hier übernehmen. Sobald die Kameraden eingetroffen sind, gönnen Sie sich etwas Ruhe. Nochmals, vielen Dank.«

Rommel schüttelte Major Wünsche die Hand, salutierte vor den Männern und schwang sich auf den Rücksitz des BMW 325. Oberleutnant Lenz hüpfte auf den Beifahrersitz und dann fuhr der Wagen auch schon los, damit der General die nächste Einheit aufsuchen konnte.

Panzerschiff Admiral Graf Spee

Vor der marokkanischen Küste

»Beharrlich sind sie, dass muss man ihnen lassen«, sagte Kapitänleutnant Hildebrand zu Langsdorff.

»Fragt sich nur, wann sie dieses Spiels überdrüssig werden.« Der Kapitän trat auf die Brückennock und hob das Fernglas an die Augen.

Der US-Kreuzer versuchte nun seit Stunden, näher an das deutsche Panzerschiff heranzukommen, aber Langsdorff manövrierte so, dass der Abstand ständig 20 Kilometern betrug. Nachdem er den Kreuzer eine Weile beobachtet hatte, kehrte Langsdorff auf die Brücke zurück und trat an den Kartentisch. Ihn beschäftigte die Frage, was die Amerikaner wohl planten. Besonders lange würde sie die Beschattung seines Schiffes nicht mehr aufrechterhalten können, da ihnen sonst der Brennstoff auszugehen drohte. Sie würden die Überwachungszone verlassen und sich irgendwo mit einem Versorgungsschiff treffen müssen, um Treibstoff zu bunkern.

»Herr Kapitän!«, rief der Ausguck an Backbord.

»Was gibt es, Reinhardt?«

»Ich bin mir nicht ganz sicher, Herr Kapitän, aber ich glaube, die Geschütztürme des Amerikaners schwenken auf uns ein.«

»Was war das?«, fragte Hildebrand überrascht.

An der Kimm leuchtete es hell auf.

»Er hat gefeuert!«, schrie der Ausguck.

»Hart Steuerbord«, ordnete Langsdorff sofort an und der Steuermann wirbelte das Ruder herum.

Jaulend gingen die Granaten des Kreuzers hernieder. Links und rechts der *Graf Spee* stiegen große Wassersäulen in die Höhe. Ein paar schwere Splitter schwirrten über das Deck, richteten aber keinen Schaden an.

»Meldung ans Oberkommando und Dakar: Werden von amerikanischem Kreuzer der Pensacola-Klasse angegriffen. Planquadrat acht-fünf. Ergreife Verteidigungsmaßnahmen. Unterschrift Langsdorff.«

»Jawohl, Herr Kapitän!«

»Den Kreuzer als Ziel auffassen.«

»Kreuzer als Ziel auffassen, jawohl, Herr Kapitän.«

Die beiden Drillingstürme an Bug und Heck mit den 28-Zentimeter-Geschützen drehten sich, bis sie auf den Gegner gerichtet waren.

»Ziel aufgefasst.«

»Feuer erwidern!«

»Verstanden, Feuer erwidern!«

Von urweltlichem Donner begleitet, schossen im Sichtfeld vor der Brücke drei grelle Feuerstrahlen aus den Rohren. Mündungsqualm wehte, vom Fahrtwind getrieben, über das Vorschiff und zog an der Brücke vorbei.

Hauptanhaltspunkte in einem modernen Artillerieduell auf See waren die Fontänen der Granaten, die ins Wasser einschlugen. Diese Fontänen sprangen sehr hoch empor – bei schweren Kalibern bis zu 60 Meter hoch. An ihnen konnten die Artillerieoffiziere prüfen, wie ihr Feuer lag. Lagen sämtliche Einschläge zu weit, zu kurz, links oder rechts vom Ziel, wurden die entsprechenden Korrekturen vorgenommen. Was der Artillerieoffizier benötigte, war eine deckende Salve, das hieß, ein oder mehrere Einschläge zu weit und einige zu kurz. In diesem Falle wusste er, dass das Feuer im Ziel lag und das Treffer dabei sein konnten. Im Allgemeinen wurden diese nämlich nicht gesehen. Granaten mit Verzögerungszünder bohrten sich tief in den Schiffsrumpf, ehe sie krepierten, und die Detonation war dann von außen manchmal nicht zu erkennen.

Die Salve der *Graf Spee* lag sofort deckend. Haarscharf links und rechts des US-Kreuzers stiegen zwei Wassersäulen empor, eine dritte ging im Kielwasser nieder.

»Vielleicht schreckt sie das ab«, sagte Hildebrand mehr zu sich selbst.

Tat es nicht. Erneut leuchtete es in der Ferne auf. Gebannt warteten die Offiziere auf das Eintreffen der gegnerischen Salve, im Bewusstsein, dass ihre erste eigene beim Feind keinen Schaden angerichtet hatte. Zwischen Abschuss und Einschlag vergingen quälend lange Sekunden, dann spritzten unmittelbar vor der *Graf Spee* turmhohe Wasserfontänen auf.

»Ruder mittschiffs«, befahl Langsdorff.

»Ruder mittschiffs, Herr Kapitän.«

Die Geschützmannschaften arbeiteten wie die Wahnsinnigen. Edelgas trieb die Fetzen der seidenen Treibladungssäcke aus den Mündungen, dann öffneten sich die Verschlüsse, und die Laderampen klappten hoch. Nachdem die Rohre auf gefährliche Rückstände geprüft worden waren, hielten die Munitionsaufzüge an der hinteren Kante der Rampen und in die breiten Geschützrohre wurden Granaten gerammt. Im Anschluss kamen die schweren Pulversäcke, die Rampen hoben sich, die schweren Verschlüsse wurden hydraulisch geschlossen und die Geschütze kehrten zurück auf die eingestellte Elevation. Die Mannschaften traten aus dem Ladebereich und pressten die Hände gegen die Ohrenschützer.

»Feuer!«

Mit ohrenbetäubendem Donner machte sich die zweite Salve der *Graf Spee* auf den Weg.

Die heranjaulenden Granaten des Amerikaners, das Krachen der Explosionen und das donnernde Aufbrüllen der eigenen Geschütze verschmolz zu einer wahren Höllensymphonie.

Rings um das deutsche Panzerschiff wurde die See derart aufgepeitscht, teils bis über Mastspitzen hinaus, dass der Artillerieoffizier kaum noch kontrollieren konnte, wie das eigene Feuer lag. Alle 15 Sekunden ging eine neue Lage nieder, fegten Splitter über die Decks und hinterließen Krater in den Aufbauten. Das Zischen des herabklatschenden Wassers ging in dem fürchterlichen Getöse fast unter.

Ein Zittern lief durch den Stahlleib der *Graf Spee* – sie hatten einen Treffer erhalten.

»Treffer im Artillerieleitstand achtern, Herr Kapitän«, meldete Hildebrand.

Langsdorff blickte zum Heck und sah schwarzen Qualm vorbeistreichen.

»Der Bugleitstand soll das Feuer beider Türme koordinieren.«

»Jawohl, Herr Kapitän.«

Mit ihrer fünften Salve erzielte die *Graf Spee* ihren ersten Treffer. Dicht am Großmast des US-Kreuzers flammte ein großes Feuer auf, das sich rasch nach vorne ausbreitete und emporschlug. Würde Menschenkraft ausreichen, um die

Flammen einzudämmen? Nun ging das Feuer etwas zurück, schien dann aber immer noch auf und nieder zu flackern.

»Wir haben den Amerikaner getroffen«, meldete der Ausguck an Backbord jubelnd.

»Immer mit der Ruhe, Reinhard«, beschwichtigte Langsdorff. »Die sind noch nicht am Ende.«

Der Kapitän sollte recht behalten, denn nach weniger als einer Minute feuerte der US-Kreuzer eine weitere Salve auf sie. Die Entfernung zwischen den Gegnern nahm rasch ab. Beide Seiten versuchten, einen entscheidenden Treffer zu landen.

Eine Granate des Amerikaners traf die *Graf Spee* an der Wasserlinie. Mehrere Abteilungen wurden geflutet und über hundert Tonnen Wasser in den Schiffsrumpf gedrückt.

»Die Schotten halten, Herr Kapitän. Die Pumpen laufen und schaffen es, das eingedrungene Wasser wieder von Bord zu bekommen«, meldete Hildebrand aus heiserer Kehle, den Telefonhörer am Ohr.

»Sehr gut, Eins-O.«

Die achte Salve der *Graf Spee* brachte die Entscheidung. Eine 28-Zentimeter-Granate traf die achterne Munitionskammer des Amerikaners. Nun rächte sich, dass man bei der Konstruktion des Kreuzers auf Panzerschutz verzichtet hatte. Die Pensacola-Klasse war lediglich gegen Beschuss aus Geschützen wie von einem Zerstörer gut geschützt, also etwa gegen Geschosse im Kaliber 12,7 Zentimeter. Damals hatte man das noch für ausreichend befunden und die Munitionskammern mit einer 102 Millimeter starken Panzerung versehen. Einer 28-Zentimeter-Granate konnte dieser Panzerschutz jedoch nicht standhalten.

Am Heck des US-Kreuzers stieg eine riesige Stichflamme empor, mehrere hundert Meter hoch; in ihr stieg ein großer weißglühender Ball gen Himmel. Der vulkanartige Ausbruch währte nur ein oder zwei Sekunden, dann stand dort, wo sich das Heck des Kreuzers befunden hatte, eine dunkle Rauchwolke. Die gewaltige Explosion hatte das Schiff in zwei Teile zerrissen.

Jubel brandete auf der Brücke der *Graf Spee* auf, als sich Anspannung der letzten Minuten voller Todesangst löste.

Der Erste Offizier gönnte den Männern einige Sekunden, bevor er sie wieder zur Ordnung rief: »Ruhe bewahren, Männer! Alle Schadensmeldungen sofort zur Brücke. Stellt fest, wie viele Verwundete wir haben.«

»Jawohl, Herr Kapitänleutnant.«

»Ruder, wir nehmen Kurs auf den Amerikaner«, sagte Langsdorff. »Beiboote klar machen. Wir müssen die Männer so schnell wie möglich an Bord nehmen, bevor ihnen der Kasten unter den Füßen wegsackt.«

»Zu spät, Herr Kapitän.«

Mit abgerissenem Heck konnte sich der Kreuzer nicht länger über Wasser halten. Das Vorschiff stieg in die Höhe, Männer und Ausrüstungsgegenstände rutschen von Deck ins Meer. Dann verschwand der aufgerissene Rumpf zwischen den Wellen. Alles, was noch blieb, waren einige hundert Mann der Besatzung, deren Köpfe in der nun ölbedeckten See zu sehen waren.

»Schicken Sie die Boote los. Holen wir die Männer aus dem Wasser.«

Langsdorff atmete tief durch. »Nachricht ans Oberkommando und Dakar: US-Kreuzer versenkt. Eigenes Schiff beschädigt. Benötige Unterstützung bei der Bergung der Überlebenden. Unterschrift Langsdorff.«

Reichskanzlei

Berlin, an diesem Abend

Die Nachrichten aus der Tschechei und vom Seegefecht der *Graf Spee* mit dem US-Kreuzer waren das alles beherrschende Thema in den Abendzeitungen.

Bundeskanzler Jäger spielte mit seinem Bleistift herum, während nacheinander Feldmarschall Beck und Admiral Raeder Vortrag hielten.

»Die Lage in der Tschechei ist nun völlig unter Kontrolle«, konnte Beck erleichtert vermelden. »Die Bundeswehr steht in einer Linie von Landskron, Politschka, Iglau bis Neuhaus, hat also alle weite Gebiete des Sudetenlandes und dessen, was wir früher als Böhmen und Mähren kannten, besetzt. Die Reste der tschechoslowakischen Armee und der Sonderpolizei haben offiziell vor Generalmajor Guderian kapituliert. Die Minderheiten, aber auch der Großteil der Tschechen selbst, begrüßt unsere Truppen als Befreier vom Prager Regime.« Beck hielt kurz inne und schüttelte den Kopf, als könne er selbst kaum glauben, was er da gerade von sich gegeben hatte. »Es ist wirklich verblüffend«, fuhr er dann mit ruhiger Stimme fort, »wie schnell alles in sich zusammengebrochen ist, nachdem erst einmal die regierungstreuen Einheiten von Armee und Polizei ausgeschaltet waren. Ich glaube, wir alle haben unterschätzt, wie sehr sich das Regime in Prag auf Unterdrückung und Terror gestützt hat, um sich an der Macht zu halten. Und damit meine ich nicht nur die Minderheiten, sondern auch die Tschechen selbst. Die meisten Tschechen hatten genauso unter dem Regime gelitten wie alle anderen.«

»Einige haben aber auch ihre Vorteile aus der Situation gezogen«, erinnerte von Gallen.

»Natürlich. Aber darum sollen sich die Gerichte kümmern.« Innenminister Gruner zuckte mit den Achseln. »Das müssen die Tschechen selbst und nach ihren eigenen Gesetzen regeln.«

Beck sah, dass niemand mehr etwas sagen wollte, und fuhr fort: »Die Polen haben die gesamte Slowakei besetzt, die Ungarn die Karpaten-Ukraine. Da Beneš fast seine gesamten Truppen gegen uns geschickt hat, stießen sie dort nur auf lokal begrenzten und unkoordinierten Widerstand. Sie hatten also erheblich weniger Schwierigkeiten als wir. Auch in diesen Gebieten herrscht nun Ruhe. Ich glaube kaum, dass wir mit Wiederstandkämpfern zu rechnen haben, aber das wird sich erst noch zeigen müssen. Insgesamt betrachtet ist die Lage aber ruhig.«

»Was ist mit Beneš?«

»Hat sich aus Moskau gemeldet«, warf von Gallen ein. »Er beschuldigt uns, die Polen, die Ungarn, die Franzosen, die Briten und sogar den Papst, Teil einer gigantischen Verschwörung gegen seine rechtmäßige Regierung zu sein. Sorgen bereitet mir nur, dass sich Moskau in ähnlicher Weise äußerst. Es wird uns viel Mühe kosten, die Gemüter wieder zu beruhigen.«

»Was ist mir den Amerikanern? Haben die sich schon gemeldet?«

»Ja, der Botschafter hat bereits auf das Schärfste gegen unseren unrechtmäßigen Angriff auf ein natürlich völlig friedliches US-Schiff protestiert.« Von Gallen zeigte sich unbeeindruckt. »Etwas anderes war nicht zu erwarten. Die Amerikaner werden kaum zugeben, dass sie einen französischen Zerstörer versenkt und dessen Besatzung ermordet sowie eines unserer Schiffe angegriffen haben.«

Der Kanzler nickte und wappnete sich für die nächste Frage, die er stellen musste: »Und unsere Verluste in der Tschechei, Feldmarschall?«

»Die Aktion hat uns 17 Tote und 53 Verwundete gekostet, Herr Bundeskanzler. Ich würde sagen, wir sind noch recht günstig davongekommen.«

»Danke sehr, Feldmarschall«, sagte Jäger und blickte Admiral Raeder an. »Admiral? Die Lage der *Graf Spee*?«

»Unser Panzerschiff ist aus eigener Kraft zurück nach Gibraltar gelaufen. Das erschien Kapitän Langsdorff am zweckmäßigsten zu sein und ich stimme seiner Entscheidung zu. Die gefangenen Amerikaner, insgesamt mehr als 420 Mann, wurden den Briten übergeben, die sie als Kriegsgefangene betrachten. Die Franzosen haben zwar protestiert, weil sie die Amerikaner wegen der *Basque* anklagen wollen, aber das sollen die Diplomaten regeln. Andere US-Einheiten, die wir in der Überwachungszone beobachtet haben, wurden offenbar vorerst zurückgezogen. Dafür gibt es Hinweise, dass sich eine große Flotte in Pearl Harbour auf Hawaii sammelt. Aber da müssen wir erst noch die neusten Berichte auswerten.«

»Wie viele Männer befanden sich an Bord des US-Kreuzers?«, wollte Jäger wissen, weil ihn diese Frage sehr beschäftigte.

»Etwa 640, Herr Bundeskanzler.«

»Und die Verluste an Bord der *Graf Spee*?«

»Kapitän Langsdorff hat fünf Tote und 19 Verwundete gemeldet. Sein Schiff hat zudem insgesamt 63 Treffer durch Granaten und Splitter erhalten.«

Damit sind es 22 Tote und 77 Verwundete allein auf unsere Seite, dachte Jäger und spannte die Finger um seinen Bleistift.

»Richten Sie Kapitän Langsdorff und seiner Besatzung bitte mein Lob und meine Hochachtung aus, Admiral. Das Gleiche gilt für Sie, Feldmarschall. Danken Sie den Truppen in meinem Namen. Teilen Sie mir bitte mit, wann und wo die Beerdigungen der Gefallenen stattfinden. Ich würde gerne daran teilnehmen und auch die Verwundeten besuchen.«

»Natürlich, Herr Bundeskanzler. Ich danke Ihnen«, sagte Beck.

»Nein, meine Herren. Ich danke Ihnen.« Jäger blickte jedem der Anwesenden kurz in die Augen.

»Ich wüsste nicht, was ich ohne die Unterstützung und ohne die Hilfe tun würde, die Sie mir gewähren. Ich danke Ihnen. Wenn Sie mich nun entschuldigen würden? Es war ein sehr langer Tag.«

Der Bundeskanzler erhob sich und auch die anderen standen auf.

»Gute Nacht, meine Herren.«

»Gute Nacht, Herr Bundeskanzler.«

Müde verließ Jäger den Raum und auch die anderen machten sich auf den Weg.

»Eine nette Geste, dass der Kanzler die Gefallenen ehren möchte«, meinte Beck, der mit Raeder und Admiral Canaris zu den letzten Personen im Raum gehörte.

»Es ist mehr als das«, sagte Canaris. »Der Kanzler fühlt sich persönlich für jeden einzelnen Toten und Verwundeten verantwortlich.«

»Denken Sie wirklich?«

»Ja.« Canaris blickte auf den Bleistift, den der Kanzler fein säuberlich in sechs Teile zerbrochen hatte. »Da bin ich mir ganz sicher.«

Kiel

Frühjahr 1939

»Hiermit taufe ich dich auf den Namen *Graf Zeppelin*«, hallte die weibliche Stimme aus den Lautsprechern. Die Tochter des bekannten Luftschiffkonstrukteurs schickte die Sektflasche schwungvoll auf den Weg. Diese pendelte auf den grauen Rumpf des Schiffes zu und zerbarst mit einem hellen Klirren. Sekt spritzte über den Rumpf und die Glassplitter der Flasche fielen ins Dock.

Bundeskanzler Jäger lächelte. Die Taufe eines Schiffes war für die teils doch recht abergläubischen Seeleute ein wichtiger Akt. Zerplatzte die Flasche bei der Taufe nicht, bedeutete das Unglück. Deshalb hatte der Werftleiter Kanzler Jäger auch gezeigt, wie man die Flasche mit einer Feile so herrichtete, dass sie ganz sicher zerplatzte.

Die im Hafen versammelte Menge jubelte, es mussten wohl tausende von Menschen sein. Viele schwenkten kleine Deutschlandflaggen in Schwarz-Rot-Gold.

Auf dem Podium neben dem Kanzler waren auch die anderen Mitglieder des Kabinetts versammelt. Außenminister Theodor von Gallen, Wirtschaftsminister Julius Sänger, Finanzminister Paul Lewald, Innenminister Magnus Gruner, Kriegsminister Erich Wissel, sie alle waren anwesend.

Hinzu kamen die Vertreter der Parteispitzen mit Ausnahme der KPD. Ernst Thälmann hatte auf eine Teilnahme verzichtet, aber niemand vermisste ihn wirklich. Seit sich Eduard Beneš im Exil in Moskau befand, verging kaum ein Tag, an dem Thälmann nicht den Imperialismus und den Faschismus der Regierung anprangerte.

Bundespräsident Goerdeler stand vorne am Rednerpult, neben ihm befand sich der lächelnde Oberbefehlshaber der Bundesmarine, Admiral Raeder. Der hatte jeden Grund, äußerst zufrieden dreinzuschauen.

»Matrosen und Offiziere: Bemannt dieses Schiff und nehmt es in Betrieb!«

Jäger ließ den Blick über den Rumpf des Flugzeugträgers gleiten. Das Schiff war fast fertiggestellt, nach Ende der Feierlichkeiten würde man es an den Ausrüstungspier schleppen, wo die Geschütze und Flugabwehrkanonen installiert würden.

Mit an Bord würde der frisch beförderte Kapitänleutnant Georg Hansen sein. Das stellte eine kleine Belohnung von Admiral Canaris für die vergangenen Jahre dar, die Hansen als Verbindungsoffizier im Kanzleramt verbracht hatte. Obwohl, so ganz sicher konnte man sich beim Chef der Abwehr nie sein.

Jäger ließ seine Gedanken für einen Moment treiben.

Nach dem Zusammenbruch der Tschechoslowakei hatte der Völkerbund eine Volksbefragung durchgeführt. Dieses Mal ließ man die Bewohner selbst entscheiden, zu welchem Staat sie sich bekannten – eine Lehre aus den Geschehnissen seit 1919. Das Ergebnis hatte fast alle überrascht. Nicht nur, dass sich die Sudetendeutschen mehrheitlich der Bundesrepublik anschließen wollten, das war zu erwarten gewesen. Nein, die wirkliche Überraschung war, dass sich 89 Prozent der Tschechen ebenfalls zu Deutschland bekannten und als Böhmen und Mähren der Bundesrepublik beizutreten wünschten. Nach dem Zerfall des Regimes schienen die Tschechen einen neuen Weg zu suchen, um wieder zu sich selbst zu finden. Am 1. Januar 1939 hieß Jäger die neuen Mitbürger im Kreise ihrer Landsleute willkommen. Die erweiterten Grenzen der Bundesrepublik brachten auch eine weitere Erhöhung der Truppenstärke der Bundeswehr mit sich; der

Völkerbund gestattete Deutschland nun eine Armee mit einer Stärke von 800.000 Mann.

Die Volksbefragung ergab weiterhin, dass sich die Slowaken den Polen angliedern wollten, während sich die Einwohner der mehrheitlich ungarischen Ethnie in der Karpaten-Ukraine Ungarn zugehörig fühlten.

Der Völkerbund gestattete auch dies.

Die nächste Überraschung war das Angebot Warschaus, ernsthaft über die Zukunft von Danzig zu verhandeln. Admiral Canaris hatte darin irgendeinen Hintergedanken gewittert und auch mit dieser Einschätzung recht behalten. Vor fünf Tagen hatte es einen Militärputsch in Litauen gegeben und die neuen Männer an der Macht hatten verkündet, sich unter den Schutz der polnischen Republik stellen zu wollen. Polnische Truppen waren daraufhin in Litauen einmarschiert. Außenminister von Gallen hatte die Vermutung geäußert, dass die Polen ihnen Danzig für ein Stillhalten in der Litauen-Frage anboten, aber die Lage veränderte sich täglich, und so konnte das Kabinett Jäger nicht viel mehr tun, als abzuwarten.

Das Gleiche galt für den britisch-amerikanischen Krieg. Im Atlantik kam es vereinzelt immer noch zu Gefechten zwischen Flottenverbänden, aber das Empire wurde jeden Tag stärker, weil nun dessen große Reserven an Arbeitskraft und Material zum Tragen kamen. Die Amerikaner hatten inzwischen auf Hawaii eine gigantische Flotte zusammengezogen und schienen sich wirklich auf den Sprung nach Australien und Neuseeland vorzubereiten. Dort wiederum bereitete man sich auf eine Invasion vor.

Jäger seufzte und richtete den Blick auf seine Ehefrau Rebecca, die auf dem anderen Podium stand und den zweiten Teil des Festakts einleiten sollte.

Admiral Raeder trat neben sie und nickte ihr zu.

»Hiermit taufe ich dich auf den Namen *Otto Lilienthal*«, rief Rebecca und schleuderte die Flasche mit aller Kraft gegen den Rumpf von Deutschlands zweitem Flugzeugträger. Sie strahlte regelrecht. Erst am vergangenen Abend hatte sie ihrem Gatten offenbart, dass sie ihr zweites Kind erwartete. Rebecca rechnete dieses Mal fest mit einem Mädchen.

Vielleicht sollte er sich wirklich aus der Politik zurückziehen, überlegte Jäger. Dann könnte er sich ganz seiner Familie widmen. Oskar von Hindenburg würde bestimmt einen guten Bundeskanzler abgeben. Er würde das zu gegebener Zeit mit Oskar besprechen. Bis zur Wahl waren es ja noch zwei Jahre.

»Matrosen und Offiziere: Bemannt dieses Schiff und nehmt es in Betrieb!«

Wieder brach die Menschenmenge in Hochrufe aus, noch lauter als zuvor. Die Kapelle spielte die Nationalhymne und tausende Kehlen sangen voller Begeisterung mit.

Deutschland war endgültig zurückgekehrt.

Nachwort

Inzwischen gibt es viele alternative Versionen des Zweiten Weltkriegs, in denen Deutschland den Krieg mal gewinnt, mal verliert. Mal beherrscht Hitler die ganze Welt, mal wird er ermordet.

Hitler und die Nazis sind wie ein Schatten, der auch heute noch über Deutschland liegt.

Wir, die das Glück der späten Geburt haben, sind es uns und denen, die vor uns gelebt haben, schuldig, auch die Hintergründe dieser Zeit zu beleuchten.

Hitler ist nicht einfach aus dem Nichts erschienen. Die Menschen haben sich damals nicht über Nacht in Nazis verwandelt, auch wenn das heute gerne so erklärt wird.

Die Umstände, die den Aufstieg Hitlers zur Macht ermöglicht haben, liegen meines Erachtens im Vertrag von Versailles. Es wird sehr häufig unterschätzt, wie schwer die Bedingungen dieses Vertrages die damals lebenden Deutschen trafen und welche schwärende Wunde dadurch verursacht wurde. Ich hoffe, ich habe mit dieser Geschichte wenigstens einen kleinen Einblick in das Denken unserer Vorfahren geben können.

Was Hitler selbst angeht: Eine demokratische Wahl brachte ihn an die Macht. Ich fand es nur passend, ihn durch eine ebensolche Wahl in der Bedeutungslosigkeit verschwinden zu lassen, zumindest in Deutschland. Hitlers Wirken in Amerika oder die weitere Entwicklung in der Welt sind natürlich reine Spekulation – ein möglicher Weg, der hätte einschlagen werden können oder auch nicht.

Kriegsplan Rot hingegen hat wirklich existiert. Er war Teil einer Reihe von sogenannten »Farbenplänen«, militärische Notfallpläne gegen verschiedene potenzielle Feinde. Darunter befanden sich auch China, Deutschland, Mexiko oder eben England. *War Plan Red* war übrigens das Gegenstück zum *Defense Scheme No. 1,* einem britischen Angriffsplan gegen die USA aus dem Jahre 1921.

Großbritannien galt aus Sicht Washingtons als das »gefährlichste Imperium«, noch vor Russland, Japan oder Deutschland. Nicht zuletzt vertrat man diesen Standpunkt, weil Großbritannien das größte Reich der Welt war, über die stärksten Seestreitkräfte verfügte und sich in Nordamerika direkt vor der Haustür der USA befand.

Den Plänen ging jedoch nicht nur politisches Kalkül, sondern auch eine historische Rivalität zwischen Washington und London voraus. Eine Rivalität, die auf Gegenseitig beruhte, betrachteten sich die USA damals längst selbst als Weltmacht. Den Amerikanern war natürlich bekannt, wie Großbritannien aufstrebende militärische oder wirtschaftliche Konkurrenz traditionell behandelte: mit Krieg und Unterdrückung.

Nach dem Ausbruch des Zweiten Weltkrieges im September 1939 legte Washington den *War Plan Red* zunächst auf Eis, doch er sollte »für die Zukunft« in der Schublade behalten werden.

Nach dem Krieg stiegen die Vereinigten Staaten zur neuen globalen Supermacht auf. Das britische Empire lag in Trümmern, die Sowjetunion war durch den Krieg extrem geschwächt worden, das japanische Kaiserreich war militärisch besetzt und Deutschland in vier Teile zerschlagen worden.

Von nun an beherrschte der »Petrodollar« die Welt.

Ihre Zufriedenheit ist unser Ziel!

Liebe Leser, liebe Leserinnen,

hat Ihnen unser Buch gefallen? Haben Sie Anmerkungen für uns? Kritik? Bitte zögern Sie nicht, uns zu schreiben. Wir werden jede Nachricht persönlich lesen und beantworten.

Schreiben Sie uns: info@ek2-publishing.com

Wussten Sie schon, dass Sie uns dabei unterstützen können, deutsche Militärliteratur sichtbarer zu machen? Bitte nehmen Sie sich einen Moment Zeit und bewerten Sie dieses Buch auf Amazon. Viele positive Rezensionen führen dazu, dass das Buch mehr Menschen angezeigt wird.

Sie können somit mit wenigen Minuten Zeitaufwand unserem kleinen Familienunternehmen einen großen Gefallen tun. Vielen Dank für Ihre Unterstützung!

PS: In seltenen Fällen kommt ein Buch beschädigt beim Kunden an. Bitte zögern Sie in diesem Fall nicht, uns zu kontaktieren. Selbstverständlich ersetzen wir Ihnen das Buch kostenlos.

Über den Autor

Stefan Köhler, geboren 1978, sammelte als KFOR- und ISAF-Soldat militärische Erfahrung. In Afghanistan im Kampfeinsatz verwundet, hat er die Schrecken des Krieges am eigenen Leib erfahren. Nach Ende seiner Dienstzeit kehrte er in seine angestammte Tätigkeit in der deutschen Metallindustrie zurück. Drei Jahre später packte ihn wieder die Abenteuerlust und er wechselte in die internationale Sicherheitsbranche. Als kampferprobter Einsatzveteran liegt ihm das Schicksal der Bundeswehrangehörigen besonders am Herzen. In seiner Freizeit beschäftigt Köhler sich unter anderem mit der militärischen Luftfahrttechnik.

»Soldaten: Männer, die offene Rechnungen der Politiker mit ihrem Leben bezahlen.« Ron Kritzfeld

Eine Veröffentlichung der EK-2 Publishing GmbH
Friedensstraße 12, 47228 Duisburg
Registergericht: Duisburg, Handelsregisternummer: HRB 30321
Geschäftsführerin: Monika Münstermann

E-Mail: info@ek2-publishing.com
Website: www.ek2-publishing.com

Alle Rechte vorbehalten

Titelbild: Veronika Aretz
Zeichnungen: Markus Preger
Autor: Stefan Köhler
Lektorat & Buchsatz: Jill Marc Münstermann

2. Auflage, Januar 2022

ISBN Print: 978-3-96403-165-5 , ISBN Hardcover: 978-3-96403-166-2

Stefan Köhler

Auf Feindfahrt mit U 139
Ein packender U-Boot-Roman von Stefan Köhler

Anfang 1942: Die deutsche U-Boot-Waffe befindet sich auf dem Höhepunkt ihrer Macht, doch mit den USA hat ein neuer Kriegsgegner das Schlachtfeld betreten.

In dieser Gemengelage erhält Kapitänleutnant Wegener, Kommandant von U 139, einen brisanten Auftrag: Zusammen mit drei weiteren U-Booten soll er in die Karibik aufbrechen, um dort die US-amerikanische Handelsschifffahrt zu stören. Doch bereits das Auslaufen aus dem Kriegshafen in Brest gereicht zum Ritt auf der Rasierklinge. Britische U-Jagd-Gruppen liegen auf der Lauer, allseits bereit, jedes deutsche U-Boot mit Wasserbomben auf den Grund des Atlantiks zu schicken. Der Durchbruch ins offene Meer gelingt Kaleu Wegener, aber er und seine Mannschaft stehen erst am Anfang einer lebensgefährlichen Reise.

Alliierte Kriegsschiffe und Flugzeuge sind dabei nicht die einzige Gefahr für die Besatzung von U 139. Einer der Neuzugänge der Mannschaft vergiftet zusehends die Atmosphäre an Bord. 7.000 Kilometer von der Heimat entfernt, fordert er Kaleu Wegener heraus, während sich die Alliierten längst an die Fersen von U 139 geheftet haben. Die folgenden Ereignisse fordern dem erfahrenen U-Boot-Kommandanten alles ab.

MIX
Papier aus verantwortungsvollen Quellen
Paper from responsible sources
FSC
www.fsc.org
FSC® C105338